THE PERIPHERAL

邊緣世界 上

WILLIAM GIBSON

威廉·吉布森──著 黃彥霖、白之衡──譯

給珊妮

我已經告訴你們時間旅行所能
造成的噁心與混亂了。

——H·G·威爾斯

CONTENTS

1 觸覺回饋裝置

他們覺得芙林的哥哥其實沒有創傷症候群，只不過偶爾還是會受到觸覺回饋裝置失靈影響。他們說，這就像他有了幻肢，是因為在戰爭中穿戴過那些刺青留下的後遺症。他們在他身上放那種刺青，告訴他何時該跑、何時該停，何時又該來一段挑釁敵人的舞步，要朝哪個方向、動作要多大。總之，他們給了他某種殘障身分。那之後，他就在溪邊的拖車住了下來。他們小的時候，有個酒鬼伯父也曾住在那裡，是父親的哥哥，另一場戰爭的退伍老兵。十歲那年夏天，她、柏頓和里昂把那輛拖車當成自己的堡壘，里昂後來想帶女孩子過去，但實在太臭。柏頓收到退伍令時拖車是空的，只有一顆他們見過最巨大的胡蜂巢。里昂說，車子是清風製，一九七七年款，這是他們土地上最值錢的東西。他曾讓她看過在eBay上賣的幾輛，個個彷彿圓頭的來福槍子彈，不管車況如何，都被炒成了天價。他們的那輛如今又灰又髒，全因當初伯父用白色發泡劑把整輛車裹了起來，防水兼隔熱。里昂說，這讓它逃過了挑剔買家的魔掌。她覺得它看起來像一條身型巨大的老蛆，由窗戶看進去彷彿一條隧道直穿進牠的身體裡。

從小徑走來，她沿路都看得到泡棉碎屑在黑色的大地上散落成堆。此時他已經打開拖車的燈了。她逐漸走近，透過其中一扇窗戶看到站在車內被遮住一半的他。他轉身，露出脊椎與身側他們拿掉觸覺回饋裝置後留下的痕跡，皮膚彷彿灑滿了一層死魚般的銀色。他們說，那也可以弄得掉，但他不想再一直回去維修了。

「嘿，柏頓。」她喊。

「Easy Ice。」他用玩家暱稱叫她，大力推開門，把套在身上的白色新T恤往下拉。T恤掠過陸戰隊讓他練出來的新胸膛，遮住肚臍上方那塊撲克牌大小和形狀的銀色補丁。

拖車內裝是凡士林色，鑲滿了LED燈，完全沉浸在彷若海夫提大賣場的琥珀色燈光中。他搬進來之前，她曾經幫他把整輛車子掃過一次，不過後來他根本懶得去車庫拿吸塵器，於是乾脆把整個內裝塗滿某種中國製的塑膠聚合物。厚厚的一整英寸，乾燥、平滑、透明、柔軟。你可以在聚合物裡看到燃燒過後的火柴留下的蒂頭，或者某根合法販售時期的香菸，在濾嘴被壓扁後，上頭的紙張透著泛黃，質地彷若軟木塞。那些香菸的年紀比她還老。她知道在哪裡可以找到一把生鏽的珠寶螺絲起子，那枚二〇〇九年發行的二十五分硬幣應該也藏在某處。

而今，柏頓每隔一、兩個星期就會把所有家當搬到外面，直接用水管沖洗內裝，像在洗特百惠的塑膠盒一樣。里昂說，這些聚合物已經變成整輛車的一部分了，你也沒辦法把它們剝得乾乾淨淨，然後把裡面那輛美國經典拖車放到eBay上賣，所以就讓它留在那兒積灰塵吧。

柏頓握住她的手，抓緊，把她往上拉進拖車。

「你要去戴維司維爾嗎？」她問。

「里昂會來接我。」

「莎琳說，**路加福音四之五**正在那裡抗議。」

他聳了聳肩，身上許多肌肉都微微跟著牽動。

「是你，柏頓。上個月那件事新聞有報，卡羅萊納的那場葬禮。」

他笑不太出來。

「你是有可能殺死那個男孩的。」

他搖頭，非常細微地皺起了眉頭。

「你會做這種事實在是嚇到我了。」

「妳還在幫土爾沙那個律師做步巡嗎？」

「他沒玩了。忙著當律師吧我想。」

「妳是他最好的玩家，他明明見識過。」

「那只是遊戲而已。」這比較像是跟她自己說，不是跟他。

「他應該幫自己也找個陸戰隊。」

她覺得自己彷彿看到他觸覺回饋裝置的毛病又發作，在他身上一陣顫抖，然後消失。

「我需要妳幫我代班。」他說，好比沒事發生。「五個小時，工作是操作一架四軸機。」

她看向他後方的顯示螢幕，某丹麥超級名模正把美腿收進車裡。那種車，凡是她認識的人都不會想開，或者說路上也根本看不到。「你不應該工作，」她說。「你現在是殘障人士。」

他看著她。

「工作地點在哪？」她問。

「不知道。」

「私下接外包嗎？你遲早會被退伍軍人事務部抓到。」

「某款遊戲，」他說。「測試搶鮮版。」

「射擊遊戲？」

「沒什麼好射的。妳只要在一座大樓其中三層的外圍巡邏，五十五到五十七樓，再看會出現什麼。」

「會有什麼呢？」

「狗仔。」他舉起食指朝她比了一段長度。「體積這麼小。妳擋住他們，讓他們退回原本的地方，要做的就只有這樣。」

「什麼時候？」

「今天晚上。里昂來之前會幫妳準備好。」

「我本來晚點要去幫莎琳趕工。」

「給妳兩張五千。」他從牛仔褲裡拿出皮夾，抽了兩張新紙鈔，上頭的小視窗毫髮無傷，全息圖還嶄亮著。

他摺起紙鈔，放進她牛仔熱褲右邊的口袋。「把燈關掉，」她說。「很刺眼。」

他照做，用手輕輕滑過顯示螢幕，於是整個地方看起來就像某個十七歲男孩的房間。她伸手把亮度調高一點。

她坐進他的椅子。那張中國製扶手椅立刻根據她的身高和體重微調。他翻身坐上一張塗漆幾乎掉光的老舊金屬高凳，揮手叫出一個畫面。

奇蹟冷鐵股份有限公司。

「那是什麼？」她問。

「我們的老闆。」

「他們怎麼付錢給你？」

「海付寶。」

「你肯定會被抓到。」

「錢會進到里昂的其中一個戶頭。」他說。里昂進入軍隊的時間跟柏頓在海軍陸戰隊差不多，但是里昂不是因為殘障身分退伍。「居然不是，」他們的母親說，講得好像里昂那副白痴樣是在部隊裡搞出來似的。狡猾、畏縮、懶惰。雖說芙林從不覺得里昂還能有什麼其他優點。「Hat Trick，給我登入的帳號和密碼。」他們倆不希望別人知道他真正的玩家暱稱「Hapt-Rec❶」，就刻意念成了別的音。他從後口袋拿出一個信封，攤平之後打開。信封用的紙看起來很厚，有著奶油般的顏色。

「這是列印所來的嗎？」

他從信封裡抽出一張同樣材質的長紙條，上面印了一大塊字母和符號組成的段落。「妳要是敢掃描下來，或是把這些字打在這個視窗以外的地方，我們的工作就沒了。」

信封躺在一張應該是收了起來的摺疊餐桌上，她拿起來看。那是莎琳最頂級的信箋紙，平常都被收在某個櫃子的最頂端——名副其實。只有在收到來自大公司或律師的訂單信件時才能拿下來用。她用拇指撫過印在左上角的標誌。「麥德林？」

---

❶ Hapt-Rec，柏頓服役的觸覺回饋偵查部隊（Haptic Recon）簡稱。

「一家保全公司。」

「你明明說這只是遊戲。」

「躺在妳口袋的可是整整一萬塊錢呢。」

「你這兒工作多久了？」

「至今兩個星期，星期天休息。」

「你可以拿到多少錢？」

「一次兩萬五。」

「那我要拿兩萬。太臨時講了，我還得騙過莎琳。」

他只好再給她另外兩張五千。

2 死亡餅乾

奈瑟頓被瑞妮的印記叫醒，它以平穩的心跳速率在他的眼皮後搏動。他睜開眼睛。除了知道自己的頭還能動之外，還可確定自己正躺在床上，而且只有他一個人。以目前的情況來說，這兩者都是好消息。他緩緩從枕頭上抬起頭，直到看見自己的衣服不在記憶中最後丟下的地方。他知道，住在床底巢穴裡的清潔工已經把那些衣服都拖走，它們會以量子為單位，清除衣物上任何不可見的皮脂、皮屑、大氣微粒、食物殘渣，和其他——

「汙漬。」他吐出這兩個字，聲音沙啞混濁。他突然想像了起來：也許有種清潔工能夠清掃心靈……接著再次讓自己的頭往後倒去。

瑞妮的印記開始閃爍，催促著。

他小心翼翼坐起身，但要站起來可就稍難。「請說？」

閃爍停止。「有個小問題。」瑞妮撂下一句法文。

他閉上眼，但這麼一來眼前就只能看到她的印記。他重新張開雙眼。

「媽的維伏，她就是那個麻煩！」

他的臉抽了一下，被動作引發的疼痛程度嚇了一跳。「妳的道德標準一直都這麼高嗎？我以前怎麼不知道？」

「你是公關，」她說。「而她是個名人，這根本是跨物種交流。」

他覺得自己的兩顆眼珠相對於眼窩似乎有點太大，雙眼粗糙得彷彿進了沙。「她現在肯定快到垃圾島了。」他說，試圖用一種委婉的方式暗示他其實有所察覺，一切都在他掌控之中……總之是處於跟預期中的悽慘宿醉相反的狀態。

「他們對你那個大麻煩已經快要抓狂了。」她說。

「她做了什麼？」

「很顯然，她其中一名造型師──」她說。「──也是刺青師。」

應該只屬於他的那片痛苦黑暗再次被印記占據。「不是吧，」他說，張開了眼睛。「她真的那樣做了？」

「真的。」

「我們還特別討論過這件事呢。」

「你得解決這個問題，」她說。「立刻解決。全世界都在看啊，維伏，所有人都在等我們最後的結果。人們會想，黛卓·魏斯特到底能不能和垃圾島族達成和平協議？他們會自問，到底應不應該支持我們的計畫？這兩個問題的答案都必須是肯定的才行。」

「他們可是吃了我們前兩個使者耶。」他說。「那些人全都因為陷入和叢林的程式碼同步產生的幻覺，把前來的訪客當成薩滿教的靈獸。上個月我在康瑙特待了整整三天，讓她向兩名人類學家與三個新原始主義研究員簡報。那時就說了不能有刺青，必須保持皮膚全新、完全乾淨，現在卻發生這種事。」

「阻止她，維伏。」

他試著站起來，搖搖晃晃，裸著身體走進浴室。

他用自己可以弄出來最大的聲音尿了起來。「到底是要阻止什麼？」

「阻止她駕翼傘飛過去——」

「這在計畫中就有了——」

「——的時候全裸，讓大家看到新刺青。」

「她認真的嗎？不是吧。」

「認真。」她說。

「可能妳還沒注意到，島族人的審美觀是喜歡製造出良性皮膚癌或多餘的乳頭，而紋身在傳統意義上是代表至高權威的明確象徵。現在這狀況根本像是戴著屌環去見教宗，還弄得一定要讓他看到。說真的，可能比那更糟。看起來是什麼樣？」

「就跟你說的一樣，是一種後人類的墮落。」

「我是說刺青長什麼樣！」

「某種跟北太平洋環流有關的東西，」她說。「抽象的。」

「文化挪用，好極了，好像整件事還不夠糟一樣。她臉上有嗎？還是脖子？」

「都沒有，不幸中的大幸。我們正在白鯨飛艇上列印連身衣，如果你可以說服她穿上，這個案子可能還能繼續。」

他看著天花板，想像它會打開，他會飄起來，進入某個他也不知道是哪裡的地方。

「還有，要考慮到我們的沙烏地金主，」她說。「這很重要。露出刺青在那裡是要判徒刑的，裸體則是死路一條。」

「她那樣現身，可能會讓他們覺得她是可以上床的對象。」他說。他自己就曾這麼做過。

「你說沙烏地人？」

「島族啦。」

「他們會覺得她根本是自己送上門的午餐。」她說。「但不管怎樣，都會是最後一餐。維伏，接下來這個星期她都會像塊甜美的死亡餅乾，任何人只要偷親她一下，就會進入過敏性休克狀態。她的指甲或哪裡可能也有一些怪異之處，但我們還不是很確定。」

他將一條白色的厚浴巾圍在腰上，心思飄向大理石桌面上的玻璃水瓶。他的胃痙攣起來。

「羅倫佐，」她說，一個陌生的印記隨即出現。「現在把你的顯像流交給維伏・奈瑟頓，他人在倫敦。」

他差點因為眼前突然插入的畫面吐出來：那是太平洋垃圾島的上空，因為鹽反射而明亮刺眼，他感覺自己正在向前移動。

3 驅蟲

她想辦法在不提到柏頓的狀況下結束了和莎琳的通話。莎琳在高中時曾經跟他約會過幾次，不過是一直要到他從海軍陸戰隊退伍，她才對他比較有興趣。那時的他頂著那個新的胸膛，關於觸覺回饋偵察一號部隊的各種故事傳遍鎮上。芙林覺得，莎琳基本上犯了戀愛實境秀裡說的浪漫病。當然，鎮上的貨色本來也沒多好就是了。

她和莎琳都擔心柏頓會和路加福音四之五起衝突，這大概是她倆說到柏頓時唯一的共通點。沒人喜歡路加福音四之五，不過柏頓是真的對那些人有嚴重的心結。她感覺得出來，他只是拿他們當藉口。但即便如此，她還是很擔心。他們一開始是間教會，或者說是以教會為據點，他們不喜歡任何擁有同志傾向、實行墮胎，或是使用任何避孕手段的人。他們現在正在反對軍葬——居然連這也能反對！路加福音說穿了就是一群混蛋，而且會把自己以外的所有人認為他們有多混蛋的程度，當作上帝是否滿意的標準。而對柏頓來說，他們是一個能讓他在任何時候暴走的理由。

她彎下腰，瞇著眼在桌子底下找到他用來放戰斧的黑色尼龍盒。她可不想讓他把這東西帶到戴維司維爾去。他把這東西叫做「斧頭」，而不是戰斧。但所謂斧頭應該是要用來砍木頭的。她伸手把它撈上來，因為盒子的重量而鬆了一口氣。她其實不需要打開，但還是開了。盒子的頂端最寬，能容納用來砍木頭的那一端斧面。它的斧口長得像扁鑿的刀刃，只不過是鷹嘴形狀。一般斧頭在另一端的斧背應該是平整如槌面，這把戰斧卻是尖刺狀，彷彿斧刃的縮小版，並朝相反的方向形成弧度。斧刃兩端的厚度都不足小指頭，已經被打磨得即使切到自己也不會有感覺的地步。斧柄形狀優雅，稍微下彎，木柄上包覆了一層能讓它更強韌的彈性材質。戰斧的製造商在田納西有鍛造廠，觸覺回饋偵察一號部隊中每個人都有一把。這把看起來已經用過了。她小心地挪動手指，闔上盒子，把它放回桌子底下。

她將手機在顯示螢幕上晃過，刷了一下這個郡的持章者地圖。莎琳的徽章在永恆列印所，情緒環裡有一段代表焦慮的紫色。大家的狀態似乎都沒什麼變化，跟她預期的差不多。麥迪森和珍妮絲在玩遊戲：《蘇凱27》，復古的飛行模擬遊戲，是麥迪森的收入主力。兩人的情緒環都是米黃，代表的意思是「無聊得要死」，不過他們總是那個顏色。要是算上她自己，她認識的人裡就有四個今晚都在工作。

她把手機彎成適合玩遊戲的角度，在登入視窗裡輸入「Hapt-Rec」和那串又臭又長的密碼，按了一下開始：什麼事都沒發生。接著，整個顯示螢幕爆出一片光芒，亮得像是老電影裡照相機的閃光燈，銀得像觸覺回饋裝置留下的疤痕。她眨了眨眼。

然後她開始飛升，彷彿在搭電梯，從柏頓之前說會用來當作發射座臺的廂型車頂往上升高。她這時還無法進行控制，被一陣綿綿低語包圍，柏頓沒有先告訴她會有這種現象。這些低語的語氣雖然緊急，卻很微弱，彷彿一大群看不見的妖精警局調度人員。

這裡是另一種暮色。陰雨，帶著玫瑰粉與銀，她的左側流過一條有著冰冷鉛礦顏色的河，黑色的城市天際線跌宕，摩天大樓在遠處林立，燈光寥寥。

鏡頭向下，她看到廂型車的白色四方形在底下的街道越縮越小，鏡頭向上，那棟建築高聳入雲，彷彿沒有盡頭，像一道廣如世界的懸崖。

4 刻骨銘心的成果

白鯨上，瑞妮的攝影師羅倫佐以一種專業工作者的謹慎、穩重、從容凝視，找到正在窗外俯瞰著頂層前甲板的黛卓。

奈瑟頓不會向瑞妮承認，更不會向任何人承認，其實他很後悔攪和進這件事。他很想把現在這個自己丟掉，變成另一個人——明顯耐受度更強、對自己的認同簡單到幾近殘酷的人。

他看到她（或者說是羅倫佐看到她）身上只穿一件羊皮飛行夾克，臉上戴一副墨鏡，就這樣。儘管他希望自己沒有，但依然注意到了那片新剃成高聳莫哈克式的恥毛，和他上次看到的樣子已然不同。至於那些刺青……他猜應該是組成、維持北太平洋環流的各種洋流。不過是重新設計後的時尚版本。它們才剛完成，還覆蓋在某種矽膠軟膏底下，油亮亮，上妝之後看起來應該會非常細緻。

窗戶滑開一條縫隙，羅倫佐走了出去。「維伏・奈瑟頓在線上。」奈瑟頓聽到他說，然後羅倫佐的印記便消失，黛卓的取而代之。

她舉起雙手，拉住敞開夾克的翻領。「維伏，你好嗎？」

「很高興看到妳。」他說。

她綻開微笑，露出那些形狀與位置可能都是由委員會決定的牙齒。她拉緊了夾克，雙手在胸骨的位置握緊。「你因為這些刺青生氣了。」她說。

「我們已經說好不要這麼做。」

「我得去做我真正喜歡的事，維伏，我不喜歡不去做這件事的自己。」

「我是最沒資格質問妳創作過程的人了。」他試著讓自己的語氣聽起來極度困擾，希望對方就算不懂他的意思，也至少認為他是在說心裡話。他就是能做到，這算他的特殊能力吧。雖然現在有宿醉攪局。「妳還記得安妮嗎？那個聰明的新原始主義研究員。」

她瞇起眼：「長得很可愛的那個？」

「對。」他說，雖然心裡並不真的這樣認為。「上次在康瑙特最後的簡報結束後，安妮和我一起喝了幾杯。那天妳有事先走了。」

「她怎麼了？」

「我發現她好崇拜妳，崇拜到整個人都傻了，嚇得完全不敢和妳說話。等妳人一離開她才爆發。她對妳的作品有些想法。」

「她也是藝術家？」

「學者。她十幾歲就瘋狂迷上妳所有作品，還訂閱了她根本負擔不起的全套縮擬模型。聽到她的論點，我好像才第一次真正明白妳這項工作的本質。」

她歪著頭，髮絲飛揚，舉起一手摘掉墨鏡，身上的夾克肯定因此大開。不過羅倫佐完全沒有受影響。奈瑟頓瞪大了眼，準備講出一些連他自己都還沒想到的話。到目前為止，他說的每一句話都不是真的。但接著他才想到她看不見他。她看見的是某個叫羅倫佐的人，而他們正在某艘白鯨級飛艇的上層甲板，遠在地球另一端。「她非常想和妳見上一面，親自向妳表達她的想法。她對妳事業生涯中的時機點有新的切入角度，她認為，妳成為一名成熟藝術家的關鍵便是時機。」

羅倫佐重新對焦。突然之間，奈瑟頓覺得自己彷彿離她的嘴脣只有幾公釐。他想起了那雙脣瓣異常勃發的非生物性氣味。

「時機？」她問，語氣扁平。

「我那時真該把她的話錄下來，現在要轉述實在有點難。」他不太記得自己前面說了什麼。「她的意思應該類似：妳現在更沉穩了。妳以前就很勇敢，無所畏懼，不過現在的自信是一種全新的態度。套她的話來說，『這是妳刻骨銘心得來的成果』。上次我們晚餐後，我本來想跟妳討論她的想法，只不過那晚後來變成另一種樣貌。」

她的頭完全靜止不動，雙眼眨也沒眨。他想像她的自尊心彷彿一條還沒長大的鰻魚幼體，連骨骼都透明，正在那雙眼睛後方游動，並滿腹懷疑地盯著他。他抓住了這條鰻魚的全副注意力。「如果那晚是往另一個方向發展，」他聽到自己這麼說道。「我們今天就不必有這場對話。」

「為什麼？」

「因為安妮會告訴妳，妳現在想做的這種盛大登場只是出於不成熟的衝動，這又將妳拉回創作生涯剛開始時的模樣，卻沒察覺新的轉折點已經出現。」

她盯著他，或者說是盯著羅倫佐……不管他到底是誰……然後笑了。她雙眼中閃爍著愉悅的光芒。

瑞妮的印記因為進入私人狀態而暗下。「我現在好想跟你生小孩唷，」遠在多倫多的她說。「只不過我知道，那小孩也會跟你一樣滿口謊話。」

5 蜻蜓

她忘記要上廁所了。憋到最後不得不將飛行器切到自動駕駛，讓它在距離客戶大樓十五英尺遠的地方繞圈圈，自己直奔柏頓在外頭新設的堆肥廁所。此時，她拉起熱褲上的拉鍊，繫緊鈕釦，朝洞裡鏟了一把雪松木屑，又衝出門，把吊在門外那一大管政府機關用的乾洗手撞得碰碰響，管內液體四濺。她用力敲了敲白色的塑膠管，倒出一點點，一邊搓揉掌心，一邊疑惑這是不是柏頓從退伍軍人醫院裡順手牽羊的。

回到拖車，她打開冰箱，抓了一片里昂自製的牛肉乾和一罐紅牛，把形狀歪七扭八的乾牛肉條塞進嘴裡，坐下，手伸向手機。

狗仔又回來了。它們長得像因交配而疊在一起的蜻蜓，翅膀——或者說機翼的部位——因為高速轉動而透明，正前方有一顆透明的小燈泡。她試著去數它們的數量，但由於速度很快，隨時都在移動。也許六架，或許十架。它們對這棟建築很感興趣，像模擬昆蟲行為的ＡＩ。但除去朝著建築衝刺和盤旋之外，似乎什麼都不會做，行為簡單到連她也寫得出來。她逼退兩架，看著它們迅速逃開、消失。不過還會回來的。它們似乎在等著什麼，而那個東西顯然在五十六樓裡。

從某種角度看過去，這整棟建築物都是黑色，但它實際上是非常深的銅棕色。她不確定這棟大樓有沒有窗戶，至少她工作的那幾層沒有，不然就是都關起來了。建築物的正面有許多巨大扁平的四方形，有的垂直、有的水平，毫無順序可言。

根據螢幕上顯示的樓層數字，她攀升到二十樓後妖精員警就全安靜了。是因為某些樓層的協定比較嚴格嗎？她不介意那些聲音繼續竊竊私語，在這麼高的地方打蜻蜓其實有點無聊。稍微閒下來時，她會眺望底下的城市。但他們可不是付錢專程讓她來這裡賞風景的。

底下的街道至少有一條看起來像是透明的，彷彿由玻璃鋪成，並從路面下方打出光來。路上車流極少，也許是因為他們還沒設計到這階段。她似乎看到有東西走過某座森林或公園的邊緣，兩隻腳，體型卻大到不像人。有些車連燈都沒有。許多座往高處延伸的摩天大樓向遠方散開，某個巨大的物體從它們上空緩慢駛過，彷彿一頭鯨魚，或是有鯨魚體型的鯊。上頭有燈，跟飛機一樣。

肉乾似乎很有嚼勁，嚼到現在還沒爛。

她猛然衝向一隻蜻蜓，從攝影機正面迎擊。不管她衝上去的速度有多快，它們總能立刻消失無蹤。此時，大樓表面一個橫擺的四方形突然打開，向下攤開成一座窗臺，她眼前出現一道霧面玻璃牆，暗暗發光。

她把嘴裡的肉乾拿出來，放在桌上。那些蟲又回來了，在窗戶前彼此爭奪位置，彷彿這就是它們在等待的東西。她空閒的那隻手找到紅牛，拉開拉環，吸了一口。

窗臺出現一個女人苗條臀部的剪影，抵在霧面玻璃上，再向上，浮現兩片肩胛。就只有影子。接著是兩隻手，大小看起來應該是男性，左右各一，出現在女人肩胛的影子上方，手指大張。

飲料嘗起來有如口感單薄、冰冷的咳嗽糖漿，她一口吞下。「閃。」她掃過蟲子，驅散它們。

男人單手離開玻璃，於是陰影消失，接著女人也從玻璃前走開，剩下男人的一手還留在原本的地方。芙林想像他靠在那裡、抵著玻璃，沒有等到期待中的吻。又或者他們接吻了，只是跟預期情況不同。

這對遊戲來說十分鬱悶。光靠那個畫面其實就能製作出一齣完整的戀愛實境秀。接下來連他剩下的那隻手也消失。她想像他擺出某個不耐煩的姿勢。

手機響了起來。她切到擴音。

「妳還好嗎？」是柏頓。

「我進去了。」她說。「你在戴維司維爾？」

「剛到這裡。」

「路加福音去了嗎？」

「他們也在這裡。」他說。

「別去惹他們，柏頓。」

「沒可能。」

當然了。「之前這遊戲裡有發生過別的事嗎？」

「那些攝影機，」他說。「妳把它們打退了嗎？」

「嗯。然後跑出一個類似陽臺的地方，長型的霧面玻璃窗，裡面有燈。看起來有人的影子。」

「已經比我看過的還多了。」

「還看到一艘像軟式飛船的東西。它是要去哪裡？」

「哪兒也不去。妳不要讓那些攝影機接近就對了。」

「這感覺比較像在當保全，而不是玩遊戲。」

「也許這就是當保全的遊戲。我要撤了。」

「為什麼？」

「里昂回來了，還買了泡菜熱狗。真希望妳也在這裡。」

「跟他說我他媽的要幫我該死的哥哥工作。」

「盡量。」他說，然後就掛了。

她撲向那些蟲子。

6 垃圾島族

羅倫佐捕捉到的畫面裡，白鯨即將抵達城市。奈瑟頓正坐在房內最舒服的那張椅子上。有那麼一刻，他擺在扶手軟墊上的手似乎和羅倫佐放在欄杆上的手融為一體。那是種無以名狀的感覺，像垃圾島族的城市一樣難解。

研究員都堅稱那並非城市，而是一座不斷堆疊起來的雕塑，更精確地說，是像某種儀式用的禮器。它的本體帶著灰色的半透明質感，些微發黃，是由太平洋垃圾島上層水層中的懸浮粒狀物質重新組合而成。即便估計重量達到三百萬噸，而且還在增長，它也具有絕佳的浮力。它靠著一串一串的氣囊在海上漂浮，每個氣囊都有上世紀的大型機場那麼大。

城市中已知的住民不足百人，且不管它一直以來吞噬掉的都是些什麼玩意兒，看來似乎連攝影機也會遭殃，因此人們對這些住民知之甚少。

餐車略微向他的椅子扶手滑近，他不由得想喝杯咖啡。

「跟好這個畫面，羅倫佐。」瑞妮下令。於是羅倫佐轉頭，將視線聚焦在專業人員大陣仗簇擁包圍下的黛卓。一架身穿維多利亞式水手服的白瓷製美智姬跪著一旁，正在替黛卓那雙手工拋光的細緻高筒皮鞋繫上鞋帶。各式各樣的攝影機在四周盤旋，其中一架配置了風扇，正在搧動她的劉海。他猜風力測試代表她不打算戴頭盔前去會面。

「不錯嘛，」他不禁欣賞起新連身衣的剪裁。「希望我們真有辦法讓她一直穿著。」黛卓彷彿聽見他說話，抬起了脖子，把拉鍊往下扯了點，然後再一點，露出象徵著北太平洋環流圖騰、油亮亮的抽象弧線。

「我們在拉鍊的列印檔上動過手腳，」瑞妮說。「只希望她別現在就淨想著往下拉——至少她下去以後再拉。」

「要是她真的拉了，」他說。「肯定會不爽你們做的事。」

「知道你向她胡扯研究員的事才會讓她不爽。」

「那個研究員搞不好也深有同感。要知道她怎麼想，至少也等我先跟她談過吧。」他舉起杯子，看都沒看就送到嘴邊。燙得不得了，是黑咖啡。看來今天得救了。止痛藥已經開始生效。「只要她該拿的那一份有拿到，才不會在意什麼拉鍊卡住。」

「前提是這場會面得有結論。」瑞妮說。

「她沒理由希望這件事告吹。」

「羅倫佐在其中一側分配了兩臺大型攝影機，」她說。「搖滾區。攝影機很快會就定位。」

他看著那些服裝師、化妝師、各種敲邊鼓和串場者，以及紀錄片工作者。「這裡面有多少是自己人？」

「六個，含羅倫佐在內。他認為那架美智姬才是她真正的保全。」

他點點頭，忘記她其實看不見他。接著，兩臺高速攝影機的顯像流在他的視野裡旋開，分別位列黛卓兩側。他不小心灑了點咖啡在白色亞麻睡袍上。

來自那座島上的顯像總是讓他暗暗發癢。

「目前相隔約一公里，向西北西前進，即將交會。」瑞妮說。

「妳請不起我的。」

「你不必去現場，」她說。「不過我們兩個都得看著這一幕。」

攝影機穿過高聳的船帆型建築向下降，一切突然變得巨大且不真實，令人不安。廣闊的街廓和廣場空無一人，不明所向的街道可能容納得下上百人並肩遊行。

鏡頭繼續下降，越過乾燥海草形成的硬殼、發白的骨骸與堆積的鹽。以淨化受汙染水層為最高指導原則的垃圾島族，利用回收的聚合物重新打造出此處。它展現出一種邊想邊做、毫不在乎美感的樣貌——實在醜出新境界。這讓他忍不住想沖個澡。咖啡已經開始滲進他浴袍的前襬。

此時黛卓正在他人協助下穿上翼傘裝備，收摺狀態下的傘看起來有如分出兩張葉片的鮮紅色背包，上頭印著製造商的白色標誌。「那件翼傘是她的置入性廣告——」他問。「——還是我們的？」

「她政府的。」

兩臺攝影機倏地停止降下，隔著選定的街區同步找到位在兩端的對方。它們位於彼此的斜對角，鏡頭朝下，都捕捉到與另一臺相同的畫面。這些攝影機具有大小如茶杯托盤的長橢圓形骨架，霧銀色，圍繞著中間球根狀的小巧機身。

羅倫佐或瑞妮其中一人接上音訊。

整個街廓盈滿嗚咽低鳴，這是這座島嶼標誌性的聲音地景。島族在每座建築物中都鑽出了空洞的管路。當風穿過管路上方的開口，就會產生一種飄忽不定的混雜音調，打從他第一次聽到就覺得不舒服。「這有必要嗎？」他提出質疑。

「這個地方充滿這種氛圍，我想要讓觀眾感受到這點。」

遠方有東西在移動，朝他的左手方向去。「那是什麼？」

「風動仿生獸。」

那東西有四公尺高，沒有頭，不確定幾隻腳，全身都由同樣的中空乳白塑膠管組成。它就像被某種生物拋棄掉的甲殼，只能靠拙劣的操偶手法移動。它左右晃，搖搖擺擺地前進，背上那一大叢向上突出的茂盛管路，毫無疑問也為這座塑膠島嶼的交響曲貢獻了一己之力。

「是他們派這玩意兒過來的嗎？」

「不是，」她說。「他們只是放任這些東西隨風遊蕩。」

「我不想要那東西入鏡。」

「你當自己是導演啊？」

「妳別讓它入鏡就是了。」他說。

「風會把它吹走的。」

那東西繼續僵硬地走著，搖搖晃晃，倚靠那中空且半透明的腳前進。

他看見她的助手都從白鯨的上層甲板退場，剩下白瓷美智姬還在以非人類的速度和精準度移動著雙掌和手指，檢查翼傘。它水手帽上的緞帶在微風中飄揚。這是真正的微風，因為配有風扇的攝影機並不在場。

「總算來了。」瑞妮說。接著他看到第一位島族人，其中一部攝影機變動對準焦距。

那是個孩子，或者說某種如孩子般高的東西，拱背縮在一輛小型腳踏車的把手上。腳踏車形如鬼魅，車架就和這座城市及風動仿生獸一樣，都裹上了一層半透明的鹽殼。腳踏車不帶動力，好像也沒有踏板，所以那個島族人只能反覆用腳推著街道的路面前進。

垃圾島族比這座島嶼更讓奈瑟頓覺得反感。他們的皮膚因為日光性角化症長滿歪七扭八的突變物質，荒謬的是，這反倒讓他們免於患上皮膚癌。「怎麼只有一個？」

「衛星顯示他們正往這個街區聚集。算上眼前這個總共十二名，和事先說的一樣。」

他看著那個性別不明的島族人拖著平衡學步車不斷前進，而那對雙眼，或護目鏡，已經融成一道橫向的汙漬。

7 監視行動

那片霧面玻璃的後方正在準備派對。她之所以知道，是因為玻璃已變得清澈透明，就像柏頓用兩副墨鏡教她變的把戲。有蟲子在玻璃上，所以她瞄準了蟲子，盡她所能變換攻擊角度。她發現了個炫技用的急速下墜開關，可以讓四軸機以更出其不意的方式行動。她用這方式抓蟲，從上而下往它墜去，差點逮到其中一隻。距離蟲子很近時似乎還能發出某種擷圖功能。但機會稍縱即逝，之後就再也沒法重現了。那隻蟲看起來挺像莎琳會在永恆列印所印的東西，有如玩具，或一件醜到骨子裡的首飾。

她應該是來驅蟲而不是抓蟲。但不管怎樣，芙林覺得遊戲公司一定會把她的任何行動都記錄下來。所以她最後就只是簡單地把蟲趕走。一邊趕，一邊看到更多窗內發生的事。

剛剛還靠著窗戶的情侶已經消失，現在裡頭沒有任何人類。有一群機器人正在吸地板，矮小、扁平、米白，行動快到幾乎看不清。同時還有另外三名長得一模一樣的機器女孩，正把食物擺上長桌。它們是典型的動漫機器人正妹，清一色的白瓷臉孔，幾乎看不到任何五官。它們已經擺好三大盆花飾，現正將餐車上的食物放進桌上的盤子。好幾臺餐車進門後便自己滾向餐桌，交雜的米白色身影則會自動錯開，讓出剛好能讓餐車穿越的空間。它們在機器人周圍流動，恍若機械精密操作下的水流，分毫不差地轉出一個接一個的直角。

她比柏頓還更喜歡這款遊戲。她想要知道這場派對會發生什麼事。

有些電視節目會演出人們準備婚禮、葬禮的過程，芙林從來不喜歡那些，覺得看那玩意兒根本是世界末日。但那些節目裡沒有機器女孩或行動超快的掃地機器人。她曾在影片裡看過工廠機器人組裝零件，差不多就是那麼快。莎琳幫小孩們印的那些東西從來達不到那速度。

她降到兩隻蟲旁，盤旋空中，在不變動焦距的狀態下仔細研究其中一位機器女孩。機器女孩穿著鋪棉背心，上頭有許多口袋，袋口露出各式閃亮精巧的小工具。它用一種類似牙籤的東西逐一在壽司上裝飾食材。那些食材太小，實在看不清楚。它陶瓷的白臉上有一對圓亮的黑眼睛，分得比人類的雙眼更開，但那張臉上本來並沒有那雙眼睛。

她將手機掰彎一點，換個角度讓手指休息一下。仍持續把蟲群趕開。

像是有誰把燈關掉，本來在地板上四處溜轉的米白色突然消失，獨留其中一個可憐的身影，看起來像隻海星，正努力滑動五個星形尖端上看似輪子的東西，拚了命想要離開現場。壞掉了吧，她想。

一個女人走進房內，深褐髮色，長得很美，不是男孩玩的電動遊戲裡那種性感，比那更真。她像《北風行動》中芙林最喜歡的ＡＩ角色，那個法國女孩，反抗軍的女英雄。她穿著簡單的連身裙，像件長版Ｔ恤，原本是深灰色，但接觸到身體的部分則變成了黑色，讓芙林想起靠在窗上的那幾道影子。那件Ｔ恤在她沿著桌子的長邊走動時彷彿有自我意識，向下滑動，露出她整個左肩。

機器女孩停下手邊的動作，抬起頭。它們臉上已經沒有眼睛了，淺淺的眼窩像頰骨那樣光滑。女人走到餐桌的盡頭，攝影機蟲子蜂擁而至。

芙林聽見自己的手指在手機上發出的聲音。她驅策四軸機左右猛衝、上下盤旋，再回到原位。

「滾。」她對著蟲子說。

女人站在窗邊，向外看，左肩袒露。突然間，她的衣服柔順地向上爬，遮住了她的肩頭，頸線勾起一個V，最後回復成圓形。

「滾開啦！」她衝向蟲群。

窗子再度呈現偏光，不知道到底是什麼技術——「去你的。」她朝蟲子罵道。雖然偏光應該不是它們的錯。

她快速巡視周邊，看看是否開了其他窗戶，她沒看到。什麼事都沒發生，也沒有半隻蟲。

回到原位時，蟲子已在振翅擺動、磨刀霍霍。她飛越蟲群，將它們趕走。

她舔到臉頰內還沒吃完的肉乾，嚼了起來，然後抓了抓鼻子。

聞起來有洗手液的味道。

她朝蟲子追了過去。

8 雙屌

除非那位島族首領其實戴著某種用角化症皮膚製作的嘉年華風頭盔，不然就是他真的沒有脖子，幾乎像隻牛蛙，而且還有兩根陽具。

「好噁心。」奈瑟頓說，完全不期望瑞妮會有任何表示。

首領的身高可能稍稍超過兩公尺，有對不合比例的長臂。他騎著一輛透明的高輪腳踏車前來，巨大前輪上那些中空的輪幅排成了信天翁骨骼的圖樣。他穿著一件破爛不堪的芭蕾舞裙，裙子是以海上漂浮的塑膠薄片拼成，邊緣因紫外線照射而磨損，而從那些破損的褶邊之間，可瞥見瑞妮稱之為「雙屌」的東西——如果那真的是陽具的話。較上方也較小那根正勃起，但也可能一直是勃起狀態，像根灰色的角，而且表面粗糙，上頭掛了一頂類似派對帽的玩意兒。另一根雖然尺寸超大，不過看起來比較傳統，正軟趴趴地垂在下方。

「好，」瑞妮說。「他們全到了。」

在雙顯像流的兩個圓形畫面之間，奈瑟頓看到羅倫佐正仔細地觀察著黛卓的側臉。此時的她站在白鯨的邊緣護欄前，面對通往護欄頂端的五階收折梯，低著頭，雙眼下垂，宛若在祝禱或冥想。

「她在幹麼？」瑞妮問。

「顯像。」

「看誰？」

「她自己吧，我是這麼覺得。」

「你之前害我賭輸別人。」她說。「有人覺得你會跟她在一起，而我說你不會。」

「又沒有在一起很久。」

「大概就像懷了一場孕。」

「孕期很短。」

黛卓抬起下巴，漫不經心地摸了摸貼覆在右臂二頭肌上、顏色不太明顯的美國國旗。

「重頭戲來了。」瑞妮說。

黛卓踏上梯子，輕巧鑽過欄杆。

第三道顯像流從下方鑽進來，在另外兩則之間旋轉著綻開。

「這是微型攝影機，我們昨天派了幾臺過去。」瑞妮說，此時黛卓的翼傘張開，紅白相間，凌駕在島嶼上空。「垃圾島族有向我們示意他們知道這些攝影機會來，目前還沒有任何一臺遭到吞噬。」

奈瑟頓伸出舌頭，由左至右滑過上顎，將手機上的訊息清空，雜亂不整的床映入眼簾。

「你覺得她看起來怎麼樣？」瑞妮問。

「還行。」他說，然後起身。

房間角落有一小塊向外凸出的垂直窗臺，他走過去，窗面隨即消去偏光。他往下看著十字路口，一如預期：毫無動靜。沒有積成硬殼的鹽，沒有戲劇化的場面，沒有無音調可言的風中之歌。布倫斯伯里大街對面，一隻身長逾尺的螳螂閃耀著英國賽車綠，披著黃色印花，緊抓安妮女王雕像的表面，正在進行簡易維護。大概是某個業餘愛好者從遠處遙控的吧，他猜想。這種事應該找一群肉眼注意不到的裝配工來做才對。

「她還真的想裸著身體做這件事，」瑞妮說。「全身上下刺了一大片刺青。」

「面積算小了。妳也看過她以前那些皮膚做出來的縮擬模型，那才叫全身上下。」

「我很努力不去看，真是謝謝你喔。」

他往上顎彈了兩下舌頭，叫出左右兩個顯像流。兩臺攝影機各自從街廓的不同角落看著島族首領和他十一名同夥，他們向上看著，動也不動。

「看看他們。」他說。

「你還真是很討厭他們呢。」

「怎麼可能不討厭？妳看他們這樣。」

「我們本來就不可能喜歡他們的長相，這是可以預期的。如果傳說的沒錯，那他們的食人行為也會成為麻煩。不過他們也確實淨化了水層，而且還不用任何人付出一毛錢。現今他們可是握有世上最大的一塊回收聚合物，那種規模對我來說，即使算不上是國族，至少也能稱為一個國家。」

垃圾島族的人調整了位置，形成一個不太細緻的圓，帶著各自的滑板車和學步車把首領圍在中間。首領把他的高輪腳踏車放在廣場邊緣，車倒在地上。雖然首領個頭高大，但其他的島族人都差不多矮小，就像一連串有著粗糙灰色皮肉的醜陋卡通人物，穿著好幾層因日晒與鹽蝕而灰濛一片的破布。毫無疑問，他們的身體也變異得非常劇烈。當中比較明顯看得出是女性的那位，擁有六個乳房，露出來的皮肉上布滿了符號，不是刺青，而是假性魚鱗癬脫皮後留下的雜亂圖騰，難以意會。所有人都光腳，沒有腳趾，腳長得像鞋；他們身上的破布在風中搖擺，是街廓中唯一正在動的事物。

中間的顯像流裡，黛卓騰空往下飛躍，盪出一段很長的距離，然後再次上升。她的翼傘不斷變換著寬度和輪廓。

「她來了。」瑞妮說。

黛卓沿著大街交叉口的最寬處低空飛行，翼傘此時正以規律節奏變化，不斷煞住飛行的動能，看起來像加速播放的影片裡的水母。她的腳踩上聚合物時幾乎沒有踉蹌，只揚起了一陣鹽塵。

翼傘放開她的身體，瞬間收起，她因重心不穩意外四肢著地，但只有一、兩秒鐘。躺在地上的翼傘已收成雙葉片狀態，標誌朝上。他很清楚，這東西落地時絕不會讓標誌朝下，這又是另一個花了大把銀子的重點鏡頭。此時，來自微型攝影機的顯像流關閉了。

街廓上方兩臺攝影機從各自的角度拍攝到黛卓蓄力蹬足、奔跑起來，身體維持著令人驚異的挺直狀態，衝進那些小個子們圍成的圓。

島族首領移動腳步，轉過身，那顆寬闊且完全不像人類的頭上長了兩隻眼睛，各占兩邊角落，像某個孩子隨意塗鴉又抹去留下的成果。

「時候到了。」瑞妮說。

黛卓舉起右手，擺出可能是問候或表明自己沒有帶武器的手勢。

但奈瑟頓看見了。她的左手開始拉下連身衣的拉鍊，可是拉鍊卡住，位置就在她胸骨下方一個手掌寬。

「賤人！」瑞妮說，語氣近乎歡欣。此時，黛卓的臉上閃過一道不易注意到的微表情，那是凍結的怒意。

島族首領伸出左手，彷彿伸出一支運動器材，器材上的皮革被鹽斑染成了灰色。他扣住她的手腕，將她舉起，她那雙細心拋光的鞋子騰離半透明的路面。她一腳踢向他鬆弛的肚子，相當用力，正中那件破爛塑膠芭蕾舞裙的上方。被踢中的部位因為震盪而有鹽巴飛落。

他把她拉近，讓她垂掛在頂著尖角的假陽具上。她的左手觸摸到他側身肋骨底下，手指彎曲，但並未緊握，大拇指抵著灰色的皮肉。

他顫抖了一下，搖晃起來。

她抬起雙腳頂住他的腹部，用力一推，然後收回伸出的拳頭，看起來有如正抽出一把鮮紅色的捲尺。那是她的拇指指甲。完整抽出之後幾乎有她的前臂那麼長。他的鮮血非常紅豔，與那整片灰色的世界形成對比。

他放開她，她以背面著地，迅即滾了幾圈，指甲長度縮成一半。他張大嘴，奈瑟頓在那裡頭只看到一片黑暗，接著他向前倒下。

已站起來的黛卓此時緩慢轉身，兩根拇指指甲都向下凹陷，並微微彎曲，左指甲還流淌著島族首領的血。

「超高音速。」瑞妮的顯像流中響起一個陌生的聲音，無法分辨性別，語氣極為冷靜。「即將抵達。減速。接受衝擊。」

在這之前，他從來沒在這裡聽過那種雷聲。

六根乾淨無瑕的白色直立圓柱體以完美均分的間隔出現在島族人上方，圍成比他們稍大的一圈圓。所有垃圾島人都扔下手中的腳踏車和滑板車，跨開腳步向黛卓衝去。每根圓柱體上都出現一排垂直的細小橘色針頭，上下舞動。接著，島族人就被撕裂、拋飛，以一種奈瑟頓無法理解的方式。羅倫佐的顯像流畫面凍結在那瞬間：一隻斷手的剪影。那剪影是如此完美、不可思議、近乎全黑，差不多占滿了整個畫面。

「這下我們真的玩完了。」瑞妮說。她驚訝得無法自己，像個小孩。

白鯨甲板上的美智姬此刻正要跳出欄杆，它的臉在那一瞬間同時冒出好幾顆蜘蛛眼睛，以及鼻狀裂口。目睹這般場面，奈瑟頓也只能同意她的說法了。

9 保護性監禁

倫敦。

她把LED燈調暗，發現這樣更容易找到蟲子，於是就一直保持那個亮度。

她當時一直試著沿大樓側邊往下飛，想要回到廂型車裡，因為那時已算下班了，可以到處晃晃。不過蟲子卻直接把她撞飛。

她將手機掰直，弄響指關節，坐在俗氣的黎明微光中，以圖片搜尋城市——沒有花太多時間。河川的曲線，老舊低矮建築的構造，以及矮樓和高樓之間形成的對比。真正的倫敦沒有那麼多高樓，而且在真正的倫敦裡，高樓大多會群聚一處，形狀和規模也更多變。在遊戲中的倫敦，這些建築只是巨型堆疊物，間隔平均，但相距更遠，猶如鋪成一片網格。就如那地方特有的座標，她很清楚倫敦從來沒有過那種東西。

她思考著該把登入的紙條留在哪裡，後來決定放進戰斧收藏箱。就在她將箱子擺回桌下時，手機響了起來。是里昂。「他在哪裡？」她問。

「國安部，」他說。「保護性監禁。」

「他被捕了？」

「沒有，關起來而已。」

「他幹了什麼好事？」

「就惡搞路加囉。後來國安部的人笑得跟什麼一樣，他們愛死了，還賞了他一根中國產的訂製香菸。」

「他又不抽菸。」

「可以拿來交換別的東西啊。」

「他的手機被沒收了嗎？」

「國安部沒收所有人的手機。」

她看著自己的手機，這不過幾週前梅肯才幫她印的。她希望他當初做得夠仔細，因為此時國安部的電腦一定會開始深入調查。「他們有說他要關多久嗎？」

「他們才不會講，」里昂說。「比較可能要等到路加福音離開之後。」

「那邊情況怎麼樣？」

「跟我們剛到的時候差不多。」

「所以到底是發生了什麼事？」

「那傢伙啊！跑去舉了一支『上帝恨一切』的牌子。柏頓叫我跟妳說，同樣時間、同樣地點，去幫他做同樣的工作，直到他回去。他說每多做兩次就再加五千。」

「跟他說每次都要多加五千，他們給他多少就得付我多少。」

「妳讓我慶幸自己沒有妹妹。」

「但你有表妹，混帳。」

「真的耶。」

「里昂，把柏頓看好。」

「好啦。」

她在持章者地圖上刷了下莎琳的狀態：還在線上，情緒環也還是紫色。她想過去找她，可能也去見見梅肯，問他有關柏頓手機的事，還有她自己的。

10 梅娜德之戀

奈瑟頓覺得這地方以前大概是專接酒鬼觀光客的祕密景點。它的入口位於柯芬園地下層的某個角落，是道一八三〇年代的拱門，被四面牆圍住，整間店只有一架美智姬店員，他一直在想它何時會突然掏出什麼瞄準裝置。店裡有一塊尺寸完整、生氣勃勃，看起來貨真價實的酒吧標誌，掛在吧檯上方，約疊上四張凳子才搆得到的位置，上面畫了好幾個他認為是酒神女祭司的圖樣。而他坐在一間擋了門簾的小包廂裡等著瑞妮。他從沒在這裡見過其他客人，所以才提議約在這兒。

厚重的酒紅色絲絨簾幕晃動。有個小孩探了單邊眼睛進來，瞳孔是淡褐色，眉上的瀏海顏色也很淡。「瑞妮嗎？」雖然覺得應該就是她，但還是問一下好。

「抱歉，」那孩子說，身子溜了進來。「他們已經沒有成人款。今天晚上歌劇院好像有當紅戲碼，所以這附近所有像樣的都有人要了。」

他想像著身處多倫多那間狹長公寓裡的她正舒服地躺在沙發上。公寓位在一座跨過大街的空橋，連接斜對角兩座老舊大樓。此時的她大抵正戴著頭帶，騙過神經系統，讓自己的身體相信租來的擴充亞體所做的動作都是她在夢中的行為。

「我現在對美智姬沒什麼好感。」她說。她的外表看來只有十歲，可能還更小，行為舉止和大部分的租用體沒有兩樣。「我看到白鯨上那架保護黛卓時的模樣了，好噁。必要的時候它們還可以像蜘蛛那樣移動。」她坐在他對面的椅子上，悶悶不樂地注視著他。

「她在哪裡？」

「很難說。她的政府派了某種飛行器過來，不用想也知道，他們一定把那些片段都清個乾淨，然後命令白鯨離開。」

「但妳還能看得到，對嗎？」

「看不到特定幾個重要片段，其它的可以。那個大塊頭臉朝下倒地，剩餘的人被砍得七零八落，沒有再出現更多島族的人，所以死亡人數也沒有再增加。理論上來說，對我們算好消息，意謂計畫還能繼續進行。」

「先生，您的朋友需要什麼嗎？」美智姬店員從幕簾後方問道。

「不用了。」他說，畢竟把好酒倒進擴充亞體裡沒有意義，更別提這裡也沒有好酒。

「他是我叔叔，」她說。「真的。」

「是妳提議我們這樣碰面的。」奈瑟頓提醒她。他啜了一口這裡最便宜的威士忌——喝起來跟店裡最貴的無異。他在等她時已經試過了。

「情況很糟。」她說，揮動著小手，以手勢給他們的處境做個概括。「壞事連連，而且持續發生。這下麻煩了，大麻煩。」

就他所知，瑞妮受雇於加拿大政府，但毫無疑問，他們絕對會把自己跟她的行為間的責任問題推得一乾二淨。他認為，要是他們真的推卸責任，這動作蘊藏何種意義就坦誠直率得令人吃驚，因為她很可能知道自己的上司是誰——或至少隱隱約約知道。「妳可以說清楚一點嗎？」他問。

「沙烏地人退出了。」她說。

這他有預料到。

「新加坡退出。」她繼續說。「我們最大的六個NGO都退出了。」

「全部？」

孩子點了點頭。「法國、丹麥——」

「還剩下誰？」

「美國，」她說。「和紐西蘭政府底下的某個派系。」

他再啜一口威士忌。酒液小小的火舌燒上了他的舌頭。

她歪著頭。「他們認為這是一場刺殺行動。」

「太扯了。」

「這是我們聽到的消息。」

「『我們』是誰？」

「不要問。」

「我不信這說法。」

「維伏，」那孩子說，身子向前傾。「那就是一場刺殺沒錯。有人利用我們殺他，更別提連他的手下都殺光了。」

「只要這次的結果是好的，不論形式，黛卓都能拿到一筆可觀的報酬。就算撇開這點不提，這個結果對她來說根本沒有好處啊。」

「這是自我防衛，維伏，世上最輕鬆的說法。你我都知道她想激怒他們，她需要藉口，好讓自我防衛的理由成立。」

「可是打從一開始就確定了她是要去碰頭的人，不是嗎？妳加入這項任務的時候她就已經是任務裡的一分子了，不是嗎？」

她點頭。

「僱用我的人是妳。那一開始是誰找她進來？」

「會問這些問題，」孩子的措辭變得更加明確。「就代表你並不明白我們的處境。我們兩人都沒本錢繼續追問這些，我們都得揹這個鍋，維伏，專業點。不過——」她話沒說完。

他直盯著租用體靜止的雙眼。「不過至少好過在其他後續事件中成為目標，對吧？」

「我們既不知道，」孩子堅定地說。「也不想知道。」

他看著威士忌。「他們用超高音速武器傳遞系統掩護她，對不對？就那個靠軌道運行什麼的，他們早就準備好了，就等著派上用場。」

「她政府那邊的人本來就會這麼做，這是他們一貫的做法。我們現在根本不該討論這個，已經結束了，我們都需要這件事趕快結束。」

他看著她。

「本來可能更糟。」她說。

「可能嗎？」

「你還能坐在這裡，」孩子說。「而我在家，穿著暖呼呼的睡衣，我們都活著，雖然我猜可能要開始找工作了。但就讓我們保持現狀，行嗎？」

他點頭。

「要是你沒有和她上過床，事情可能不會那麼複雜。但反正你們的關係很短，而且也結束了——確實結束了對吧？維伏？」

「這還用說？」

「沒有藕斷絲連吧？」她問。「你沒有把刮鬍刀忘在她那兒吧？因為你們非得斷個一乾二淨，維伏。我說真的，我們不能讓你有任何理由再去和她接觸。」

然後他才想起——

不過他能彌補，沒有告訴瑞妮的必要。

他將手伸向威士忌。

11 狼蛛

她把腳踏車鎖在小巷子裡，再用手機從後門進到永恆列印所。裡頭聞起來有鬆餅味，加上壽司糧倉的特製炸蝦丼。鬆餅味代表他們正在列印的東西，材料是能當成堆肥的塑膠，特製炸蝦丼則是莎琳的宵夜。

艾德沃坐在房間正中間的凳子上，正在監控。他戴著能抗紫外線炫光的太陽眼鏡，眼鏡底下的單邊眼睛則戴著微視。在陰暗的光線下，那副太陽眼鏡看起來跟他的臉幾乎同個顏色，只是較亮。「有看到梅肯嗎？」她問。

「梅肯不在。」因為無聊加上熬夜，他快要暈過去了。

「艾德沃，你休息一下吧？」

「我還好。」

她瞥了一眼工作長桌，上面堆滿需要拆除列印胎膜、拋光、組裝的零件。她曾在那張桌子上度過非常多的時光。如果相處得來，手腳又夠快，莎琳其實是很穩定的零工來源。他們今天晚上看起來是要印玩具，或是獨立紀念日要用的裝飾品。

她走向前檯，發現莎琳在看新聞：一群內心醜陋、只會舉牌的傢伙。莎琳抬起頭：「柏頓有打給妳嗎？」

「沒有。」芙林說了謊。「發生什麼事？」她不想談到柏頓，雖然避開話題的機率為零。

「國土安全部帶走了一些退伍軍人，我很擔心他。我找了艾德沃幫妳代班。」

「我看到他了。」芙林說。「要吃早餐嗎？」

「妳這麼早起啊。」

「沒睡。」她還沒跟莎琳說自己昨晚到底有什麼緊急事要完成，現在還不用。「有看到梅肯嗎？」

莎琳用花俏的假指甲滑過顯示螢幕，路加福音四之五的畫面歪斜著跳回一大片綠意盎然的虛擬熱帶草原。「昨晚還輪不到他呢。」這表示她親自下來做大夜班是因為工作趕不完，而不是梅肯需要一點額外的安靜空間，去印他那些仿冒品。芙林不確定列印所的收入有多少來自列印山寨貨，不過她想，應該有很大一部分都是這樣。走高速公路到一英里外就有一家列印便的連鎖分店，印表機更大、選擇更多，但你沒辦法在列印便印任何仿冒品。「我在節食。」莎琳說。火鶴從大草原上飛起。

「妳的環就因為這樣變紫色？」

「因為柏頓啦。」莎琳說，站起來，伸出一根手指把上衣塞進牛仔褲的褲頭。

「柏頓可以照顧自己。」

「退務部應該要幫他回歸正常生活，但他們什麼都沒做。」

芙林想，對莎琳來說，柏頓的創傷症候群最嚴重的徵兆大概是一直沒來約她出去。

莎琳嘆了口氣，覺得芙林居然不了解自己哥哥的處境。

芙林的母親曾說：莎琳的煩惱之多，就像她那頭大而蓬鬆的頭髮——其實根本不存在。都只是因胡思亂想加工後膨脹出來的產物，像是刷上乳膠漆還硬要透出來的標記線。芙林喜歡她這個人，但假使提到柏頓，那她就真的沒辦法了。

「要是妳看到梅肯，叫他跟我聯絡，我手機有點問題需要看一下。」說完，她轉身就要離開。

「我太難搞了，抱歉。」莎琳說。

芙林捏了捏她的肩膀。「一有他的消息我馬上告訴妳。」

她經過艾德沃時點了個頭，又從後門走出去。

她剛轉出列印所後巷，就遇到康諾·潘思基駕著他的狼蛛呼嘯而過，兩顆前輪在他身後留下兩道鋸齒狀的潦草黑痕。他穿著類似多口拉鍊連身裝的東西，是珍奈用黑色的Polartec布料幫他縫的。當初還沒完成時，它們看起來就像某種詭異生物的保護殼。事實上，芙林覺得它們就是。身為鎮上唯二的偵察部隊退役軍人，康諾回來時的模樣是芙林害怕柏頓也會變成的模樣：缺一條腿、另一隻腳的腳掌、另一身側的手臂，剩下那隻手掌的拇指與兩根指頭也不見了。但他英俊的臉龐毫髮無傷。這使整個情況看起來更詭異。康諾三輪車尾那顆巨大的獨輪光頭胎消失在貝克路的轉彎處，她聞到他排氣管裡隨時飄散的回收炸雞油氣味。他都在晚上飆車，大部分跑在郡道上，駕著退務部買單的伺服機動裝置，在這個郡和附近兩、三個郡之間狂飆。這應該是他發洩的方法，她想。他會接上封閉式尿袋，嗑些興奮劑，基本上得跑到燃料用盡才會停下。只要他睡得著，白天都在呼呼大睡，有時柏頓會去他家幫忙照顧他的生活起居。她很不捨他。高中時，他是個貼心的大男孩，所有人都喜歡那張好看的臉。就她所知，他或柏頓從來沒對任何人說起他到底發生了什麼事。

她隨意踩著踏板，一路滑行到吉米的店，走進去，坐上櫃檯，點了蛋、培根和吐司，沒要咖啡。櫃檯後方那面紅牛鏡子裡的卡通公牛注意到她，對她眨眼睛，但她別開了視線。她討厭它們跟人說話的樣子，甚至還會叫你的名字。

吉米的店是她媽媽高中時就會來的老店，那面鏡子是店裡最新的玩意兒。吉米店裡的每樣東西（包括地板），只要待得夠久，都會在一段時間後裹上一層又一層的深咖啡色，年復一年，裹得閃閃發亮。為午餐時段的餓死鬼準備的洋蔥已經在油鍋裡嘶嘶作響，那味道刺得她雙眼發疼，肯定也會滲進頭髮。

海夫提大賣場此時應該已經開了。她想去它的走道之間來來回回，看堆高機搬進一盤又一盤包了收縮膜的貨板。她喜歡在一大早的時候進去，花上一張閃亮亮的嶄新五千元大鈔，買回兩大袋雜貨，把家裡的櫥櫃塞滿。她的鄰居都開始自己種菜了，只要隨便下個一陣雨，產量就會多到連他們自己都不知道該怎麼辦。離開賣場後，她會再去一趟強安藥局，用另外一張五千元換回她媽媽的處方藥，然後騎回家，把腳踏車側袋裡的東西倒出來，收進儲藏室。幸運的話，除了貓之外不會吵醒任何人。

櫃檯邊緣綴滿了和柏頓拖車裡一樣的ＬＥＤ燈，但上面的聚合物塗得比較邋遢隨便。這家店轉成小吃店之後，她至少也光顧一年多，從來沒看過那些燈亮過。她用大拇指按壓那層聚合物，感覺著它彈回來的力道。

柏頓和里昂在入伍前就已學會，在這種聚合物還是液態的時候用注射器把它注進散彈槍子彈，讓聚合物包覆裡頭的鉛球，再用人造樹脂把子彈上用針頭戳出來的小洞迅速蓋起。這樣一來，那些聚合物就會在小鉛球間一直保持溼潤狀態，不會擴張——至少大多時候是這樣。當你發射這種子彈，那些液體就會在離開槍管的過程裡逐漸膨脹、凝固，變成一坨由聚合物和鉛組成的怪東西。形狀像馬鈴薯，速度慢到你幾乎可以看到它從槍管裡跌出來的模樣。它沉重而有彈性，會在郡立風災避難所的水泥牆面與天花板間四處飛彈，撞翻放在房間角落的任何物品。里昂有那地方的鑰匙。若不是和其他人一起躲龍捲風的時候進去，那地方看起來滿奇怪。一段時間之後，柏頓還真能用它打中放在角落的東西，但是莫斯伯格散彈槍的槍響總震得她雙耳作痛，即使戴上耳塞也一樣。

那時候的柏頓跟現在截然不同，不只瘦得像根長竹竿，還很邋遢。如果只看現在的他，根本想像不到當初會是那個模樣。前一晚時她注意到，不需她動手整理，拖車裡的每樣東西就已相互對得整整齊齊。里昂曾說，陸戰隊把柏頓變成了有潔癖的怪胎，她以前還真沒這麼想過。她提醒自己要記得把紅牛的空罐丟到外頭的回收桶，再花點時間把那地方整理一遍。

女服務生送來她點的蛋。

她聽到康諾的三輪機車再次飆過，就在停車場後方。那與街上其他東西的聲音都不同。警察基本上已經算是不管他了，反正他出沒的時間大多是深夜。

她希望他已在回家的路上。

12 袋狼

他想討好她，還有什麼比送上有錢也買不到的東西更好呢？他要送給她的那件東西，列夫第一次告訴他時聽起來就像個鬼故事。

他在床上跟她說了這件事。「所以他們是已死的人？」她問。

「應該是。」

「時間點離現在很久嗎？」

「在開獎之前。」

「但是，他們還活在過去吧？」

「不算『過去』。第一次連結成功時，我們的過去並沒有發生過那件事。所以時間線會從那個點上開始分歧，他們不會再朝我們的方向發展，所以我們『這裡』沒有任何改變。」

「你是指我的床嗎？」她微笑著張開手腳。

「我是指我們的世界。歷史，一切。」

「然後他僱用了他們？」

「對。」

「他拿什麼付給那些人呢？」

「錢。那個世界的錢幣。」

「他怎麼會有?他去過那裡嗎?」

「去不了,沒有人過得去。但可以交換資訊,所以我們可以在這裡賺那邊的錢。」

「你現在說的這個人是誰?」

「列夫.祖博夫,我們以前讀同一所學校。」

「俄羅斯人。」

「他們是古老的政治竊賊世家。列夫是家裡最小的,一個不用工作、長不大的傢伙。他有幾樣嗜好,這個是最新的。」

「為什麼我以前沒聽過這件事?」

「最近的事而已,很低調。列夫會去找那些他的家族可能會想投資的新東西,他覺得這可能是從上海傳出來,跟量子穿隧之類的有關。」

「他們可以回到多久以前?」

「最早可以到二〇二三。他覺得有些事情似乎因為他這麼做而改變了,達到某種複雜度的臨界點,但那邊的人完全不會注意到。」

「晚點繼續跟我說。」她伸手拉過他。

牆上掛著她最近三次從自己身上剝下的外皮,都裱了框。

她最新的肌膚仍乾淨如白紙一張,正壓在他身下。

此時是晚上十點,他在廚房裡,那是列夫的父親在諾丁丘的大宅,他的藝術之屋。

奈瑟頓知道還有一間愛之屋在肯辛頓哥爾，及幾間談公事的房子，再加上位在里奇蒙丘的本家。諾丁丘的這棟是列夫的祖父在倫敦的第一間地產，世紀中時購入，就在開獎開得正劇烈時。屋中瀰漫著社交關係的臭味，它是因此才能如此靜靜衰敗。這裡沒有清潔工，沒有裝配工，沒有攝影機，沒辦法從外面進行任何控制。這是不管你多願意付錢也不見得有辦法做到的事。列夫的父親在繼承房子後持續讓它保持原樣，列夫之後應該也會這樣做。不過列夫還有兩位哥哥，雖然奈瑟頓對他們能避就避，可是，為了保留房子的現況，有些社交關係必須像肌肉那樣靠著不斷運動來維持，而那兩人看來確實比較擅長做這種事。

透過廚房的窗戶，他看到列夫那兩隻類袋狼的其中一隻，正翹著尾巴在夜光照射下的玉簪花叢旁辦事。他很想知道牠的糞便會值多少錢。袋狼飼養者之間分成不同的派系，會彼此競爭基因組的混種方式，這是列夫的另一項興趣。那隻袋狼以一種非常不像犬科動物的方式轉過身，似乎正盯著他看，身體兩側的垂直條紋呈現出家徽般顯著的紋理。列夫說過，袋狼既不是犬科也不是貓科，這點對哺乳動物掠食者而言非常特別。也許多米妮卡把牠的視野範圍轉成了顯像流，只有她自己才看得到。多米妮卡不喜歡他，他一到這裡她就躲了起來，或上樓，或潛入地下室。這棟房子就像傳統寡頭世家喜歡的那樣，地下室之下還有地下室，如冰山般只露出一點點頭來。

「沒這麼簡單。」列夫開口說道，在奈瑟頓面前滿是刮痕的松木桌上，他放下裝了咖啡的亮紅色馬克杯，馬克杯旁躺著一小塊他兒子的樂高積木。「要糖嗎？」列夫個子高，留著棕色的鬍鬚，戴著老派眼鏡，故意將衣服穿得異常凌亂，似乎想引人注意。

「就是這麼簡單。」奈瑟頓說。「就跟她說它停下來了。」他抬頭看向列夫。「你跟我提過有可能會這樣的。」

「我跟你說的是我們沒有人知道它到底是什麼時候開始、為什麼開始、可能是誰的伺服器，也不知道它還能運作多久。」

「那就告訴她它停了。你有白蘭地嗎？」

「沒有。」列夫說。「你需要的是咖啡。你見過她姊姊艾葉莉塔了嗎？」他在奈瑟頓對面坐下。

「還沒，事情發生前本來要去。她們看起來不怎麼親。」

「夠親了。黛卓不想要它，坦白說我也不想。如果我們認真看待連續體，就不該做那種事。」

「她不想要？」

「她要我交給艾葉莉塔。」

「給她姊姊？」

「那個人現在成了艾葉莉塔保全系統的一部分，雖然層級很低，但艾葉莉塔知道他在那裡。」

「那就開除那個人，做個了斷。」

「但艾葉莉塔很感興趣。抱歉了，維伏，我星期四要和她一起吃午餐，我希望能向她解釋清楚，連續體的價值並不在於有幽靈可以隨意使喚。她看起來是個聰明人，我想她會懂的。」

「你之前為什麼不告訴我？」

「你已經夠忙了。而且坦白說，那時的你看起來不太有理智。黛卓打來，跟我說你對她很好，她不想要傷害你的感情，便問我何不把幽靈給她那位喜歡稀奇古怪東西的姊姊。你那時不像會跟她天長地久，所以我不覺得這有什麼大不了。接著換艾葉莉塔打來，她聽起來是真的很感興趣，所以我就給她了。」

奈瑟頓雙手端起咖啡，喝了一口，思考著。他認為列夫剛才說的事確實解開了現在的問題。他和黛卓之間不再有關係，他卻間接把一位朋友介紹給了自己前任情人的姊姊。除了知道她的名字取自一部蘇聯默片的片名外，他完全不了解艾葉莉塔這個人。瑞妮的簡報資料裡沒提到太多她的事，再說，他那時也總是心不在焉。「她做什麼工作？跟外交有關的榮譽職嗎？」

「她們的父親是負責危機處理的無任所大使，我認為她繼承了一部分的才能，雖然有些人可能會說黛卓的做法比較現代。」

「包括會變長的指甲之類的東西嗎？」

列夫皺起鼻子。「你被開除了嗎？」

「當然。但不是正式的，還不是。」

「你現在要怎麼辦？」

「從錯中學囉，盡快找到解決辦法。現在你都解釋清楚了，我想不出什麼理由不讓黛卓的姊姊保留那個幽靈。」他又喝了一大口咖啡。「為什麼你們要叫他們幽靈？」

「應該是因為他很像會搬動家具的那種鬼魂吧，我想❷。你好啊，高登大帥哥。」

奈瑟頓順著列夫的視線發現了那隻袋狼，牠用後腳在露臺上站起，盯著他們看。他現在真的很想喝一杯，接著又想起自己應該知道能在哪裡找到酒喝。不過也就那一杯而已。「我得思考一下。」他站起身。「介意我去收藏品那兒晃一晃嗎？」

「你明明不喜歡車。」

「我喜歡歷史，」奈瑟頓說。「而且我不想走在諾丁丘的街上。」
「需要同伴嗎？」
「不用，」奈瑟頓說。「我要想些事情。」
「你知道電梯在哪裡。」列夫說，起身去放袋狼進來。

❷ 這裡的幽靈原文為polt，列夫猜測是對poltergeist的縮寫。poltergeist是一種會故意移動物體來捉弄人的鬼魂，也稱騷靈。

13 EASY ICE

大白天睡在自己的房間裡，醒來時彷彿切斷了與時間的所有連結。她現在到底幾歲？七歲、十七歲、二十七歲？此時是日暮還是日出？從外面的光看不出來。看了手機，是傍晚。屋內寂靜一片，媽媽應該已經睡了。她祖母那整整五十年份的《國家地理雜誌》都堆在走廊上，她穿過它們的氣味，下樓，在爐頭上的水壺裡找到還溫熱的咖啡，回頭去沖澡，天色逐漸暗去。太陽把水的溫度暖得剛剛好。她裹著柏頓的舊浴袍，從小淋浴間裡走出來，用毛巾搓揉頭髮，準備換上工作穿的衣服。

這是她從柏頓和陸戰隊那裡學到的。穿著閒暇呆坐時的衣服，是沒法兒做好任何事的。先讓自己把架式擺出來，你的心也會跟著做好準備。之前，她在去杜懷特的偵察點報到時，甚至會先確認自己儀容是否都已打理整齊。不過，即使那份工作給出她遇過最好的酬勞，她也覺得自己不會再去做。她不喜歡玩遊戲，不像麥迪森和珍妮絲那麼喜歡。她玩只是為了錢。在《北風行動》裡，她有熟悉的特定軍階跟任務，熟練到杜懷特不想再找其他人。只是他現在也不得不了。

今天晚上她想保持專注，不只是為了工作，她想盡可能地把那個倫敦看仔細些，也許她會喜歡上這款遊戲吧。柏頓說那不是射擊遊戲，而她想知道更多關於那女人的事，她想要看到她生活上的其他細節。

她回到樓上，在扶手椅的衣服堆裡東翻西找，挖出一件最新、還沒褪色的黑色牛仔褲，還有她在瓊斯咖啡工作時穿的黑色短袖襯衫。襯衫走的是軍裝風，胸口縫了外接口袋，肩膀上還有扣帶似的玩意兒。她把「瓊斯咖啡」幾個繡字都拆掉，只留下左邊口袋上紅色字體的「芙林」。她的運動鞋看起來跟黑色不搭，但她只有這雙了。之前本來打算讓梅肯幫她印幾雙山寨鞋，但她還沒找到真正喜歡的款式可以拿來讓他複製。

她回到廚房，幫自己做了份火腿起司三明治，塞進特百惠的塑膠盒裡，把手機繞上左手腕，再下樓。她一邊聽著鶴之吻的新歌，一邊摸黑走向拖車。里昂在進到副歌之前打來，她讓手機留在手腕上。「嘿，」她說。「你把他弄出來了嗎？」

「國安部準備放所有人離開，路加覺得他們已經完成神的旨意，至少暫時是這樣。」

「所以你都在幹麼呢？」

「沒事閒晃。打了好幾場撞球、睡在車上，總之到處瞎混。」

「有再跟柏頓說到話嗎？」

「沒有，」他說。「國安部把他們都聚集在西戴維司高中的跑道中央。我是可以到看臺上看他玩牌、吃戰鬥口糧或是睡覺，但實在沒什麼意義。」

也許這真的是夠無聊，無聊到讓柏頓不會想再把事情鬧大，但她懷疑他有這麼容易打發。「等他們放他出來之後，叫他打給我。」

「我會的。」里昂說。

鶴之吻的歌聲再度響起，她看到掛在堆肥廁所門上的那罐乾洗手，上面寫滿了QR碼和請購單編號，列印的墨水已經開始褪色。但她在屋子裡的廁所上過了。

她打開拖車門時猛然意識到柏頓從來沒鎖過，他甚至連鎖都沒有。沒有人會在未經他同意之下進到拖車裡。她完全忘了這門關上一整天會讓車裡多熱。里昂想幫拖車裝冷氣，但柏頓完全沒興趣，反正大部分白天他也不在那裡面。也許穿襯衫跟牛仔褲過來不是個明智的選擇。她把三明治放進冰箱，將窗戶盡可能開到最大。車外，一隻黑金相間的蜘蛛開始在發泡劑形成的隧道裡結起網來。

她打掃了一會兒，把東西收整齊。那張中國製座椅一直試圖在她四處走動時，一邊調整成適合她的形狀。她不太確定自己會想在生活中放一張這種玩意兒，但當她終於坐到那張椅子上時，感覺真是恰好舒服。

她拿下手機，彎成習慣的手把角度，晃過柏頓的顯示螢幕上方。她刷了一下持章者地圖。莎琳已經回列印所了，看起來還是那麼焦慮，而柏頓則顯示為超出地圖範圍。她查了他的位置：戴維司維爾鎮上海夫提大賣場的停車場，她猜那地方一定停滿了國土安全部的白色大卡車，而柏頓的手機就鎖在其中一輛裡。她皺起眉頭。國安部此時一定知道她查到了他的位置，這還沒什麼，要是他們注意到她的手機是仿冒的假貨，那問題才比較大。不過她也不能怎麼樣就是了。她關掉地圖，回到前一晚她對倫敦所做的圖片搜尋。

她一直在等柏頓打來告訴她他被放出來。從里昂所說的判斷，國安部是真的打算放人，所以她持續按著鍵盤，繼續深入研究這座莫名其妙出現的倫敦。遊戲裡的城市是倫敦沒錯，但城市之中似乎長出了某種更為龐大且難以辨認的東西。

時間到了，她從戰斧的盒子拿出登入的帳號密碼，在螢幕上揮了揮手指，選擇「冷鐵奇蹟股份公司」，輸入字串。

她已經想好了這次要觀察哪些東西，並開始上升。

她在四軸機出現時把那輛廂型車仔細看一遍。與其說是廂型車，它其實更像一部裝甲車，跟康諾的三輪機車一樣上寬下窄。她剛離開的發射座臺則是四四方方，顏色頗深。她又聽到了那些聲音，語氣同樣緊湊，一樣難以理解。

現在這時間跟她上次來到這裡時相同，薄暮已深，雲朵更沉，大樓深古銅色的外表因為水氣而顯得陰暗。

接著她找到之前看到的那條街，路面由類似玻璃的東西鋪成，底下有光。那下方似乎有流動的水？

她數著路上的車輛，看到三輛。

隨著十點鐘方向的計數器跳成「二十樓」，那些聲音就此消失。

超過二十三樓時，她第一次察覺到那個灰色的玩意兒。啞灰色，緊靠在大樓潮溼的深色金屬表面，顏色像從水泡上撕下來的死皮，跟兒童用背包一般大。

她迅速掠過，並以哨點偵察的方式將全部的注意力投向三個不同的方向。放眼望去，許多高度相同的黑色高樓彼此距離遙遠、隔空相望，它們形成的網格布滿這座古老的城市，她所在的這棟建築很可能也是其中之一。那艘鯨魚似的飛船不在天上。

攻略遊戲的經驗讓她學會，必須留意任何看起來格格不入的事物。她想再迅速看一眼那個背包，便把鏡頭轉向下方。沒找到。

當她到達三十七樓，那東西突然追上，超越了她。看到那種移動方式後，她不再覺得它像背包，反而比較像鰩魚的卵殼。這種幾近滅絕的動物產下的卵有著黑色的殼，她曾在南卡羅萊納的海灘上看過，外觀是詭異的四方形，每個角落都長了一根歪斜扭曲的角。那東西現在沿著大樓向上滾動，用有黏性的腳不斷翻著流暢的筋斗。她不確定那是角還是腳，但無論哪對在前，都會用它們的尖端穩住自己，翻過身，用剛才抓住物體表面的那對東西將自己推往更高的地方。

鏡頭跟了上去，她想爬升得快一點，卻發現自己仍然沒有控制權。它再次消失在視線中。也許它有什麼方法可以進到大樓。他曾經看過梅肯列印的那些小型氣動機器人，外型像是巨大的水蛭，它們移動的方式跟它有點像，但比較慢。

芙林的母親把鰩卵的殼叫做「美人魚的錢包」，不過柏頓說，當地人都叫它們惡魔的手提袋。它長了一副危險的外表，彷彿有毒，不過實際上完全沒這回事。

她在剩下的路程中持續留意那東西，然後便到了五十六樓。她發現那個窗臺已經打開，不過窗戶仍是霧面，於是有些失望。她覺得自己錯過了派對，但或許至少能知道它辦得如何。蟲們似乎不在附近。不管那個像電梯一樣帶著她不斷上升的東西到底是什麼，現在也消失了。她迅速環視四周，希望能出現另一扇窗，可是什麼都沒發生。也沒有蟲。

她回到霧面玻璃前，在那兒等了五分鐘，再五分鐘。接著她又巡了一遍周圍。在建築物的另一側，某個她之前沒注意到的格狀溝蓋正冒出蒸汽。

她開始想念那些蟲了。

鏡頭俯視，一輛有著單盞大燈的大車開過，速度飛快。

玻璃消去偏光時，她剛好又轉回了窗前，女人就站在那裡，跟某個芙林看不到的人說話。

芙林停下來，讓陀螺儀將她釘在原地。

房間完全看不出來有辦過派對的樣子，裡頭的擺設甚至完全不一樣，彷彿那些小機器人把所有家具都搬動了一遍。長桌消失，現在放了幾張扶手椅、一張沙發和地毯，燈光柔和。

女人穿著條紋睡褲和黑色T恤，芙林猜想她應該才剛起床，因為女人正頂著一頭亂髮——是那種髮質很好的人剛睡醒時呈現的模樣。

要注意蟲子，她提醒自己，但它們仍然沒有出現。

女人笑起來，彷彿聽到某個芙林看不到的人說了什麼。上次臀部貼在窗戶上的那個人……會是她嗎？她是不是正跟之前親了她的那個男人說話？或者該說是試圖想親她？也許他們後來把事情說開了，派對的氣氛又不錯，於是就一起過一夜？

她強迫自己再巡視一遍周邊，緩慢、仔細。她注意蟲子、逃跑的背包，或任何事物。蒸汽都散去，她找不到格狀溝蓋之前所在的位置，這讓芙林有種這棟建築物其實是活的感覺——搞不好還有意識。此時，建築物內的女人位居高處，正在無蟲的夜裡大笑。想到這裡，她才意識到拖車裡有多悶熱，整個人已汗流浹背。

天色更暗。城市裡只有寥寥幾盞燈光，但這些表面空無一片的巨大高樓上則全無光亮。

轉過身，她發現他們正站在窗前向外望，男人的手臂環抱女人。他比她高出許多，像是不想過於強調種族的廣告裡會採用的模特兒，留著深色頭髮以及搭配起來很合適的短鬍碴，表情淡漠。女人開口說話，他亦回應，芙林在他臉上看到的那種冷淡隨即消失。此時站在他身邊的那個女人肯定沒注意到這點。

他穿著深棕色的居家袍。你滿愛笑的嘛，她想。

兩人面前的窗戶朝旁邊滑開了一條縫，同時，窗臺邊緣升起了一根細長的水平橫桿，帶起大片不停顫動的肥皂泡沫。橫桿停止上升後，泡沫隨即變成一片淡綠色的玻璃。

她突然想起自己幫杜懷特工作時遇到的那名納粹親衛隊軍官。窗前男人的臉讓她想起了他。

她曾在珍妮絲和麥迪森的沙發上窩了三天，連去廁所都是抓著當時用的舊手機，衝過去、再衝回來，免得自己錯失殺他的機會。

珍妮絲會端來柏頓幫她煮的藥草茶，讓她配著他留下的興奮劑吞下。那種白色藥丸是在兩個郡外製造的。不能喝咖啡，那時他說。

那位親衛隊軍官其實是名住在佛羅里達的會計師，杜懷特在遊戲中的對手，但從來沒人殺得了他。杜懷特沒有自己下場戰鬥過，只會將他僱來的戰術指導發出的命令轉發出去。但是，那名佛羅里達會計師的戰術指導就是他自己，同時也是一名冷血殺手。他在戰役中通常都會獲勝，而他只要獲勝，杜懷特就輸錢。聯邦政府已經明定這種賭博違法，但總是有漏洞可以鑽。無論是杜懷特或會計師，他們其實不需要這些贏來的錢，也不在乎自己輸了多少——至少不是真的在乎。但像芙林這樣的玩家，他們的報酬是依據殺敵數以及在每場戰役中存活的時間長度所決定。

後來她漸漸覺得，對那名會計師來說，殺死玩家讓他最喜歡的部分，是他讓他們付出了代價。不只是他擁有的實力更強，而是他們確實會因為輸掉遊戲而受到傷害。和芙林同一小隊的隊員們都是用玩遊戲的收入養家活口，也許這就是他們全部的工作。就像她得用賺到的那些錢付給強安藥局，好換取她媽媽的處方藥。而他卻一而再、再而三地做出一樣的事，一個接一個，殺掉與她同小隊的每個人，還好整以暇地享受著那過程。最後，只剩她獨自一人，小心翼翼繞著圈，逐漸徒步深入那座位於法國的森林與翻飛大雪之中，成為他的獵物。

但是後來麥迪森打給了柏頓。柏頓過來，和她坐在同一張沙發上，看她玩了一陣子遊戲，然後把他看到的狀況告訴芙林。

無論那名納粹親衛隊軍官有多確信自己正在獵殺她，實際情況都不是這麼回事。因為，事實上，一旦她意識到，就會發現當下已演變成她正在、或即將開始追殺他，柏頓是這麼說的。他太盲目了，看不出木早已成舟，看不出他正走上一條無法改變、只能不斷延展的誤途。柏頓說，他能夠告訴她如何看到出路，但將需要她放棄睡眠。他留了幾顆白色藥丸給珍妮絲，並在紙巾上畫了投藥時間表。佛羅里達的會計師總得睡覺吧，得把他的角色留給某個非常聰明的ＡＩ操控，但芙林則不行。

後來，珍妮絲開始根據紙巾上記的時間餵她吃藥，而柏頓則會按照他自己安排的時間過來，坐在她旁邊看她玩，再把他的想法告訴她。他幫助她尋找看清事情真相的角度，而在這過程中，她有時會感覺到他在抽動，那是觸覺回饋裝置的失靈狀態。妳不能學，柏頓說，這種事沒辦法教，妳只能讓自己像螺旋一樣絞進去，每轉一圈便縮緊一點，往森林的深處逐漸推進，每轉一圈都離正確看待整件事的角度更近一點。到最後，她的一槍穿越林間空地，血霧突然在空中炸開，飄動著吹入風雪之中，彷佛一個數項終於平衡了整個方程式。

那時她正獨自一人坐在沙發上。珍妮絲聽到她發出尖叫。

她起身，走出屋前的門廊，把茶都吐了出來，止不住地發抖。在珍妮絲幫她洗臉時大哭。杜懷特給了她一大筆錢，但她後來就再也不曾替他做步巡前哨，也不曾再看那殘破不堪的法國任何一眼。

所以到底是為什麼？當她看到這個蓄短鬍的男子把身邊的女人抱得更緊，這些事又重新湧上？為什麼，當她巡視著大樓的轉角處，她會想要一路延伸到五十七樓，再沿原路折返？

如果這真的不是射擊遊戲，她怎麼會感到自己又變成了Easy Ice？

14 哀悼寶石

皮白如紙的艾許拉下奈瑟頓左眼的下眼瞼。她的手因為刺青而呈現漆黑的顏色，上頭布滿人類世滅絕的每一種鳥獸，各自張開紛亂混雜的翅膀與角。刺青割線以簡單但觸動人心的精細度彼此堆疊。他知道她是誰，但不曉得自己在哪裡。

她傾身俯在他上方，近距離看著他，而他躺在某種平坦且極為堅硬、冰冷的東西上。她的脖子包裹在黑色蕾絲裡，黑得彷彿會吞噬光，並以骷髏頭的浮雕飾品固定住。

「你為什麼會在祖博夫他祖父的快艇車裡？」她的灰眸裡各有兩個瞳孔，上下交疊，像小小的黑色數字8，裡頭有著他最厭惡的矯揉造作。

「來偷祖博夫先生年代最久的威士忌。」她身後的歐辛說。「為了防止氧化，我已經用惰性氣體把它保護起來，並親自看守。」奈瑟頓聽到歐辛折手指的聲音，極為清晰。「奈瑟頓先生，一品脫的純舊桶威士忌是你最好的選擇，我跟你說過了，不是嗎？」眼前的愛爾蘭人的確有時會說這些話，但在那些當下，奈瑟頓都無法確定他到底是什麼意思。

歐辛的外表彷彿一名個性凶殘的管家，有著非常粗壯的大腿和上臂，黑髮在頸後編成髮辮，狠狠交織在一起。他跟艾許一樣也是名技師。他們不是情侶，而是夥伴，負責幫列夫管理他的嗜好，保持他的幽靈世界整齊有序。他們知道黛卓的事，還有艾葉莉塔。

關於威士忌，歐辛說對了。棕色酒液裡的那些同類物，光是到達足以偵測的濃度就能造成可怕的後果。以前就是這樣了，現在亦同。

她粗魯地縮回拇指，放開他的下眼瞼。她手上的動物圖案嚇了一跳，沿著手臂向上飛去，越過蒼白的肩膀，消失無蹤。他此時才看到她的指甲，塗成了兒童蠟筆般的綠，指緣掉色，參差不齊。艾許用某種瞬間聽起來像是義大利文的語言跟歐辛說起話，歐辛也用同樣的語言回答。

「沒禮貌。」奈瑟頓抗議。

「我們跟彼此說話時一定都是加密狀態，沒得選擇。」她說。他們的加密形式隨時在變，有時在一句簡單的陳述句裡，本來聽起來像西班牙文的對話會透過某種類似鳥鳴，而非真正語言的方式，變換成另一種根本不存在的假德文。奈瑟頓最討厭聽起來像鳥叫的那種。這兩個人，無論其中誰說了哪種隨機人造語言，另一個都能聽懂，每種語言的使用時間也都短到不足以提供解密樣本的程度。

天花板的淺色木質表面封了透明的亮光漆。他到底在哪兒？他把頭轉向一側，看到自己正躺在一塊拋光的黑色大理石上，上頭布滿密集的金色紋路。他身下的大理石開始帶著他一起往上升，然後又停下。歐辛用厚實堅硬的手掌抓住他肩膀，把他抬起來，變成坐姿，他本來躺的東西現在看來變成了某張矮桌，而他坐在桌緣。「安分坐穩啊，老兄，」愛爾蘭人命令道。「要是滑下去，你會摔破自己腦袋的。」

奈瑟頓眨著眼，還是認不出這地方。他在諾丁丘嗎？他不知道列夫的房子裡有這麼小的房間，而且還是在地下室以外的地方。牆壁跟天花板同個顏色，金色的木皮單板。艾許從她的束口網袋裡拿出某樣東西，一個三角形的塑膠錠片，淡綠色、半透明，像漂流到沙灘上的玻璃一樣磨成了霧面，看起來有點髒，就跟她所有的東西一樣。她「啪」一下把柔軟的那端壓上他右手腕內側。他皺起眉，感覺它在移動，把細到無法想像的捲鬚伸進他的皮膚細胞之間，完全不滲一滴血。他看見她的雙瞳閃爍了一下，開始讀起只有她才看得到的資料。「它現在正把某種東西打進你身體裡，」她說。「請不要在這狀態下喝酒，一滴都不行。也絕對不可以再去碰車子裡的酒。」

奈瑟頓正盯著她緊身短馬甲上的複雜紋路。它看起來彷彿某座維多利亞式車站鑄鐵屋頂的微縮模型，上面有無數個微小窗格，全被如魚苗般細小的火車頭冒出的煤煙覆蓋，並隨著她的呼吸或說話越來越清楚。或者更準確地說，其實是他的視野逐漸變得清晰、明亮。他的身體似乎越來越歡迎行動醫療錠對他做出的事。

歐辛單手握拳，咳了一下，說：「祖博夫先生——」他指的是列夫的父親。「——隨時可能要求使用他父親的快艇車。」歐辛沒有要讓奈瑟頓離開的意思，但奈瑟頓實在不懂他們想怎樣。列夫才不會在乎這麼一瓶酒，不管它的年份有多老。

艾許的行動醫療錠鬆開他的手腕，她把它塞回網袋。奈瑟頓發現，那個袋子其實是由用來當哀悼寶石的煤玉珠所編成❸。

奈瑟頓迅速起身，看著四周，然後就知道自己在哪兒了。他在一輛賓士快艇轎車裡，是列夫的祖父在某次蒙古沙漠之旅中買的。里奇蒙丘的房裡沒地方放，所以列夫的父親把它擺在這裡。他想起他

---

❸ 哀悼寶石（mourning jewellery）是西方用來悼念亡者、提醒活者記取死亡教訓的一種珠寶飾品，在蔚為風潮的維多利亞時代時常用煤玉（jet）編成。

右手邊的某個地方應該還有一只空酒瓶，就在廁所裡，不過這兩人顯然已經知道了。也許他該去查查怎麼拿到剛才醫療錠打進來的東西，就是那些宿醉緩和劑。

「想都別想。」艾許語氣嚴肅地說，彷彿看穿了他的心思。「包你一個月內就會死，最多兩個月。」

「還真冷酷無情。」他對她說。然後他笑了起來，因為她真的是這樣的人，那是她精心營造出來的形象。艾許的脖子上繫著細緻的黑蕾絲，鐵與玻璃做成的短馬甲上滿布無法磨滅的雨痕，彷彿是從望遠鏡錯誤的那端看出去的景象，而在那之下的蛋糕裙則像島族首領穿的芭蕾舞裙，只是更長、更黑。一隻由割線畫成的信天翁正繞著她蒼白的頸子繞圈，孤獨、緩慢，彷彿正在進行一次長途飛行。

他回頭看向自己剛才躺的桌子，它已經被沖洗乾淨，收回地板上的凹洞之中，準備再次被當成早餐桌或賭桌來用。又或者可以讓某人在此攤開蒙古的地圖。他懷疑列夫的祖父到底有沒有真的去過那趟行程。他記得自己曾聽過列夫用德文惡劣地將這輛車稱為「戈壁大冒險」，他還在一旁大笑，那是他唯一參觀這輛車的一次，但已足夠讓他對吧檯留下深刻印象。裡頭的酒藏相當可觀。

「吧檯從現在開始上鎖。」歐辛示範了一手彷彿修練有成的心靈感應能力。

「你們兩個剛才在哪？」他看著歐辛，又移到艾許身上，彷彿在暗示他們做了什麼勾當。「我下來找你們。」

歐辛眉毛一抬。「你覺得你會在這裡找到我們？」

「我那時累壞了，需要喝點東西。」奈瑟頓說。

「不只是累，」歐辛說。「還很情緒化。」

列夫的印記跑了出來。「昏迷十六個小時對你來說應該也夠了吧？」他說。「過來廚房，快點。」

印記消失。

艾許和歐辛完全沒聽到列夫說了什麼，正不爽地瞪著他。

「謝謝妳那提神的小東西。」他對艾許說，左轉，步下舷梯。車庫裡的拱門又寬又淺，他走進拱門下方潛水艇集魚燈的燈光中，沿著底下一整排的汽車朝遠方走去。他正上方拱門表面覆蓋的活體組織亮了起來。他回過頭，朝上看向車子突出的側翼。歐辛正站在瞭望臺看著他，一臉沾沾自喜。

前一扇拱門的亮光在下一扇亮起來時熄滅，燈光跟著他的腳步，隨他經過一輛接著一輛的車，走向遠處的電梯。

15 好日子

去年萬聖節，里昂把一顆南瓜刻成了岡札雷斯總統的臉。芙林覺得那看起來不像她，也覺得這舉動算不上種族歧視，所以就把南瓜放到屋外的門廊上。第二天，南瓜還在，卻看到有東西在上面咬穿了個洞，並在裡面拉了點大便。她猜應該是老鼠或松鼠。她本來要把南瓜丟到花園當堆肥，卻忘記了，隔天就發現刻在上面的總統只剩下一張鬆弛且皺巴巴的橘色瓜皮，後面的肉都被吃光——而且裡面還有新鮮的大便。她套上通馬桶時戴的手套，把它搬到後面的堆肥上，滿臉皺紋的橘臉就躺在那兒，變得越來越醜，直到完全消失。

當她像躺在搖籃裡似地掛在陀螺儀上搖來晃去，看著那個灰色東西呼吸，還沒有想到這件事。

它現在已經不是灰色，而成了銅黑。它把自己伸直、攤平，銳利的直角都還在，但整片平貼在五十七樓的表面上。大樓表面那些扁平的正方形、長方形全都起了霧，因為冷凝作用滴出汗來，但那東西卻渾身乾燥。它跟建築物之間還有一個手掌寬的距離，扭曲的腳變成了支撐架，讓它能對著她正下方摺疊窗臺所在的那個樓層。

那東西在呼吸。

悶熱陰暗的拖車裡，她的汗突破髮際線，滴了下來。她揮手用前臂反面去擦，可是有些跑進了眼睛裡，刺得痛。

她把四軸機往前推進一點。那東西鼓脹起來，又扁下去。

她對自己正在駕駛的飛行器只有很模糊的概念，知道是架四軸機，但不曉得它的四組旋翼到底有沒有包覆起來，還是全部暴露在外？要是可以看到窗戶裡的倒影，就能知道，可她看不到。她想再往前靠近，看能不能用上次對付那隻蟲時用的方法逼近它，靠近距離以觸動擷圖功能。但如果四軸機的旋翼是外露式，而她讓其中一組碰到了那東西，她就掛了。

那個東西再次膨脹，中間有條垂直線的顏色比其他部位稍淡。

她下方的那兩人正站在護欄旁，女人用手扶著橫桿，男人則站在她身後，貼得很近，也許手正還抱在她腰上。

那東西扁下去。她將自己輕輕往前推近。

它沿著那條垂直線打開，露出一條窄縫，淺白的邊緣稍微往兩旁蜷曲，接著飛出某樣細小的東西，畫了道弧線，消失不見。接著就有個東西在刮她的前鏡頭，是顆模糊不清的灰色逗點。它又刮了一次，長得像隻帶著微型電鋸或鑽石切割器的小蚊子，速度跟蟲一樣快，彷彿不斷揮彈的蠍子尾巴。她的鏡頭上又多了三、四道刮痕。它在試圖摧毀她的視線。

她迅速抽離、後退，再拉高，而劃傷她前鏡頭的東西（不管它到底是什麼）還在繼續。她找到那個下潛開關，讓四軸機迅速下墜，跌撞了三層樓後再讓陀螺儀抓住、撐起自己。

那東西似乎消失了。攝影機受損，但還能運作。

她快速轉向左方。

急速拉升越過五十六樓時，她從右邊的鏡頭看到男人握住了女人的手，並遮上女人的雙眼。她從五十七樓看到他親吻她的耳朵，說了些什麼。給妳一個驚喜。男人後退轉身時，芙林想像他這麼說。「噢不。」她說，看著那灰色的東西裂開，垂直的縫隙附近模糊一片。小蟲子的數量更多了。他抬頭一瞥，發現了那東西——他就是在等那東西出現。男人毫無遲疑地轉頭離開，就要走進屋內。

芙林直接往他的頭衝過去。

男人看到了四軸機，屈身躲開，在地上用手撐住自己。芙林的上半身從椅子上挺坐起來。

他一定是發出聲音了。因為女人在此時轉過身，放下手，嘴唇微張。接著，有某樣東西飛進她嘴裡。她整個人僵住。那畫面就有如看到柏頓因為觸覺回饋裝置而發作一樣。

男人用手把自己撐起來，像個從起跑架邁出腳步的田徑選手，穿進窗戶內的門縫。在他進入之後，門縫隨即消失，變成一面光滑的玻璃，再偏光為霧面。

女人沒有任何動作。某個非常細小的東西鑽出她臉頰，在上面留下一滴血珠。她仍張著嘴，更多肉眼幾乎不可見的東西從邊緣發白的縫隙中飛出，衝進她嘴裡。她的額頭凹陷下去，彷彿里昂那顆南瓜總統的停格動畫，它在芙林母親堆肥桶的最頂端待了好幾天，或好幾個星期。當金屬拉絲護欄開始向下降，她身後那片肥皂泡泡似的物質也不再是玻璃了。沒有了玻璃的支撐，女人隨即向後墜去，四肢彎成難以理解的角度。芙林在她身後追了過去。

她完全不記得自己後來有沒有看到更多血，只記得那件黑色T恤和條紋褲翻滾的樣子，一面墜落一面越來越不像人的軀體。以至於在經過她第一次注意到灰色背包的三十七樓時，女人只剩下兩片飄盪的破布。一片有條紋，一片全黑。

她想起那些聲音，在到達二十樓之前便拉起機身。她掛在空中，待在陀螺儀形成的無重力狀態，整個人充滿哀傷與厭惡。

「只是遊戲。」她坐在拖車悶熱的黑暗裡，臉頰掛著淚。

她再次拉升四軸機，感覺心裡空蕩蕩，極為難受。她對著不斷飛逝的古銅色發愣，已經懶得再去觀察城市是什麼景象。去他的。管他去死。

當她回到五十六樓，窗戶已經消失，被摺疊起來的窗臺蓋住。不過蟲群又回來了，它們臉上的透明燈泡正對窗戶本來的位置。她根本沒去趕。

「就是因為這樣，我們才連一天好日子都過不上。」拖車裡，她聽到自己這麼說。

16 樂高

「就十五分鐘，」列夫說，一邊在廚房裡寬闊的法式爐上炒蛋。他祖父的賓士車尾吊柱上掛了兩輛全地形車，而這爐子比其中任何一輛還要大。「大部分都是在讀他們的服務協議。他們正在普特尼。」

奈瑟頓坐在他之前坐的那張桌邊，俯瞰花園的那扇窗戶一片漆黑。「你不是認真的吧。」他說。

「安東已經完成了。」

他是列夫兩位哥哥中較可怕的那一個。「爽到他了。」

「他也別無選擇，」列夫說。「因為是我們父親安排的醫療介入。」

「從來沒想過安東會有酗酒問題。」奈瑟頓說，語氣彷彿是已經習慣了客觀看待酗酒一事。桌上有一罐菲利浦·史塔克設計的胡椒研磨器跟一碗柳橙，兩者之間停著兩塊樂高積木，一紅一黃，他看著它們變形成兩顆小小的球。

「已經沒有了。」列夫在炒好的蛋上點綴細蔥，將蛋移到兩個白色餐盤上，分別搭配半顆一直放在爐架上保溫的烤番茄。「這也不只是為了酗酒，他還有情緒管理問題。把抑制功能拿掉的話，情況會變得更嚴重。」

「可是最近在這裡我好像沒看過他喝酒？」奈瑟頓說。他其實相當肯定自己看過，雖然只要列夫的任何一位哥哥出現，他都會先溜之大吉。此時兩塊樂高積木已經變成完整的球形，正穿過斑駁的松木桌面，朝他緩緩滾來。

「當然有。」列夫說，一面用乾淨的鋼製抹刀調整蛋的擺盤。「我們又不是活在黑暗時代。但凡事不能過頭，千萬不能喝到酒精中毒。濾膜可以解決這個問題，它們能用別的方法把酒精代謝掉。他同時接受那套技術和認知治療模組，效果很不錯。」他兩手各端一個白盤，走到桌邊。「艾許的醫療錠說你的狀況不太好，維伏。很不好。」他把一盤擺在奈瑟頓面前，另一盤擺對面，坐了下來。

「多米妮卡呢？」奈瑟頓反射性地改變話題。「她不和我們一起吃嗎？」兩塊樂高不動了，但依然是球形，並排著停在他的餐盤前面。

「要是安東拒絕治療，我父親就會跟他斷絕關係。」列夫忽視了他的問題。「他把話說得很明了。」

「高登想要進來。」奈瑟頓的注意力跳到玻璃門外的袋狼，牠的身後一片黑暗。

「那是恬娜。」列夫瞥了眼那隻動物，出聲糾正。「我們吃飯的時候她不准進廚房。」

奈瑟頓快指彈開桌上的紅色樂高圓球，聽見它敲中某物、滾走。「顏娜❹？」

「醫療錠不太滿意你肝的狀況。」

「這炒蛋好像很好吃——」

「你得去裝保護濾膜，」列夫平靜地說，直視奈瑟頓的眼睛，粗重的黑色鏡框讓他看起來更加嚴肅。「還有認知治療模組。否則，這恐怕會是我們最後一次碰面。」

---

❹ Hyena，音與恬娜（Tyenna）近似，本意是鬣狗，用在此處有雙關的韻味。

媽的多米妮卡。這跟她有關，一定是。列夫從來沒對他這樣過。黃色的樂高又再次變成了方塊狀，故作無辜。

此時，列夫抬頭看向上方，偏向一旁。「抱歉，」他對著維伏說。「我得接這通電話——喂？」他比了比奈瑟頓的炒蛋，意為：你吃。接著簡短地用俄語問了某件事。

奈瑟頓攤開冰涼厚重的餐巾，取出捲在裡面的刀叉。他打算用一個健康、放鬆、有責任感的態度吃下他的蛋和番茄。他從來沒有對炒蛋和烤番茄這麼不感興趣過。

列夫皺起眉頭，又吐出幾句俄語，話尾接了「艾葉莉塔」。他是真的說出了她的名字，抑或只是講了某個俄語中發音很相似的詞？他又問了一個問題，也是俄語，這次沒錯了，他絕對在句子最後說了她的名字。「對，」他說。「沒錯，太怪了。」他抬起手，用食指指甲抓了抓左鼻翼上的皮膚，奈瑟頓知道這是他專注時會做的動作。他再用俄語問了問題。奈瑟頓盡責地嘗了些蛋……食之無味。那頭袋狼不見了。牠們離開的時候總是輕巧得難以察覺。

「太奇怪了。」列夫說。

「那是誰？」

「我的祕書，和我們其中一個安全模組。」

「說了什麼？」拜託，奈瑟頓在內心向全然棄他於不顧的宇宙請求，拜託讓列夫對這件事多感興趣一點，最好忘了什麼普特尼的行為矯正療程。

「艾葉莉塔．魏斯特的祕書剛剛打來，取消明天在河岸街的午餐聚會。我都訂好印度餐廳了。她本來想多了解一點她的幽靈，就你送的那個。」

奈瑟頓再叉起半口蛋，強迫自己吃下。

「但剛剛我們各自的祕書通話時警察聽竊了進來。我們被監聽了。」

「警察？真的嗎？它怎麼知道？」

「那孩子不知道啊。」列夫說。他彷彿把電腦程式當成了人，語氣十分困擾。「不過安全模組發現了。」

奈瑟頓不禁認定，想不到這個靠政治竊賊建立的祖博夫家族，竟已深陷這種拜占庭式的無聊東西。不過他最終忍住，沒讓自己說出這種話。

「安全模組推定剛才發生了某件事，而這次竊聽跟那件事有關。」列夫說，推了推他的黑色鏡框，盯著奈瑟頓瞧。

「它怎麼有辦法做出這種判斷？」

「所有竊聽者都必須依據自己的意圖，選擇某種特定的態度。我們的模組比竊聽那一方的模組還要老練很多，對方採取的竊聽型態會透露出他們想要知道什麼。」

奈瑟頓非常歡迎這則突如其來的插曲，雖然他並不怎麼將事情本身放在心上。但現在，他發現只要繼續談論這件事，就越有可能不需要再提起普特尼。「那麼，他們可能想竊聽什麼？」

「我的模組推測是某樁嚴重的犯罪事件，可能是綁票，甚至是凶殺。」

「你說艾葉莉塔？」這個說法之荒謬，令奈瑟頓吃了一驚。

「現在還沒辦法下任何定論，我們正在調查。她今天晚上才剛舉辦了場宴會，就在你昏睡過去的時候。」

「你一直在監視她？」

「她的祕書打來之後，安全模組幫我進行了回溯。」

「是什麼樣的宴會？」

「藝文類的，半官方。事實上，那場宴會本來和你的計畫有關，要不是黛卓殺了你的人，還派了裝甲部隊進去，那本來應該是一場慶功宴。看起來他們沒有取消，艾葉莉塔重新調整了宴會主題，只是不知道要慶祝什麼，保防太嚴密了。」

「宴會在哪裡舉辦？」

「她住的地方，伊甸池大廈。」列夫的瞳孔正因為閱讀而不斷移動。「她擁有的是五十五樓到五十七樓。黛卓也去了。」

「她也去了？你有派人去嗎？」

「沒有，」列夫說。「但是我們的模組一向都比他們的精一些。吃吧。」他靈巧地用叉子同時叉起蛋和番茄，幾乎都要送到嘴邊，卻又停下來，皺起眉頭。「如何？」他放下叉子。「嗯，」他說。「也不是說從來沒聽過那種奇怪的說法，一直有人覺得有這種可能。我馬上下去。」

「祕書找你？」奈瑟頓問。

「艾許。」列夫說。「她說有別人進入了我們的斷根，而且看起來可能和你的幽靈有關。」

「誰？」

「不知道，我們要下樓了解狀況。」他開始吃盤中的蛋和番茄。

奈瑟頓也跟著吃了起來。他發現，在拋開普特尼及肝臟濾膜手術的話題後，他總算嘗到了食物的味道。當然，也可能是因為艾許的醫療錠產生了作用。

紅色的球形樂高從那碗柳橙後方緩慢滾來，在極細微的喀啦聲中再次變成直條狀，和它黃色的同伴並排。他想著，如果要撐住桌腳，這塊積木不知道會變成什麼形狀。

17 楊木林

回去吉米的店絕對是餿主意。一走進去她就不禁這麼想。光線陰暗，那舞動的陣仗，啤酒，州內合法使用的大麻，美國本土菸草的味道，全部迎面而來。公牛從鏡中探出，打量著一個可能只有十四歲的女孩。LED燈隨著音樂的脈動閃爍，店裡正在播一首芙林以前沒有聽過，未來也不打算聽第二遍的歌。接著，她發現自己是整棟建築裡最老的人類。她依然穿著胡亂套上的保全警衛裝束，而且也還是沒找到梅肯。外面停車場邊上有一側，大多只有黑人小孩會去鬼混，梅肯平常都在那裡處理他印的偽造品交易，那裡她也找過了。她會過來是因為，無論如何她還是得問一下，國安部可能會對她的手機做些什麼，畢竟那是他幫她印的。但也有可能，她其實只是想找人講話。她不想吃本來做好等下班後要吃的三明治，她根本不覺得自己餓。

遊戲裡那什麼鳥事？她恨死那些鬼東西，她恨死遊戲了。為什麼它們總要把場面弄得那麼難看？

她點了一瓶啤酒，手機在店家記帳時叮叮響。她拎著酒瓶走到角落一張小圓桌旁坐下，桌子雖然沒擦，但空著，謝天謝地。她盡力讓自己看起來像個超難相處的老太婆。剛才拿啤酒給她的女孩戴著梅肯和艾德沃也有的那種微視，猶如一團糾纏的銀色蛛網似地塞滿一隻眼窩，但你還是可以看見後面的眼珠正盯著組成蛛網的那些不知名細小元件投射出來的影像。如果要讓海夫提大賣場幫你列印微視，你得先讓他們掃描眼窩・這樣尺寸才能剛好，也因此目前市面上也還沒有出現仿冒品。芙林覺得這東西放在黑皮膚的臉孔上應該比較好看，但是店裡的小鬼們幾乎人人都有，這讓她覺得自己老了，同時更覺得他們這樣看來有點蠢。好像每年都要流行個什麼，不然不行。

「有些事情是比個中指就可以拋在腦後的，但妳似乎少了一點這樣的精神。」珍妮絲從人群中現身，手上拿著自己的啤酒。

「是有點。」芙林同意，此時，她已經不再是吉米店裡最老的老古董。她一向喜歡珍妮絲。珍妮絲和麥迪森通常不會離太遠，她不禁四處張望。他正和兩個男生坐在另一張桌邊，那兩人各有隻眼睛裡有銀絲纏繞。麥迪森長得像老羅斯福，而她對老羅斯福最大的認識就是麥迪森長得像他。他唇上蓄著小鬍子，都會自己修剪，但從沒整個剃掉。他戴圓框鈦絲眼鏡，穿著被蟲蛀出洞來的羊毛狩獵背心，顏色是橄欖綠，混亂的胸前口袋裡插滿原子筆和小型手電筒。

「需要聊聊嗎？」

「是妳的話就行。」芙林說。

珍妮絲坐下。她和麥迪森已經進入那種某些夫妻會有的狀態，開始長得越來越相像。珍妮絲戴著和麥迪森一樣的圓框眼鏡，只是沒有鬍子。搞不好他們交換衣服穿也不會有人發現。她身上穿的迷彩裝可能就是他的。「妳看起來真的不太開心。」

「我是不開心，我擔心柏頓啊。他跑去戴維司維爾槓上路加福音四之五，結果被國安部抓了。還好沒挨告，只是因為公共安全理由要接受拘留。」

「我聽說了，」珍妮絲說。「里昂跟麥迪森講的。」

「他一直都有在偷接工作。」芙林看向四周，慶幸有這音樂，不過心裡清楚珍妮絲也知道殘障補助金少得可憐。「所以我得幫他代班。」

珍妮絲抬起一邊眉毛。「妳好像不怎麼喜歡代這個班。」

「我要幫某款活見鬼的爛遊戲做驗收測試，裡面有連續殺人犯還是什麼的。」

「我還以為妳從我們家那次之後就不玩遊戲了？」珍妮絲盯著她。

「就這款，兩次而已。」芙林有種異樣的不適感。「妳有看到梅肯嗎？」

「他剛剛在，麥迪森還有跟他說話。」

「妳跟麥迪森常來這裡嗎？」

「妳看我們像嗎？」

「你們看起來還真他媽年輕。」

「我們以前在這裡混的時候是真的很年輕，記得吧？至少妳很年輕啦，柏頓的毛頭小妹。」她笑起來，看看四周。

歌曲播畢時，外面的停車場炸出一陣彷彿來自喉嚨深處的排氣聲。

「是康諾。」珍妮絲。「不妙，他去瞎惹那些男生。」

芙林跟著珍妮絲的凝視方向看去，感覺像是又回到高中時代。五個漂淡了頭髮的大塊頭男生圍在一張堆滿啤酒瓶的桌邊。他們一定是美式足球隊的，打籃球的沒那麼壯。他們都沒戴微視，其中兩個站著，各自的雙手抓著綠色空酒瓶的瓶頸，正往門口走去。

「他大概一個小時前來的，」珍妮絲說。「在停車場開喝。他喝酒的時候會亂來，找別人碴。他們有人說了什麼，麥迪森把他們架開，康諾就離開了。」

芙林聽見撞擊的聲音，玻璃碎裂，下一首歌響了起來。她起身走到門口，邊走邊想，這首歌甚至比上一首還令她討厭。

那兩個美式足球隊員站在那兒，她也看得出他們有多醉。康諾的狼蛛停在礫石路面中央，沐浴在高聳燈炷底下直射的硬光裡，因為噴著廢氣而震動連連，整個空地都能嗅到回收油脂的味道。他剃光的頭以令人難以卒睹的角度向前方挺立，一眼藏在某種類似單邊眼鏡的東西後方。

「去你的，潘思基！」其中一個美式足球員叫囂著。因為太醉，語氣聽起來竟有點興高采烈。他甩出手上剩餘的酒瓶，力道猛烈。瓶子打中三輪機車的正面，粉身碎骨，飛濺到一邊，完全沒有砸中康諾的頭。

康諾笑了，輕輕動了動頭。芙林看見有個東西跟著他的頭一起移動，就在狼蛛車身及康諾殘缺的身體上方，位置高過那三顆大輪胎。

她向前穿過兩個美式足球員，走下階梯，橫越過礫石路面，聚集在門口的那些孩子在她身後一下子閉上嘴。她的年紀比他們都大，但沒人認識她，而且她還穿得一身黑。康諾看見她走過來，再次動了動頭。她可以聽到自己的運動鞋踩在砂礫上，也能聽見在高大的燈柱照下的強光中好像有蟲子嗡嗡響。可是康諾的引擎明明正低速運轉，隆隆、隆隆地擊打著，她怎麼還能聽到這些聲音？

她直到走得夠近才停下來，讓他不必伸長脖子就能看到她的臉。「康諾，我是芙林。柏頓的小妹。」

他透過單邊眼鏡抬頭看她，笑了。「漂亮的小妹。」

她眼睛往上瞧，才看見他上方那架瘦骨如脊、彷彿蠍子尾巴的東西。他用單邊眼鏡控制著，似乎還在上面塗了黑色塗料，讓它難以察覺。她看不見那東西的尖端上是什麼，小小的。「康諾，你少攪和這種蠢事，快回家。」

他用下巴在某個控制介面上做了個動作，單邊眼鏡彈開，像一道地下室的暗門。「妳有打算讓開嗎，柏頓的漂亮小妹？」

「不打算。」

他扭轉身體，好用他那隻殘缺的手剩下的部位揉揉雙眼。「我是個討人厭的混蛋，對吧？」

「這也是個討人厭的混蛋小鎮，至少你還有個理由。回家吧，柏頓要從戴維司維爾回來了，他會過去看你。」她感覺像是能看到當下的自己，站在吉米店前那片灰色碎石路面上，停車場兩側聳立的老楊木林比她的母親還老——比誰都老，而她正在和這個身體有一半是機器的男孩說話。他就像頭摩托車製造出來的人馬獸。他本來可能會殺死另一個男孩，或至少其中幾個，可能他現在還是很想這麼做。她回頭，看見門口的麥迪森正頂住剛剛那個丟了酒瓶的足球員，他臉上的鈦框眼鏡正和那個男孩的眼珠子互相推擠，男孩最終退後，免得一直被麥迪森那件老羅斯福背心口袋中成排的原子筆和手電筒戳刺胸口。她又回頭看向康諾。「這不值得，康諾，回家吧。」

「沒有什麼值得的啦。」他說，咧嘴而笑，用下巴猛拍了下某個東西。狼蛛的引擎重新快速運轉，迅即甩過身、車調頭、揚長而去。不過他很小心不讓濺起的礫石噴向她。

吉米店門口爆出一陣醉醺醺的歡呼。

她將手中的啤酒丟在礫石路面上，走向鎖腳踏車的地方，頭也不回地離開。

18 上帝俱樂部

艾許的工作室裡充斥波希米亞風格的狗屁玩意兒，奈瑟頓雖然早就料到，實際看到時卻還是被搞得心煩意亂。惹到他的並不是這個小得莫名其妙、搭出來的空間：艾許用支撐鷹架和防水布將列夫祖父車庫中最遠、也最小的一塊三角形隔起來了。也不是她將這裡裝飾得像是風格更怪異的梅娜德之戀，而是她竟然勞命費心地讓顯示螢幕看起來完全不像顯示螢幕。無論她到底要讓他們看什麼，明明就可以當成一般顯像流，直接匯進眼睛裡。

這些螢幕是由各種含有吸留沉澱物質的水晶製成的晶亮球體，可能是瑪瑙，全都擱在鏽蝕的化學儀器上。她常誇耀說這些從拾荒客手上買來的儀器，是他們從泰晤士河的淤泥裡打撈上來的。她還泡了異常難喝的茶，用只有蛋殼那麼薄的瓷杯裝著，杯子沒有把手。這種杯子讓他以為她可能會拿出一些以苦艾為基酒的甜酒，卻不是這樣，簡直殘酷至極。那感覺就像在一座被靈媒拿去開店的古董電話亭裡開會，他和列夫只好擠在一張裝飾得過分華麗的小桌旁。

此時的她正從一個黑色麂皮囊袋中挑選其實是操作介面裝置的戒指。對其他沒那麼矯作的人來說，那就只是她們會一直戴在手指上，卻始終彷彿隱形的東西。但當它們套在艾許手上，彷彿化成傳說中眾王擁有的生鏽魔法鐵器，鑲著晦暗的晶石，會在她蒼白的手指撫過時隨即燃亮，又隨即黯淡。茶喝起來彷彿有焦味，但那不像是真的有什麼東西燒焦，比較像某樣東西焦了之後留下的一絲幽魂。牆面保留了原本的樣貌，掛滿厚重的簾幕，和梅娜德之戀那種類似，只是上面沾了動物的油脂，並淒涼地露出磨穿的布料。地板上鋪著褪色後花樣難辨的地毯，上頭本來的坦克和直升機圖樣都已磨舊，只剩色彩不明的織布紋理。

艾許將一枚帶有尖角的褐色角戒戴上右手食指，有隻壁虎圖案在她左手背上激動地轉圈圈。她的動物都各自不成比例，也有可能是牠們想呈現出不同的遠近感。他不認為壁虎和大象能同時放進人的視野，畢竟兩者的大小相差太多。顯然她並不能直接控制牠們。

戴上四枚戒指和兩個色澤黯淡的銀色頂針後，她的指頭交織，嚇跑了手背上的壁虎。「他們一進來就立刻放了召募廣告。」她說。

「誰？」奈瑟頓問，毫無顧忌地表現出不耐煩。

「完全沒有頭緒。」她將兩根食指的指腹相貼，像座尖塔。「那個伺服器是理想中最完美的黑盒子。用顯像來看的話，那些人就像直接出現在我們旁邊，不過這只是個過度簡化的說法。」

她沒把顯示螢幕稱呼為「真知魔石」之類的名字，奈瑟頓為此感到寬心。

「他們要召募什麼？」奈瑟頓一旁的列夫問道。

「他們想僱用願意承接不明工作的人，工作內容多半牽涉使用暴力。他們選來登廣告的看板位在某個暗網裡，那裡同時也是專供犯罪服務的集散地。我們能夠存取他們所有網路中的任何資訊，只不過處理速度慢了點。他們的酬勞是八百萬，所以我們可以假設，是與殺人有關的工作。」

「這個價碼合理嗎？」列夫問。

「歐辛認為合理。」艾許說。「單以這塊看板的一般行情來說，這價格不會高得太不尋常，不至於引起線人或『這些』線人背後各種政府探員的注意。不用說，那些探員一定也在注意這塊看板。不過這筆錢也不會太少，所以可以排除掉一些業餘的。他們幾乎馬上就找到了應徵者，廣告也隨即撤掉。」

「會有人願意應徵這種工作去謀殺陌生人？」他看到列夫和艾許交換眼神。「如果我們真能掌握所有資訊，」他追問。「為什麼現在知道的只有這些？」

「有些非常傳統的加密模式依然極為有效。」列夫說。「我家族的安全模組可能可以破解，但他們現在對這件事一無所知，所以我們就繼續保持現狀。」

艾許放開交纏的手指，在球體之間輕輕揮動著戒指和頂針，手勢就和奈瑟頓預期的一模一樣。光從球中散出、逐漸擴張，直到球體變得透明。兩道僅有髮絲寬的閃電擊下，穿過某種深色物質組成的微型星雲，然後凝結。「有了，看，我們是藍色的，他們是紅色。」一道鋸齒狀的藍色細線從墨色的雲中浮現，旁邊還有一條鮮紅色的鋸齒，兩者互相追逐，鑽進一團看起來較無生氣的雲中，微弱地發著光。

「搞不好是那些中國人做的，他們用超強的處理系統在花你的錢、找樂子。」奈瑟頓說。事實上，他跟黛卓說起這些事時，她馬上就做出這樣的推論。

「也不是辦不到，」列夫說。「但那種幽默感實在跟他們很不搭。」

「你聽說過這種事嗎？斷根遭到滲透？」奈瑟頓問。

「謠言而已。」列夫說。「既然我們不知道伺服器在哪裡、不知道它的真面目，也不曉得它的主人是誰，那相較起來就只是比較小的謎題而已。」

「嘴巴說說不用錢。」艾許說。「只是狂熱分子之間的八卦。」

「你最早是怎麼牽扯進這東西裡的？」奈瑟頓問。

「我一個住洛杉磯的親戚邀請我。」列夫說。「這種事要經過邀請，意思是得有人告訴你來龍去脈、解釋事情怎麼運作。」

「為什麼知道的人這麼少？」

「一旦你知情，」列夫說。「你就不會想要隨便把人帶進來。」

「為什麼？」

「上帝俱樂部。」艾許勾成數字8的瞳孔對上奈瑟頓的雙眼。

列夫皺眉，不過並沒說話。

「就長遠來看，」艾許說。「我們接觸的每一個斷根，未來都會被我們徹底改變。」在被她當作顯示螢幕的其中一顆球體中，有張靜止的圖像飄進了畫面中心，便停在那裡。那是一名深色頭髮的年輕男子，他背後的東西……奈瑟頓覺得應該是一張方格紙。「柏頓·費雪。」

「他是誰？」奈瑟頓問。

「你的幽靈。」列夫說。

「我們的不速之客僱了人去找他，」艾許說。「目的是要幹掉他，這是歐辛的推測。」

列夫抓抓鼻子。「艾葉莉塔辦宴會那期間他正在值勤。」

「不對。」她說。「是在宴會之後。先不管到底事件的確切內容為何，你的模組估算那件事是在宴會後的傍晚才發生，所以他的執勤時間一定是在那之後。」

「他們打算殺一個存在過去的已死之人、而且那個過去實際上還不算存在？」奈瑟頓問。「為什麼？你以前不是都說那裡發生的事不會對我們造成影響嗎？」

「資訊會往兩個方向流通。」列夫說。「肯定有人認為他知道一些事，並且認為那些事要是傳到這裡會對他們不利。」

在那個當下，奈瑟頓看著列夫，看見了流在他血液裡的政治竊賊本質，流淌在這名愛好藝術的家族么子、類袋狼的主人、孩子們慈愛父親的血液裡。那東西堅定、清澈，有如玻璃，也簡單如玻璃。但說老實話，奈瑟頓覺得，看是看見了，卻稀薄地可以。

「他有可能是目擊者，」艾許說。「我打過電話給他，不過他沒接。」

「妳打電話給他？」奈瑟頓問。

「也有傳訊息。」艾許說，看了一下手上的戒指和頂針。「他還沒回覆。」

19 水藍色大力膠帶

那架知更鳥大小的無人機上只有一支螺旋槳。就在它跟上她的速度時，她藉著波特路遠方的那盞街燈，看到了機身側面上那塊一英寸平方寬的水藍色大力膠帶。

柏頓剛搬進拖車那陣子，里昂有次從跳蚤市場帶了一大捲這東西回家，那是他們誰也不曾在大力膠帶上看過的色澤。他和柏頓用無人機比賽時，會在他們的玩具上貼那種膠帶當成小隊徽章。她不覺得他們正在進行比賽，不過看來他們可能注視著她一路從吉米的店回家。也就是說，他們從戴維司維爾回來了。

她頭痛，但把康諾・潘思基趕離吉米店前的停車場似乎緩和了點爛透的心情。她不想再幫柏頓代班玩遊戲了。即使去幫莎琳印東西，或找點其他事做也好。

至於柏頓，他得去了解一下康諾裝在狼蛛後面那玩意兒是什麼才行。那東西不太討喜，她希望只是雷射發射器，但她質疑會有這麼簡單。

她的雙腳踩得很快，幫花鼓累積電力，但另一方面也是想把自己累垮，好在夜裡能睡個好覺。她在下一盞燈下抬頭看，無人機又出現。不比遊戲中的狗仔大多少，大概是在列印所印的。

她彎進波特路寬廣的下坡彎道就看到柏頓了。里昂也在，他們站在下盞路燈底下，在一輛中國製的紙板車旁等待。他們一定是租了那輛車開去戴維司維爾。柏頓穿著白T恤，里昂穿著多數人連在除草時都不會穿的舊牛仔夾克。柏頓認為，工作就要穿上合適的衣服，做其他事也是，而里昂可不吃那一套。她停在他們面前，看見里昂伸手把空中的無人機抓下來。

「嘿。」她說。

「嘿個鬼。」柏頓說。「進來吧，里昂會幫妳騎腳踏車。」

「為什麼？他才不會用腳踩，我要充電。」

「有重要的事跟妳說。」柏頓說。

「該不會媽媽——」

「她沒事，已經睡了。我們得談談。」

「我會幫妳踩一些電。」里昂向她保證。

她從腳踏車下來，里昂用單手握住把手，扶著。

「上車再跟妳講。」柏頓說。「來吧。」

她坐進被他們媽媽稱為「蛋盒」的兩人座車，車身的紙製外殼塗了奈米塗料，可以抗水抗油汙。車子聞起來像奶油爆米花。副駕駛座的地板上有好幾張亂扔的食物包裝紙。

「發生什麼事了？」柏頓一關上車門就開口問。

「你說在吉米的店嗎？」里昂跨上她的腳踏車，搖搖晃晃，一手抓著無人機，慢慢找到了平衡。

「我說的是那該死的工作，芙林。他們打給我了。」

「誰？」

「冷鐵的人。到底發生了什麼事？」

「事情就是：那不過就是另一個爛遊戲。我看到有人殺了個女人。真是一部奈米科技殺人狂奇幻大作，我看你自己玩個爽吧，柏頓，我不幹了。」

他盯著她看。「有人被殺了？」

「活生生被吃掉，從裡到外。」

「妳看見誰下手了嗎？」

「柏頓，那只是遊戲。」

「里昂不知道。」他說。

「不知道啥？你明明說他借海付寶給你用。」

「他不知道這工作的確切內容，只知道我用來賺點錢。」

「他們打給你幹麼？」

「他們想知道我值班期間發生什麼事，問題是：我不知道。」

「他們怎麼會不知道？不是都拍下來了嗎？」

「看來並沒有——有嗎？」他的手指反覆敲著方向盤。「我不得不把妳的事告訴他們。」

「他們會炒掉你嗎？」

「他們說，今天晚上在曼菲斯，有人在殺手專板上對我發了追殺令。獎金八百萬。」

「你唬我——誰？」

「他們說不知道。」

「原因呢？」

「有人認為我看到了『妳看到』的事。妳看見是誰幹的嗎？妳看到誰了？芙林？」

「我怎麼知道？就某個混蛋啊！柏頓，某個遊戲裡的人對她設了陷阱，那個人才知道。」

「那筆錢是真的。」

「什麼錢？」

「一千萬。匯進里昂的海付寶。」

「要是里昂的海付寶多了一千萬，明天國稅局就來找他了好嗎？」

「錢還沒進來。他們會讓他中下一期的州樂透彩，他得買張彩券才行，然後我再把號碼告訴他們。」

「我不知道國安部對你做了什麼，但是我確定你瘋了。」

「他們說得找妳談談。」他說，然後發動車子。

「國安部嗎？」這下她不只是困惑，而是真的害怕起來了。

「冷鐵。都安排好了。」接著他們沿波特路前進。柏頓關掉車頭燈，開車，寬大的肩膀趴伏在那看起來很脆弱的駕駛盤上。

20 幽靈

建議把列夫祖父的快艇車布置成辦公室的人是艾許。她知道奈瑟頓之前睡的那張桌子，其實也能當作一張頗有派頭的書桌來用。列夫說，這輛車的攝影機系統能替整個畫面增添一點古早質感，又或者，從幽靈的那位妹妹的角度來說，會覺得那具有「現代」風格。奈瑟頓搞不懂的是，他們到底出於什麼考量，居然叫他扮演人力資源主管的角色。

列夫祖父的顯示螢幕，本來由歐辛收藏在某個地下樓層的儲藏室裡，如今用一臺電力推車送了上來。這種螢幕有著長方型的黑色鏡面，鑲著霧面鈦金屬框。奈瑟頓曾經從那個年代的媒體影像中看過它們的外型，不過他猜想，這些螢幕大概還是沒什麼說服力。別的不說，至少它們看起來完全不像是還能使用。艾許在他面前的那臺螢幕黏了一顆藍光ＬＥＤ，好在他的臉補上一點微光，假裝那些故障的螢幕還能用。熱愛打造劇場效果的她做出這種舉動實在不意外。

他用眼前那臺螢幕檢視自己的倒影。他穿的是自己的西裝外套，就是睡著時穿的那套，歐辛在奈瑟頓沖澡時將它吊在浴室裡，去除了上頭大部分的皺褶。他在西裝裡穿了一件黑色套頭毛衣，歐辛的，肩膀和上臂的地方過大。奈瑟頓自己的襯衫送洗去了，因為上面沾了些汙漬，他猜可能是蘇格蘭威士忌。艾許不肯用行動醫療錠把他重新打理一遍，這讓他很懊惱。要是能再讓它幫上一點小忙，他氣色應該會更好。他等候著，指尖輕輕敲打列夫祖父那片多功能黑色金紋大理石板。

待會他要示人的身分，是哥倫比亞麥德林奇蹟冷鐵股份公司的高級主管，這家幻想出來的公司，據點設在一個他幾乎一無所知的國家。列夫在他斷根中的哥倫比亞和巴拿馬都註冊了**奇蹟冷鐵**，這些空殼公司本身由零星的文件和幾個銀行帳戶組成，兩邊都透過巴拿馬市的某家律師事務所管理。

實際見到幽靈的感覺意外有趣。他基本上就是為了這一刻才會在這裡，而他想不到居然有趣得這麼過分。艾許工作空間裡的那種乏味感反而製造出高度對比，幫這件事的趣味性加了不少分。總之，那位幽靈正開著車，兩眼盯著不知何方的高速公路，時間點大約是七十多年前，隔著**開獎**，與他們這裡遙遙相望。應該是手機之類的東西緊緊夾在車子的儀表板上。這位幽靈的胸膛極為寬大，裹在輕薄的白色汗衫裡，而當下讓奈瑟頓為之震驚的是，他意識到對方還是個完整的人類，是活在自然狀態中、熠熠生輝的「前」後人類。不只如此，奈瑟頓馬上就會見識到，此人手段繁多，但都是為了錢，即使面對完全不熟悉的資訊，也一樣能隨時應變。

艾許撥了電話，先和這個幽靈談了起來。對於自己的眼睛戴著四個瞳孔、一副像是選修課上才會出現的怪咖樣貌，她完全沒有要掩飾的意思。她急著想知道他最近一次值勤時都看到了什麼。幽靈說得閃閃躲躲，而艾許在得到列夫點頭示意後，將列夫接上線。列夫完全不自我介紹，對話直入核心。他告訴這位幽靈，除非他肯好好說明，否則就會遭到解僱，前兩次當班的薪資也休想拿到。於是幽靈立即承認自己找了「合格又可靠」的妹妹代班，因為他的表弟路加在一場鬥毆中受了重傷。「我非去看看他不可，他們認為他可能撐不過去。」

「你的表弟是做什麼的？」列夫問。

「他算神職人員。」幽靈說。奈瑟頓覺得他在這句話講完後聽到了笑聲，接著幽靈迅速從方向盤上抽開一隻手。

幽靈說，他見過受傷的表弟了，正在返家路上，還沒跟妹妹說到話。列夫建議他別說，等到他們兄妹倆碰面再談。接著，他向那位幽靈說了廣告的事。

也就是這個當下，奈瑟頓在內心認定，無論列夫從他的家族繼承到了多麼稀薄的竊賊精髓，此時的表現都差勁得可以。這個幽靈根本不需要知道這些。他們不需要讓他知道這通電話來自不屬於他的未來，或者他只是這個未來中某個有錢收集狂的收藏品之一。這行為不只不明智，而是根本沒必要。奈瑟頓正打算打一段小提醒給列夫，手機鍵盤都已投射上浮雕桌面，凹凹凸凸地顯示著，但他隨後又想到自己與列夫之間的關係可能起什麼變化，最後覺得還是坐下乖乖聽他們說話就好，觀察這位幽靈如何披荊斬棘，爭取一個收入更豐厚的新職位。這位幽靈懂得戰術，奈瑟頓看得出來，而列夫儘管聰明，又有家族的先天環境，卻從來沒什麼理由全力學習這種技能。

幽靈告訴列夫，雖然對方已經找來職業殺手，但他可不是什麼容易下手的目標。遇到這種狀況，他還有一些人手可以動用，但他妹妹有可能被當成目標，這讓他「無法接受」。這四個字重重落在艾許狹窄的帳子裡，重量驚人。幽靈問列夫，對此他有什麼打算？

「我們會出錢，」列夫說。「好讓你有能力找人保護。」

奈瑟頓注意到艾許一直試圖對他使眼色。他知道她看出端倪，幽靈已經占了上風，列夫被對方的計策牽著走。他對上她的眼神，但假裝不懂，不讓她得到預期的回應。

列夫告訴幽靈，他必須和幽靈的妹妹說話，但對方要求列夫給一個數字，一筆明確的金額。列夫開價一千萬，這筆錢比那份應該是殺手合約的費用還高一些。幽靈說，這金額太高，無法拜託他表弟用某種叫「海付寶」的東西收款。

於是列夫說，他們可以安排讓他表弟在下一期州樂透彩中贏得同樣數目的獎金，款項完全合法。說到這，奈瑟頓克制不住自己，又看了一眼艾許。

「你不覺得那套樂透彩的把戲把整件事變得有如浮士德的交易嗎？」通話結束後，奈瑟頓問道。

「浮士德？」列夫的眼神茫然。

「意思是你現在做的事就跟惡魔路西法差不多。」艾許說。

「噢好吧，的確，我懂你意思了。但那種方法是我某個朋友在他的斷根裡偶然發現的。我這裡有詳細的操作方法，我一直都想告訴你。」

「這裡太擠了。」奈瑟頓說。他站起來，垂頭喪氣的天鵝絨沉重地貼在他肩上。「如果我們要聊這個，去賓士裡面聊吧。那裡舒服多了。」

當時發生的事大約就是這樣，分毫不差。不過此時換成他坐在此處，等候那位幽靈的妹妹來電。

21 騙徒

他們一直沒追上里昂。也許是因為他真的很認真在踩踏板，不過比較可能的狀況是踩一下、停一下，基本上還是靠著花鼓裡的電力前進。她的腳踏車斜靠在前院的橡樹下，里昂已不見蹤影，而柏頓其中一個好麻吉里斯正坐在旁邊的木製摺疊椅裡，大腿上橫放一把曼陀林琴。她和柏頓把車子停在大門前，當他們走近，她才看到那東西不是曼陀林，而是把軍用步槍，槍頭看起來像是被人從前面往後壓扁，縮進了槍身裡。**犢牛**，他們是這麼叫它的。里斯把他的棒球帽拉低到帽沿跟眉毛同高，這頂帽子是會一直變換圖案的那種款式。里斯也曾是軍人，什麼什麼特殊部隊之類的，但沒有觸覺偵察部隊那麼特殊。他崇拜柏頓，崇拜到她覺得有點不太健康的地步。但她不確定該為誰擔心，里斯，還是柏頓。

「嘿，里斯。」柏頓說。

「柏頓。」里斯應聲，摸了摸球帽的帽沿，手勢幾乎算是在敬禮，不過人還是安穩地坐在椅子上。他的左眼窩裡戴著微視。芙林現在站得離他夠近，看得到裡頭有光在移動，映射在他的瞳孔中。

「還有誰在這裡？」柏頓抬頭看向漆黑的屋子，外牆層疊的白色斜壁板逐漸被黎明點亮。

「杜瓦爾在小山丘上。」里斯說，而芙林正看著某團由像素組成的褐點，朝他頭頂正中央的地方挪近，差不多是普通棒球帽頂端圓釦的位置。陸戰隊的帽子沒有那顆圓釦，因為要是有人擊中你頭頂，可能會把它敲進頭骨裡。「卡特負責後面，卡洛斯則下到拖車附近。監視網配好了，二十架，備用的也二十。」芙林聽懂了，有二十架無人機正在這塊土地上以重複的路線同步飛行，而他們三個人會分別監控三分之一。以數量來說，那可是好大一群。

「我們要去拖車，」柏頓說。「跟卡洛斯說一聲。」

棒球帽沿迅速上下擺。「路加在找你麻煩？杜瓦爾說他聽到了消息。」

「路加不是問題。」柏頓說。「我在等一間公司的電話，他們恐怖多了。」他把手在里斯肩膀上短暫停了一下，邁開步伐往丘下走去。

「晚安，芙林。」里斯說。

「早安。」她說，然後跟上柏頓。「那些打電話給你的人，」她問他。「他們長什麼樣子？」

「記得**犧牲陽極**嗎？」

她幾乎忘光了，他們好像是來自奧馬哈還是哪裡。「我那時太小了。」

「女的看起來像裡面的那個主唱，凱特．布萊克史托克，不過戴著萬聖節風格的隱形眼鏡。另一個可能跟我差不多歲數，大男生，邋遢，有點鬍子，復古老眼鏡，習慣大家都要聽他的。」

「他們是哥倫比亞人嗎？還是拉丁？」

「英格蘭人。英國的英格蘭人。」

那座城市又回到腦海，河流彎折的曲線。「你為什麼會相信他們？」

他停下來，她差點撞上去。「我從來沒說過我相信他們。我相信他們一直以來付給我的錢，我可以拿來花。要是他們在里昂的海付寶裡放了一千萬，我也會相信那一千萬。」

「你真的相信有人找了誰要來殺你嗎？」

「我覺得冷鐵相信。」

「足夠讓你把里斯和其他人叫來這裡？還帶槍？」

「這麼做也沒壞處。他們也喜歡有個藉口。里昂贏了樂透，他總可以撒點出去。」

「那張樂透是作弊來的？」

「是的話也不訝異吧？」

「那個冷鐵，你覺得他們是政府的人嗎？」

「他們是錢。除了我之外，最近還有誰給過妳其他工作？」他轉了個彎，沿著小徑再次往下走，鳥兒開始唱起歌。

「如果是國安部在刺探怎麼辦？」

他轉過頭來：「我已經告訴他們妳會跟他們談了，我需要妳去做這件事，芙林。」

「可你又不知道他們到底是誰。為什麼他們會沒有事情經過的影片？他們付錢叫我們操控飛行攝影機耶。」

他再次停下腳步，整個人轉過身。「這個時代都有人到網站上應徵殺手，領著別人的錢去殺一個自己根本沒聽過的人了。這種網站會存在是有原因的，就跟整個郡裡面沒人找得到正當工作的原因一樣——除非妳會做毒品。」他看著她。

「好吧，」她說。「我又沒說不跟他們談，只是覺得有點誇張。」

「國土安全部的某個長官跟我說，我應該申請成為他們的一員，結果他底下那些人每個都在他背後翻白眼。日子不好過啊。」

他們快走到拖車了，車沒開燈，黑色的樹影之間逐漸能看到它模糊的蒼白外表。她覺得自己彷彿很久沒來了。

一個人影從拖車後方閃出來，站在小徑旁，幾乎難以察覺。應該是卡洛斯，她猜。他朝他們豎起大拇指。

「登入帳密在哪？」他問。

「桌子底下，在你放戰斧的箱子裡。」

「斧頭。」他糾正她，打開車門爬了上去。燈亮起來。他往下看著她。「我知道妳覺得很瘋，不過這可能是我們擺脫目前財務狀況的機會。在這麼差的地方，我們的機會一向不多，妳應該知道這點。」

「我會跟他們談的。」

中國製扶手椅把自己變大，好符合柏頓的身形。她從箱子裡拿出那張用列印所紙張印的條子，念出登入資訊，讓柏頓輸入。

輸入完畢，他正要滑過確認鍵，她卻抓住他的手。「我跟他們談，但你不能在這裡。任何人都不行。你想在外面聽的話倒沒關係。」

他翻過手心，握了握她的手，起身。椅子開始尋找他的身影。「在它故障之前坐下吧。」他說，拿起戰斧，走出門外，隨手把門關上。

她坐下來，椅子發出一連串低鳴和喀擦聲，開始收縮。她想起瓊斯咖啡，每次她不得不進後方的辦公室聽夜班經理拜壬・博查德講廢話，也有一樣的感覺。

她取下手機，扳直，拿它當鏡子照。髮型有點亂了，不過她有珍妮絲給的唇蜜。珍妮絲還在海夫提大賣場上班時搬了一大盒回家。管子上的印刷已經磨得差不多，裡面的唇蜜也只剩一點點，不過她還是從牛仔褲裡把它掏出來，塗了些在嘴上。反正不管現在要跟她講話的人是誰，都不可能是那個可憐的拜壬。拜壬的車在情人節時被某輛自動駕駛的十八輪大貨車撞翻，大約就在他開除她的三個月後。

她滑過確認鍵。

「費雪小姐嗎？」一個句子直接跳出來。那個人可能差不多跟她同年，棕色短髮全向後梳，神色中性淡然。他所處的房間牆上用的是顏色非常淡的木料，或者是看起來像木頭的塑膠，閃亮得像指甲油。

「芙林。」她對他說，提醒著自己要有禮貌。

「芙林。」他在某個舊式螢幕裡，說完後，就只是直勾勾盯著她看。男人穿著黑色高領套頭毛衣，芙林不確定自己曾經看任何人穿過，然後她看到他面前的桌子，由某種看似大理石的材質製成，上頭布滿許多粗大的仿金紋理，簡直像騙人的銀行廣告裡會出現的那種貸款辦公室。也許那是間哥倫比亞銀行吧。她覺得他看起來不像拉丁裔，也沒像柏頓形容的那樣有留鬍子或戴眼鏡。

「你呢？」她說，語氣比她的本意更不耐煩。

「我？」他遲疑著，彷彿迷了路，正在思考。

「我剛才告訴你我的名字了。」

他現在的眼神讓她不禁想檢查自己肩膀上是不是有什麼東西。「奈瑟頓，」他說，咳了一聲。「維伏・奈瑟頓。」語氣有點驚訝。

「柏頓說你想跟我說話。」

「是，的確是。」

跟柏頓說過之前通電話的那些人一樣，他也有英國口音。

「為什麼？」

「我們了解到妳之前替哥哥代班，他最後兩次輪班是妳——」

「那是遊戲嗎？」她還不知道自己該說什麼，這話就這樣脫口而出。

他正要張嘴。

「告訴我那他媽的只是遊戲。」她知道，不管自己是處於什麼狀態才說出這種話，那狀態都是從她不再玩《北風行動》之後開始的。有時，她感覺自己染上柏頓的創傷症候群，彷彿還坐在麥迪森和珍妮絲的沙發上。

他閉上嘴，稍稍皺起眉頭，噘起嘴，又放鬆下來。「它的架構極為複雜，」他說。「屬於某個超大型系統的一部分。冷鐵奇蹟為該系統提供保全服務，但理解它的本質並不是我們的工作。」

「所以那是遊戲囉？」

「如果妳想這麼稱呼的話。」

「你到底在說什麼鬼？」她急迫地想知道某件事，卻不知道自己究竟該知道什麼。不管怎樣，那東西絕對不可能是遊戲。

「那是一種類遊戲環境。」他說。「某種層面上來說不是真的，妳——」

「你是真的人嗎？」

他把頭偏向一邊。

「我怎麼分得出來？」她問。「如果那真是遊戲的話，我怎麼知道你會不會只是ＡＩ？」

「我看起來像研究形而上學的嗎？」

「你看起來像是坐辦公室的。你在裡面到底做什麼工作？維伏？」

「人力資源。」他說，眼睛瞇了起來。

如果他是ＡＩ的話，她想，設計師一定是個怪咖。

「柏頓說你們誇口可以搞定——」

「不好意思，」他快速插話。「目前這樣並不安全，我們會找到更好的方式來討論那個問題，但得晚一點。」

「那個藍光是什麼？你臉上那個？」

「這是監視螢幕。」他說。「故障燈號。」皺眉。「妳總共幫妳哥哥代了兩次班？」

「對。」

「能不能請妳描述一下這兩次的狀況？」

「你想知道哪些？」

「妳記得的一切。」

「為什麼你們不直接看留存紀錄就好？」

「留存紀錄？」

「如果都沒人把畫面拍下來，我幫你們操控飛行攝影機到底有什麼意義？」

「這部分取決於客戶的決定。」他傾身向前。「能不能請妳幫我們這個忙？麻煩妳了。」他神色裡的擔心看起來很真實。

他不像特別值得信任的那種人，但像個有點身分的人。「第一次代班的時候，我在某輛廂型車之類的車尾，」她說了起來。「我從那扇掀門往上飛，但控制權不在我……」

22 擬古主義

聽她講話時，奈瑟頓發現自己變得有點茫茫然，但也不會令人不悅。她的口音讓他著迷，那是來自**開獎**前的美國的聲音。

這個世界真正的過去確實曾存在過一位芙林．費雪，如果她還活著，應該很老了。雖然這不太可能。畢竟發生過開獎，她的生存機會微乎其微。但既然列夫在幾個月前才第一次觸碰她所在的連續體，這位芙林應該還是很像那個真的芙林，那個現在或老或死、他的世界的芙林。那個芙林曾是眼前這名活在開獎之前的年輕女子，她也許活著撐過了開獎，或者跟很多人一樣死在開獎中。列夫的介入以及造成的後續影響，應該還沒改變眼前的這個她。

「那些聲音，」她描述完第一次代班的經歷時說。「就是二十樓之前的那些，是什麼東西？我完全沒辦法把它們關掉。」

「我對妳哥哥接受任務的細節並不清楚，」他說。「完全不熟。」她穿著一件他覺得頗為嚴肅的黑色軍裝襯衫，領口未扣，有肩章，左口袋上還有某種鮮紅色，應該是草寫字母。她擁有一雙深色的眼睛，但那頭深棕色的頭髮實在應該給美智姬剪一剪了。列夫提過她哥哥曾是某部隊的一員，他想知道她是不是也加入過同樣的部隊。

負責把女孩的顯像流接給他的人是艾許。她把顯像放在他視野的正中間，便於眼神接觸。照理來說，他應該要保持低頭，假裝自己正在從根本沒反應的螢幕上看那女孩，但他一直忘記要這麼做。

「柏頓說它們是狗仔隊，」她說。「小型無人機。」

「你那裡有那種東西嗎？」她讓他意識到，自己對她那個年代的生活樣貌有多不熟悉。歷史有其魅力所在，但負擔繁重，若揹了太多，你就會變成艾許，沉迷於編纂滅絕物種的目錄，對你從來不認識的事物抱著懷舊的癮頭。

「你們那邊沒有無人機嗎？我是說哥倫比亞。」

「有。」他說。為什麼她好像坐在潛水艇或某種飛機的內部呢？他在心裡揣測著。那裡的內裝像是塗上了會自體發光的蜂蜜。

「問她看到了什麼。」列夫說。

「妳說明了第一次值班，」奈瑟頓說。「但據我所知，第二次發生了某件事，妳能不能說一下？」

「背包。」她說。

「抱歉，什麼？」

「它長得像小孩子的背包，但材質是某種很醜的灰色塑膠，四個角落上有觸手之類的東西，像腳一樣。」

「妳第一次遇到它是什麼時候？」

「一樣從廂型車出來，垂直往上，過了二十樓後聲音消失，跟之前一樣。然後我就看到它了。它正在往上爬。」

「爬？」

翻筋斗，就像在後空翻。我繼續前進，超過它，它失去蹤跡，在三十七樓追上來，超過我，再次失去蹤跡。到了五十六樓，我獲得四軸機的控制權，但沒看到蟲。巡視了周圍，沒有狗仔隊，也沒看到那個灰色的東西。接著窗戶就解除了霧面狀態。」

「消除偏光。」

「我想也是。」她說。「我看到在派對前看到的那個女人。派對已經結束了，家具都不一樣，她穿著睡衣。還有人也在那裡，但我看不到。她跟那個人有對到眼，有說有笑。我做了另一次周邊巡邏。我回來的時候，他們就站在窗前。」

「誰？」

「那個女人。」她說。「男的在她旁邊，大約三十出頭，黑髮，少許鬍子。看不出種族特徵，棕色浴袍。」她的表情變了。她看著他，或者說看著她手機上的他，表情卻像在看別的東西。「那個女人站在他旁邊，被他雙手抱著，所以我看不到他臉上的表情。但他知道。」

「知道什麼？」

「知道那東西會殺了她。」

「哪個東西？」

「那個背包。我知道他們看得到四軸機，玻璃上開了一道門，某種欄杆升上來，把那裡圍成個陽臺，他們正要走出來，我得移開。所以我飛走，假裝要做另一次巡邏，但是在角落就停下，飛上五十七樓後再折回來。」

「為什麼？」

「他臉上的表情就是感覺不對。」她一臉凝重，極為嚴肅。「那東西在窗外，在五十七樓前面。它變形成像建築物上其他東西的模樣，一樣形狀，一樣顏色，可是所有東西都是溼的，它卻是乾的，正在微微地呼吸著。」

「呼吸？」

「膨脹，扁下去，又膨脹。幅度不大。」

「妳在他們上方？」

「他們在欄杆前，向外看，朝著河的方向。我想要把畫面拍下來，但不知道怎麼做。第一次值班的時候，我無意間成功過，拍了隻蟲。我猜應該有個近距離觸發機制，但那時我不知道自己操作的飛行器到底長什麼樣。我朝它靠近了一點點，它就吐出了某種東西，速度快，小到看不見。那個東西開始攻擊我用來觀察它的攝影機，一小口一小口地咬。我在那玩意兒吐出更多東西之前殺了它，整整下墜三層樓才穩住自己。咬人的東西不見了後，我往左飛，接著直衝而上。男人正站在她身後，拿她的手蓋住她自己的眼睛，還他媽的親了她的耳朵，說了句悄悄話。『給妳一個驚喜』。我敢肯定他真的說了這句話。他向後退，轉過身，正要朝房間走，一大群咬人的東西就從那玩意兒裡面衝出來，數量非常多。我看到他往上看——他是知道的，他知道那玩意兒會出現。」她垂下頭，彷彿盯著自己的手，又重新抬頭看他。「我試圖往他的頭撞過去，但他動作很快，馬上屈身躲開，然後它們就衝進她身體裡，開始吃她。男人爬起來，躲進室內，門迅速消失，窗戶也變回灰色。我覺得第一隻就已經殺死她了……我希望如此。」

「太可怕了。」艾許說。

「噓。」列夫命令道。

「她那時背靠著欄杆，」她說。「而欄杆開始往下降、縮起。她向後翻，往下墜，我追了過去，它們把她吃得一乾二淨，她幾乎全被吃掉，除了身上穿的衣服。那是她唯一剩下的東西。」

「妳看到的是這個女人嗎？」奈瑟頓問，拿起艾許從艾葉莉塔的網站翻印下來的霧面大頭照。

從七十多年前、與形塑他所在世界的過去已不太一樣的另一個過往，她注視著那張相片，點了點頭。

23 凱爾特結

她躺在床上，窗簾緊閉，不確定自己作何感受。在看起來像倫敦的遊戲裡，發生了某些令人噁心且難過的鳥事，又在吉米店外的停車場上遇見康諾，和他的狼蛛。接著柏頓說，冷鐵告訴他，因為她看到了某些事，所以有人簽了殺手要來殺他。然後她和他一起回家，見到家裡部署了他那一大群退伍弟兄。

最後，她把自己的經歷告訴維伏・奈瑟頓，那人感覺就像為了某未命名商品而拍的某支電視購物節目，而且拍得不怎麼嚴謹。他們結束對話時柏頓不在旁邊，於是她獨自走上小丘，思考著如果之前進入的那座城市真的是某款遊戲，為什麼會有人以為當時在裡面的人是柏頓，不是她、甚至還要殺柏頓。這真的只是因為她目擊了某款遊戲裡的謀殺案嗎？當她問起奈瑟頓，他說他不知道，就像他也不知道為什麼他們沒有留下任何影像紀錄。對於追求答案，他毫無迫切之心，也認為她不該有。她覺得那是他最像個真實的人的時刻。

她的母親早早就起床，已開始在廚房煮咖啡，她穿著那件年紀比芙林還大的浴袍，氧氣管吊在鼻子底下。芙林親過她，婉拒咖啡，在被問到去了哪裡時，回答說「吉米的店」。「比土還老，吉米那店。」她母親當時這麼說。

芙林帶了一根香蕉和一杯過濾水上樓，留下少許水刷牙。並且就像她在每次刷牙時會做的一樣，注意到洗手臺上那些銅製接頭的表面都曾鍍上銀鉻，此時卻只剩小片的斑點，大部分都在瓷製水槽附近。

她這才回到自己的房間，關上門，脫掉身上那件已拆掉店名的瓊斯咖啡襯衫、胸罩和牛仔褲，套上柏頓超大號的海軍陸戰隊長袖運動衫，上床睡覺。

因為情緒上的波動，她累壞了，但又離入睡的狀態還遠。接著她想起來，之前的舊手機上有個應用程式，是柏頓和里昂在玩無人機遊戲時用的，梅肯應該有把它跟其他的資料一起移到她的新手機裡。她從枕頭底下拿出手機找程式——果然在裡面。她打開程式，選了鳥瞰視角，畫面上出現他們住家上空的低解析度衛星影像。現在蓋在她頭上的屋頂是塊灰色的長方形，而在那之上有東西在移動，正跳著一種複雜的舞步，總共二十架無人機，每顆光點都代表一架，互相編織成某種熟悉的形狀。她知道那形狀叫什麼，如果用在刺青上，它就叫凱爾特結。每一架都會輪流被二十架備用機一一取代，重新充電，再繼續循環。

柏頓贏過無數次無人機遊戲，拿手的不得了，他在觸覺回饋偵察一號部隊裡做的就跟這差不多，在很多方面都極像。她甚至聽過人家說，柏頓還擁有那些刺青時，他自己幾乎就是某種無人機，或者半人半機。

看著那些無人機在房子的上空編織繩結似乎有種療癒效果，她很快就覺得自己應該可以睡了。她關掉應用程式，把手機塞回枕頭底下，閉上眼睛。

但是，就在她快要睡著前，她看到那個女人穿的T恤和條紋睡褲飄動、翻飛，往下朝街道墜去。該死的廢物。

24 咒罰

袋狼比列夫先一步鑽進賓士，爪子在淺色木地板上敲出啪噠啪噠的乾響。牠眼神銳利地盯著奈瑟頓，打了個哈欠，張開的下顎明顯擁有跟狗一點也不像的長度，反而比較像頭小鱷魚，只是嘴巴打開的方向相反。

「顏娜。」奈瑟頓無精打采地向牠打招呼。他在主臥艙房待了一晚，相較之下，有著金色紋理的桌子看來就樸素許多。

列夫眉頭深鎖，艾許跟在他身後。

艾許穿著她的「誠懇裝」，他覺得她應該是那個意思：那是件暗灰色毛氈布料剪裁成的長袖連衣裙，一道古董鋁製拉鍊從襠下一路鋪至喉頭。連衣裙上縫了許多貼式口袋，其中一些是釘上去的。他之前就注意到，穿著這件衣服似乎會抑制她熱愛過度華麗手勢的傾向，也能把她身上的動物都藏起來。也許這意味她希望受到其他人更認真的看待，奈瑟頓想著。

「你想一整晚了。」列夫說，心不在焉地彎腰撫摸恬娜的側腹。

「你有帶咖啡來嗎？」

「想喝什麼吧檯都做得出來。」

「它鎖起來了。」

「你要什麼？」

「美式，黑的。」

列夫走向吧檯，拇指壓在某個橢圓形上，吧檯立刻打開。「一杯美式黑咖啡。」他說。吧檯泡了一杯，幾近無聲。列夫端著咖啡過來，還冒著煙。「你對她說的故事有什麼看法？」他遞過咖啡杯碟。

「假設她跟我說的是事實，」奈瑟頓說，看著恬娜閉上嘴巴，吞了口口水。「而她看到的真的是艾葉莉塔……」他和列夫對上眼。「這不是綁架。」他啜了口咖啡，咖啡液燙得他難受，但確實好喝。

「我們希望能知道她那棟大樓所說的事，這樣就能查明到底發生了什麼狀況。」列夫說。

「我沒去查。」艾許說。「謠言說那棟大樓無法。」

「無法怎樣？」奈瑟頓問。

「她的大樓無法說事情，」艾許說。「或知道事情。」

「她的大樓怎麼可能不知道？」奈瑟頓問。

「就和這棟房子不會知道一樣。」列夫說。「如果經過安排，他們可能讓這種情況短暫發生，但那需要……」他做出一個細微、快速、像鋼琴家那樣用上了多根手指的手勢：政治竊賊。這是個經典的俄羅斯手勢，只不過某程度上無法明說。

「我懂了。」奈瑟頓說，但其實不懂。

「我們需要在斷根裡弄些資金，」艾許說。「歐辛那邊只能臨時湊合，但也差不多到極限了。如果你不希望插上的旗子被拔走——」

「那不叫插旗，」列夫說。「那就是我的。」

「但不是你一個人的。」艾許說。「那些不速之客才剛跨過門，就毫不猶豫地替自己安排了暗殺行動，如果我們在資金上處於劣勢，整件事就沒救了。不過，如果是你家族的量化分析師……」奈瑟頓開始認定她是在套上了這身毛氈西裝後，才會想要嘗試說服列夫，把他家族的財務模組群帶進斷根。他看向列夫，可以肯定這絕非易事。

「歐辛可以幫助我們更完整地操控他們的線上遊戲虛擬貨幣，」列夫說。「他正在處理這件事。」

「如果這些訪客的目標是收買政客，」艾許說。「或是某個美國聯邦機構的頭，我們最後會被拖進軍備競賽之中，而且很可能會輸。」

「那些人已經參與過歷史中另一場極其複雜的大混戰了，我沒興趣創造比那更混亂的局面。」列夫說。「要是把太多外在干擾帶進來，就會演變成那種局面。看看現在，我居然還被維伏說服，讓別人把幽靈拿去當成某種荒謬的ＡＩ幫傭。」

「你最好習慣這件事，列夫。」艾許幾乎沒叫過他的名字。「既然現在有人進得來，我們也完全不曉得要怎麼進入其他人的斷根，那就是說，無論那人到底是誰，都要比我們更熟門熟路。」

「你們不能直接往前快轉，看看會發生什麼事嗎？」奈瑟頓問。「去看一年後的問題在哪裡，再進行修正？」

「沒辦法。」艾許說。「你說的那個叫『時間旅行』，而這個是真的時間。在我們把第一封電子郵件寄到他們那裡的巴拿馬時，兩邊連續體之間的持續時間比率就固定下來了：一比一。從第一次接觸的那個瞬間起，斷根中任意時間區間的長度都會跟這裡的區間相同。從那刻開始，我們對於他們未來的認知，其實不會比我們對於自己的未來更清楚，只能假設它最終不會形成我們已知的歷史。反正就是沒辦法，我們也不知道為什麼。就目前所知，這就是伺服器的運作方式。」

「把家族資源拉進來的這種想法，」列夫說。「對我來說是種咒罰。」

「我的中間名。」艾許忍不住指出這一點。

「我知道。」列夫說。

「我猜，」奈瑟頓對列夫說，把空咖啡杯放到碟子上。「這個斷根應該是你人生中極少數不受介入的部分——我是說不受家族資源介入。」

「沒錯。」

「如果是這樣，」艾許說。「那B計畫。」

「那是？」列夫問。

「我們把歷史、社會跟經濟市場的綜合資料丟給獨立的量化分析礦工，加上我們從斷根中獲得的資訊，讓這些人替我們從斷根的經濟體系中賺取一些利潤。他們沒辦法像你家族進行財務運作時那樣，將事情磨得那麼細、那麼有力、那麼迅速，但已經夠了。然後，你得從這裡付他們錢——真的錢。」

「做吧。」列夫說。

「那我得做個正式聲明，」她說。「我的優先建議仍然是利用你家族的礦工。LSE的那些孩子是很聰明，但還是不一樣。」

「孩子？」奈瑟頓問。

「要是最後發現我們資金不足，」艾許告訴列夫。「你可不能把這怪在我身上。」

奈瑟頓可以肯定，她真的很想讓列夫去做他剛才同意的決定，這讓他有些驚訝。他之前不覺得她手腕有這麼高超。八成是歐辛出的主意。「好，就這樣啦，」他說。「這件事真的非常有趣，希望你們會記得跟我更新後續發展，很榮幸能幫上一點忙。」

兩個人都瞪著他看。

「抱歉，」他說。「我中午有個餐聚。」

「在哪？」艾許問。

「柏蒙西。」

她挑起單邊眉毛。一個變色龍的圖案抬起頭，從她硬灰色的毛氈領腳中伸出臉，然後彷彿因為看到他們站在這裡，又快速縮了回去。

「維伏，」列夫說。「這裡需要你。」

「你隨時都找得到我。」

「我們需要你，」列夫說。「因為我們已經報警了。」

「倫敦警察廳。」艾許說。

「根據幽靈的妹妹所說，」列夫說。「加上我們從這邊了解的狀況，我們沒得選擇，只能通知法務人員。」那應該是指他家族的事務律師群，奈瑟頓覺得，單靠那些人應該就能組成一個專門的行業。

「他們安排了一次會議，當然，你得出席才行。」

「洛比爾探長很期待跟你碰面。」艾許說。「她的資歷非常深，你不會想讓她失望的。」

「如果咒罰是妳的中間名，」奈瑟頓問她。「艾許是妳的名字嗎？」

「瑪芮雅才是我的名字，艾許是姓。」她說。「本來用的是筆劃複雜的謂，但我媽換了一個比較簡單的字❺。」

25 KYDEX

從臥室的窗簾縫隙間，她看到柏頓轉過屋子轉角，步伐快速地走在明亮的日光下，手中的戰斧握柄搖來晃去。他握著斧頭的方式彷彿那是一根T型拐杖的頂端，這表示此時斧刃已蓋上他或其他人用Kydex做的迷你護套。用熱塑性材料製作刀鞘和槍套是這群人的嗜好，就像編織跟刺繡。里昂總笑說他們是在繡童軍獎章。

一輛體積龐大的復古俄羅斯摩托車等在大門柵欄前，紅豔閃亮，邊車也是同樣配色。駕駛和乘客都戴著圓滾滾的黑色安全帽。她看得出乘客是里昂，不可能認錯那件夾克。

她已經昏睡過一次，醒來後一個夢也不記得。太陽的角度透露出剛過下午。柏頓正走向那輛紅色摩托車，里昂摘掉安全帽，不過仍安坐在他的邊車裡。他從夾克口袋裡拿出某個東西交給柏頓，柏頓瞄了一眼，就把東西放到他的後口袋。

她走離窗簾邊，穿上浴袍，抓了幾件沖完澡後要換的衣服。

不過她得先把康諾的事告訴柏頓。於是她穿著浴袍和拖鞋，把衣服用毛巾裹著夾在腋下，往樓下走去。俄羅斯摩托車的聲音遠離。

---

❺ 艾許（Ash）原本的拼法應該寫成Ashe，這是一個源自愛爾蘭的姓氏，兩者發音相同。

柏頓站在門廊上，看到戰斧上的護套是肉色的，是矯正器會有的那種顏色。他們比較喜歡這種配色，黑的看起來就太講究。也許這樣的話，當有人不小心看到你襯衫下襬露出一截矯正器的顏色，會以為你只是剛做完手術。「你最近有看到康諾嗎？」她問他。

「沒有，不過我剛跟他講完電話就是了。」

「什麼事？」

「看他要不要幫我們一把。」

「我昨晚看到他了，」她說。「在吉米店裡的停車場。情況真的很不好，不好到差點當著所有人的面，對兩個足球隊的傢伙做出什麼事情的程度。」

「我需要有人在晚上監控路況，而他整晚都是醒的。他無聊到快瘋了。」

「他三輪機車後面有個東西，」她問。「那是什麼？」

「可能只是一把點二二。」

「他現在情況這麼糟，不是應該要有人去幫他一下嗎？」

「他絕對有足夠的理由可以把自己搞亂，至少現在的狀況比較好了。而且我有在幫啊，退務部根本不管。」

「我很害怕。」

「他絕對不會傷害妳。」

「我是為他擔心害怕。里昂昨晚來這裡幹麼？」

「這個。」他從後口袋拉出一張州樂透彩券拿給她看，上頭還很乾淨，沒有摺痕。

彩券上有張里昂的臉，正從模糊的鋁箔全息影像中盯著她看，影像右邊則是他的視網膜掃描紀錄。「看來這上面已經有他的基因組了。」她說。她很久沒看到彩券了，他們的母親把樂透彩叫做「愚蠢稅」，並教他們兩個永遠別去付那筆錢。「你覺得他真的會贏到那一千萬？」

「沒那麼多，但如果他中獎我們就能做點什麼。」

「昨天晚上我跟冷鐵奇蹟談完後沒在這裡看到你。」

「卡洛斯需要幫忙，把飛行模式調整齊一點——所以跟妳說話的是誰？」

「不是之前跟你講話的那兩個。他叫奈瑟頓，說自己是人力資源。」

「然後？」

「他想聽我說發生什麼事。於是我把事情告訴他，就像我跟你講過的一樣。」

「然後？」

「他說他們會保持聯絡。柏頓？」

「怎樣？」

「如果這是遊戲，為什麼只因為看到了遊戲裡發生的事，就會有人想殺你？」

「建置遊戲需要代價。那是某種測試版，裡面所有鳥東西他們都要保密。」

「那遊戲的內容沒什麼特別，」她說。「場面難看的殺人場景多得是，一大堆遊戲裡都有。」不過說真的，她並不確定。

「他們認為妳看到的事很特別，只是我們不知道那是什麼。」

「好吧。」她說，把彩券還給他。「我要去沖個澡。」

她回到房子裡，穿過廚房，走進淋浴間。

脫浴袍的時候，掛在手腕上的手機響了起來。「嘿。」她說。

「我是梅肯。最近好嗎？」

「還可以。你呢？」

「莎琳說妳在找我，希望不是要客訴。」他的語氣聽起來一點也不擔心。

「比較像技術支援，但得等我們碰面才能說。」

「我現在剛好在辦一個小小的聚會，在小吃吧這裡。我們有賣最好的那種海夫提豬肉雜碎，大概全部存貨都在這裡了。」

「談話內容得保密。」

「當然。」

「我騎腳踏車過去找你，先別走。」

「等妳。」

她沖了澡，穿上前一天穿過的牛仔褲，再套上一件鬆垮垮的灰色T恤。她把浴袍、毛巾和拖鞋放在外頭的櫃子上，繞過半間屋子走到腳踏車旁。

沒看到柏頓那群保安大隊中的任何一個人，但他們應該就在附近，找到自己的角落安頓下來。無人機也應該都升空了。這一切看起來都那麼不真實，那張有著里昂的全息影像和視網膜的花俏彩券也是。也許瘋掉的不只是康諾，她想。

她解開腳踏車的鎖，跨上踏板，發現里昂不知道怎麼還真沒把電全部用光，便踩著踏板上路，聞著路旁松樹在這溫暖午後發出的暖香。

她在波特路上騎了約三分之一，狼蛛剛好從相反方向與她錯身而過，引擎哭號著，速度快到她連瞥上康諾一眼都沒辦法。

她在炸雞的氣味中繼續前進，直到那味道逐漸變得稀薄、淡去。四十五分鐘後，她把腳踏車鎖在海夫提大賣場外頭。

梅肯在小吃吧裡有自己的桌子，是離付錢的櫃檯最遠的那桌。這是因為他能替第一線的管理階層解決問題，處理那些遠在德里的連鎖總部完全沒有概念的情況。當庫存紀錄或是抓竊賊的飛船出問題，梅肯總能在現場直接解決。他的名字不在任何薪資單上，但他可以把小吃吧裡那張桌子當成自己的辦公室，拿店裡的零食和飲料也可以先賒帳。這是他用他的貢獻換來的。

梅肯不碰任何跟製毒有關的事，無論誰來問都一樣，這種立場對做他這行的人來說並不常見，偶爾會讓他不好辦事。比方說哪個製毒的傢伙有東西壞掉需要修理的時候。但是，相對也能讓其他事情簡單一點。副警長湯米．康斯坦丁就曾告訴芙林，修不好東西時連警局都會去拜託梅肯，在芙林看來，這個鎮上，只有這位副警長最夠格稱得上有魅力的單身男人。

小吃吧裡充斥著雜碎肉塊的味道，而且是豬肉。雞肉雜碎也許是因為少加了那種傳統的紅色色素，味道就不會這麼重。她走向梅肯的桌邊時，他正努力從一大盤豬肉雜碎中殺出血路。一如以往，他背對著牆，而艾德沃正坐在他左邊，修理著某樣不在現場的東西。

艾德沃兩隻眼睛都戴著微視，她猜應該是為了辨識距離遠近，他又在微視上蓋了薰衣草色的緞製睡眠眼罩，好把光線阻擋在外。他戴著服貼的螢光橘手套，上面寫滿看起來像埃及文的黑色字體。芙林幾乎就要看到他正在處理的東西了，但想當然耳，她沒辦法，因為它根本不在這兒。真正的東西可能在樓上的經理辦公室，或是在德里，沒差，反正不管那到底是什麼，它現在都在艾德沃的眼睛裡，而他能控制正握著那東西的塑膠手臂。

「嘿。」梅肯說，從他的豬肉雜碎中抬起頭。

「嘿。」她說，隨手拉過椅子。這裡的椅子看起來都像柏頓塗滿拖車內裝的那種材質做出來的，只是比較沒有彈性。

艾德沃皺了皺眉，小心翼翼地把手中那看不見的東西放到桌面上方六英寸高的地方，隨後抬手，將睡眠眼罩推到額頭上。他從兩團微視的銀色蛛網後方投出視線看她，露齒一笑。對他來說，笑這麼一下算很熱情了。

「豬肉雜碎，要嗎？」梅肯問。

「不用，謝謝。」她說。

「很新鮮耶！」

「明明就從中國運過來的。」

「沒人比中國人更懂得怎麼製作多汁的豬肉雜碎。」梅肯的膚色比艾德沃白，長了些雀斑，有雙非常美的眼睛，虹膜上綴著綠咖啡色的雜斑。他的左眼正躲在微視後方。「怎樣，手機變磚塊了？」

「你們都不擔心這東西嗎？」她是指微視。「它們把什麼都看得一清二楚。」

「我們的已經徹底修改過了。」他說。「如果妳夠聰明，要擔心的是剛從盒子裡拿出來的全新品。」

「我手機沒當。」她說，知道他其實非常清楚那東西沒事。「問題是，國安部之前為了不讓柏頓對路加福音四之五動手，把他關在戴維司維爾高中的運動場上。」

「噢，聽到這種事真是遺憾，」他說。「他真的完全沒機會揍到任何一個嗎？」

「這已經夠讓國安部對他執行保護性監禁了。總之，他們把他的手機沒收整個晚上，我擔心的是，他們可能會在這段期間去看我手機裡的東西。」

「如果是這樣，」他說。「那應該也會查到我的才對，妳哥和我基本上是在同一條船上。」

「他們看的話你會知道嗎？」

「也許會。要是只是幾個無聊至極的國安部傢伙，在白色大卡車裡找色情影片，那我應該會知道。說真的，如果他們那麼做的話我一定知道，不過假使真是他媽的能夠全域搜索的聯邦等級ＡＩ？鬼才會發現。」

「他們會知道我的手機是仿冒的嗎？」

「會有辦法，」艾德沃說。「不過那得要一直盯著妳才行。他們得非常認真地去查某個特定目標的手機。」

「實際上呢，」梅肯說。「我們幫妳做的那個是好貨。中國製造商那邊還沒查到我們印的任何一支。」

「就我們所知沒有。」艾德沃說。

「沒錯，」梅肯說。「但通常他們查到的話我們都會知道。」

「所以基本上，你們不知道？」

「基本上，對，不過我可以送給妳不用擔心這件事的權限，免費的喔。」

「你們最近幫康諾・潘思基印了什麼東西嗎？」

梅肯和艾德沃彼此交換了一個眼神。艾德沃拉下睡眠眼罩，蓋住微視，重新拿起那個不存在的東西，把它翻過來，用橘色和黑色的食指戳了進去。「妳所謂的『什麼東西』是指什麼東西？」梅肯問。

「昨天晚上我在吉米的店，我去找你。」

「抱歉，我們應該錯過了。」

「康諾在那裡跟兩個高中笨蛋起衝突。他的三輪機車後面有個怪東西。」

「黃絲帶嗎？」

「像某種機器蛇的脊椎？還連線到某個看起來像單邊眼鏡的東西上。」

「那不是我們幫他印的。」梅肯說。「那是某個地方用剩下的零件，被我們從eBay挖出來，合法貨，我們只是給了他伺服介面和電路，就這樣。」

「它的功能是什麼？」

「不知道。」他說。「做生意不會過問那麼多。」

「他可能會給自己惹上很嚴重的麻煩，你知道嗎？」

梅肯點頭。「可康諾這他媽的混蛋說服力很強啊，妳知道嗎？我很難拒絕他。他現在也就只有那輛三輪機車而已。」

「他還有狂嗑興奮劑跟拚命灌酒。如果真的只有那輛車跟一些玩具，情況也許還不會這麼差。」

梅肯可憐兮兮地看著她。「它最末端接著一隻小型的機械手臂，」他說。「就像艾德沃在用的那種，但是能夠自由活動的角度比較小。」

「梅肯，我看過你印槍。」

梅肯搖起頭來。「不是幫他，芙林，絕對不可能幫他。」

「他還是有可能弄到一把。」

「妳現在去這鎮上亂逛，隨便在哪個地方摔一下，十之八九會壓到一把印製槍，要弄到那東西根本不難。我要是避開康諾不去管他，他的設備就會出問題掛掉，退務部也不會幫他解決問題，然後他的生活品質就會迅速跌到谷底。我要是不避開他，把他那些鬼東西維護得好好的，他就會笑著來跟我要一些天曉得他根本不該擁有的玩意兒。坦白說，這真的、真的很難。妳懂嗎？」

「柏頓可能會給他工作。」

「我喜歡妳哥，芙林，就跟妳一樣。妳確定不來盤雜碎肉嗎？」他咧嘴笑開。

「算了吧。謝謝你的技術支援。」她起身。「晚點見，艾德沃。」

薰衣草色的睡眠眼罩點了點頭。「芙林。」他說。

她走出小吃吧，解開腳踏車的鎖。

其中一艘小飛船正懸在停車場上空，假裝它只是在廣告下一季的微視。但橫幅廣告上那顆躲在微視後面的巨大眼睛特寫，讓飛船看起來就像在看著所有人。當然，芙林早就知道，它的確在盯著所有人。

26 非常資深

奈瑟頓以前從來沒進過列夫祖父的會客室。他覺得那地方抑鬱又俗豔，因為實在太有英國氣息，反而讓人覺得似乎身處異地。畫室裡有很大一部分是木製裝潢，全都漆上深沉的苔綠，帶有光澤的琺瑯表面點綴鍍金。家具厚重，顏色較深，扶手椅則都很高，漆著類似的綠。

自從列夫的祖父買下這棟屋子，安思立・洛比爾探長是第一位踏足此地的執法人員。奈瑟頓很感謝艾許還特別點明了她的性別。

這位探長的臉和手是均勻一致的淺粉紅色，彷彿身體裡充了一些比血色還淺的東西進去。她留著短髮，腦後、兩邊都梳理得極為整齊。她髮量豐厚，顏色是完美的全白，像打了糖霜的鮮奶油，瀏海蓬鬆掃過額前。她的雙眼是過於明亮的常春花色，時時戒備且銳利。她的西裝和外表一樣中性，是薩佛街或是哲敏街的訂製服，沒有任何一針經過機器人或擴充亞體之手。她的外套剪裁適合寬肩，長褲剛好停在那雙如銀行家般精準的黑色牛津鞋上方，露出包在黑色薄襪中的纖細腳踝。

「非常感謝你願意在如此急迫的通知下與我碰面，祖博夫先生。」坐在扶手椅上的她說。「特別難得的是，還讓你招待進自家的門。」她微笑起來，露出一口所費不貲的不完美牙齒。奈瑟頓知道，為了慶祝她今日這頗具歷史意義的到訪行程，現在甚至有兩輛大車正繞著諾丁丘轉圈，各自載著一群準備好隨時開戰的祖博夫家族律師代表團。要不是因為現在的狀況，一般而言，奈瑟頓會想盡辦法避開這類能力過度伸張的老人。他們這種傢伙都知道得太多，而且手握重權。所幸人數很少，這是目前為止最令人欣慰的一點。

「請別客氣。」列夫回答。此時歐辛端了茶進來，他看起來比平常更像管家。

「莫菲先生。」洛比爾顯然非常高興看到他。

「是的，女士。」歐辛說，動作凍結空中，手裡拿著銀製的托盤。

「噢，請原諒我，」她說。「還沒人幫我們介紹。這是我的不對，莫菲先生，我這年紀的人生活裡全都是顯像，我的雙眼不斷在存取大部分的事物，所以就自以為認識遇到的每個人，真是個壞習慣。」

「女士，一點也不會的，」歐辛視線低垂，繼續扮演著自己的角色。「我不介意。」

「不過，當然，」她對其他人說，彷彿沒聽到他剛才的話。「某種程度上而言，我的確認識每個人。」

歐辛小心翼翼不動聲色，把沉重的餐盤放在一旁的餐具櫃上，準備把小巧的三明治端給大家。

「也請你們了解，」洛比爾說。「我正在調查近期一樁失蹤案件，失蹤者是艾葉莉塔．魏斯特，她是一位居住在倫敦的美國公民。如果你們能分別說明自己與這位失蹤者的關係，還有彼此之間的關係，對調查會很有助益。祖博夫先生，也許可以先從你開始？當然，你說的所有內容都會記錄下來。」

「以我的了解，」列夫說。「在場應該不會有任何記錄裝置。」

「的確沒有。」她同意道。「不過，我本人擁有經過法院認可的記憶力，具有完整的證物資格。」

「我不曉得應該從哪裡說起。」列夫仔細地考量過她的話後說。

「鮭魚。謝謝你。」洛比爾對歐辛說。「也許可以先從解釋自己的嗜好開始，祖博夫先生。你的事務律師們跟我描述你這個人時，把你稱為『連續體狂熱分子』。」

「這件事要講起來會非常複雜。」列夫說。「妳知道伺服器的事嗎？」

「知道，那個大謎團。我們都以為那是中國人的，它使用的科技遠超我們，就像現在的中國在很多方面也超越了我們一樣。你用那個伺服器和過去通訊，精確來說是和『某個』過去，因為你無法和我們這邊實際存在過的過去聯絡……這想得我頭都痛了，祖博夫先生，不過看起來你就沒這困擾，是嗎？」

「我覺得相較起來，我們的文化在討論假想的跨時空事件時，那些習以為常、彷彿一定會發生的悖論還比較難懂。」列夫說。「這邏輯其實挺簡單的。連線這個舉動會讓因果關係產生分歧，新的分支會擁有自己獨立存在的因果關係，而我們都將這個分支稱為『斷根』。」

「為什麼要這麼做呢？」她在歐辛幫她倒茶時問。「我是說，為什麼替它取那個名字。這聽起來彷彿那個東西又短又髒，而且粗魯野蠻。難道你們不覺得岔出來的新分支也會繼續發展下去嗎？」

「我們的確是這樣認為，」列夫說。「我們想的和妳說的完全一樣。事實上，我不明白為什麼狂熱分子最終選擇了這樣的稱呼。」

「因為帝國主義。」艾許說。「我們正在把其他的連續體變成第三世界，把它們叫做斷根會讓人少一點罪惡感。」

洛比爾凝視著艾許。艾許此時的穿著仍類似她那件維多利亞車站屋頂裝，只不過是稍微端莊一點的版本，露出來的動物比較少。「瑪芮雅・咒罰，」洛比爾說。「很好。那麼，妳的工作就是在這種殖民主義行動中協助祖博夫先生，對吧？妳和莫菲先生一起？」

「是的。」艾許說。

「而這是祖博夫先生的第一個連續體？第一個斷根？」

「是第一個。」列夫說。

「我懂了。」洛比爾說。「那你呢，奈瑟頓先生？」

「我？」歐辛正在替他上三明治，他隨便拿了一個。「我只是個朋友，列夫的朋友。」

「這就是我覺得疑惑的地方了。」洛比爾說。「你是一名宣傳人員，一位公共關係專家，你的雇傭關係因為經過一連串相當驚人的掩飾而變得頗為複雜。或者，我現在應該改說你『曾經』是公共關係人員。」

「曾經？」

「抱歉，」洛比爾說。「但的確是這樣沒錯，你已經被解僱了。你還沒讀到那封免職生效信。我同時還知道你和你的前任同事，多倫多的綺菈莉斯．瑞妮，最近目擊了一名叫做哈米德．哈比的人遭到美國攻擊系統殺害。」她環視桌邊，彷彿好奇其他人對那個名字會有什麼反應，不過看來沒有得到任何回饋。

奈瑟頓從來沒想過那名島族首領居然有名字。「那是他的名字嗎？」

「雖然不是眾所皆知，不過，是的。」洛比爾說。

「在場的目擊者非常多，」奈瑟頓說。「非常遺憾。」

「因為你和瑞妮小姐當時位於這個事件的虛擬實景中，所以比較受人注意。不管怎麼說，你這週似乎經歷了非常多事。」

「是的。」奈瑟頓說。

「可以請你解釋一下你出現在這裡的原因嗎，奈瑟頓先生？」她舉起茶杯輕啜。

「我過來找列夫。那時我因為島族這整件事很沮喪，看到他們遭那種方式殺害，我覺得自己大概也會被裁掉。」

「沒錯。在和列夫講話的過程中——」

「你需要陪伴是嗎？」

「如何？」

「這講起來有點複雜……」

「我對複雜的事頗為拿手，奈瑟頓先生。」

「妳知道艾葉莉塔的妹妹，黛卓・魏斯特，是我的客戶嗎？應該說『曾經』是我的客戶。」

「我一直很期待能夠談到這點。」洛比爾說。

「我之前做了點安排，請列夫以我的名義送禮物給黛卓。」

「禮物？內容是？」

「我安排讓列夫斷根中的一位居民為她提供服務。」

「確切來說是怎樣的服務內容？」

「保全警衛。他是一位退伍軍人，會操縱無人機，還有一些其他的技能。」

「你那時認為她特別需要保全嗎？」

「不是。」

「那麼，請容我這樣問，為什麼你會想到這項服務呢？」

「列夫之前對他斷根中的某支軍事部隊特別感興趣，而那個小夥子曾經是其中一員。他們負責操作一種存在於開獎期不久前的轉換技術。」他看向列夫。

「觸覺回饋裝置。」列夫說。

「我那時覺得這種本質古怪的東西也許能逗黛卓開心。」奈瑟頓說。「不管怎樣，她對這種空想式的東西一直沒什麼抵抗力。」

「你想討好她？」

「對，我想是吧。」

「你那時跟她有性關係嗎？」

奈瑟頓又看向列夫。「對。」他說。「不過黛卓沒有興趣。」

「對你們的關係沒興趣？」

「對找幽靈當保全沒興趣。或者對我們的關係也是，我後來馬上就意識到這點。」他漸漸發現，雖然講起來有點奇怪，但你會不自覺地想跟洛比爾說實話。他完全不明白她是怎麼辦到的，不管怎樣，他都不喜歡這種感覺。「所以她就請列夫把禮物轉給她姊姊。」

「你見過艾利葉塔嗎，奈瑟頓先生？」

「沒有。」

「你見過嗎，祖博夫先生？」

列夫把他最後一口三明治吞下。「沒見過，但我們約好了一次午餐。事實上，我們今天本來要碰面的，她對整件事非常有興趣，不管是連續體還是斷根——」他看向艾許。「——就像妳一樣。」

「所以，在我們認為艾葉莉塔・魏斯特從她住處消失的那段時間裡，」洛比爾說。「那個人，那位住在斷根裡的退伍軍人，應該正在值班，對嗎？」

「但當時不是他，」奈瑟頓說，抗拒著想要咬自己下脣的衝動。「而是他妹妹。」

「他的妹妹？」

「他臨時有事離開，」列夫說。「他妹妹是他的代班人員，替他輪完最近兩班。」

「他的名字是？」

「柏頓・費雪。」列夫說。

「妹妹呢？」

「芙林・費雪。」奈瑟頓說。

洛比爾把她的茶杯和小碟子放到一旁桌上。「你們誰曾經和她說過話、談過這件事？」

「我跟她談過。」奈瑟頓說。

「你能描述一下她所告訴你的目擊內容嗎？」

「她是在第二次值班的上升過程中——」

「上升？怎麼上升的？」

「她坐一架四軸飛行器……還是該說她就是飛行器？應該說操縱。她操縱那架四軸機時，看到有東西沿著建築物的邊緣攀爬，四方形，有四條手臂或腳，後來發現它裡面裝載了某種聽起來像蟲群武器的裝置。那種武器殺了一個從屋內走到陽臺的女人，芙林根據我們拿給她看的影像，指認出那個女人就是艾葉莉塔。那女人被完全摧毀了。用芙林的話講就是：被吃得一點也不剩。」

「我明白了。」洛比爾說，臉上笑容盡失。

「她說他知道。」

「誰知道？」

「那時和艾葉莉塔在一起的男人。」

「你的目擊證人看到了一個男人？」

因為不確定自己要是開口到底會說出什麼來，奈瑟頓只點了點頭。

「她現在在哪裡？這位芙林・費雪？」

「在過去。」奈瑟頓說。

「在斷根裡。」列夫說。

「今天這場對談實在太有趣了。」洛比爾說。「真的，非常特殊。老實說，『特殊』可不是一般人會用來形容大多數調查內容的詞。」接著她出人意料地從那張綠色的扶手椅中站起來。「各位著實對案情提供了相當大的幫助。」

「就這樣嗎？」奈瑟頓問。

「不好意思，你的意思是指？」

「妳沒有其他問題了嗎？」

「當然有，而且非常多，奈瑟頓先生。不過我寧可等各種後續問題都浮上檯面再說，還沒發生的事可多著了。」

列夫和艾許隨即站起，奈瑟頓也跟著起身。穿著粉筆條紋圍裙、一直站在黑色鏡面餐具櫃旁的歐辛，此時也順勢挺直了身體。

「感謝你的熱情招待，祖博夫先生，也謝謝你提供的協助。」洛比爾迅速、簡潔地握了下列夫的手。「謝謝妳的協助，艾許小姐。」她握了握艾許的手。「你也是，奈瑟頓先生。謝謝你。」她的掌心柔軟、乾燥，帶著一股平衡的溫度。

「不客氣。」奈瑟頓說。

「奈瑟頓先生，若是你想要與黛卓·魏斯特聯絡，請不要在此宅第與其所屬土地上這麼做，也別在祖博夫先生其他任何所有地上進行。這些地方有將事情過度複雜化的可能，都是不必要的麻煩場面，要做就去別的地方吧。」

「我並沒有想要聯絡她的意思。」

「嗯，那好。而你，莫菲先生，」她走向歐辛。「謝謝你。」握了他的手。「雖然年輕時老是跟法律打交道，不過你現在似乎把自己照顧得非常好。」

歐辛沒有說話。

「我送妳出去。」列夫說。

「別勞煩了。」洛比爾說。

「我們這裡養了寵物。」列夫說。「牠們領域性滿強的，還是由我陪著妳比較好。」

雖然高登和恬娜的存在有時令人發毛，奈瑟頓覺得應該也就僅此而已，而且再怎麼說，他認為牠們的行為模式早就修改過了。

「那好，」洛比爾說。「謝謝你。」她轉身，看向所有人。「若有需要，我會再個別與你們聯繫。倘若你們需要聯絡我，可以在自己的聯絡名單中找到我。」

他們離開房間，列夫隨手將門帶上。

「他媽的居然拿了我們的ＤＮＡ樣本。」歐辛說，仔細檢查著他剛才握過洛比爾的那隻手掌。

「她當然會拿。」艾許也要說給奈瑟頓聽，所以沒有加密。「不然怎麼能確定我們就是我們自稱的那個人？」

「我們也可以去測她那該死的樣本。」歐辛正對著洛比爾用過的那個茶杯皺眉。

「然後被引渡出境嗎？」艾許說，同樣也讓奈瑟頓聽到。

「拜託快來抓我。」歐辛說。

「莫菲？」奈瑟頓問。

「別得寸進尺。」歐辛一邊說，一邊迅速而用力地扭起他巨掌中的白色抹布。他把被勒個半死的抹布丟到餐具櫃上，挑起兩份小三明治塞進自己嘴裡，激烈地嚼了起來，五官又恢復成平時那種淡漠態度。

艾許的印記突然冒出來。奈瑟頓對上她的視線，看到她輕輕地點了頭。她開啟了一道顯像流。

那是從某隻鳥的角度看到的景象，牠正以完美而穩定的狀態盤旋。他看到了洛比爾鑽進某輛車的後座。車子外型極醜，臃腫又笨重，石墨色。列夫說了些什麼，然後往後退開，那輛車隨即像是披上斗篷，柔和光澤的車身上迅速爬滿反射街景的像素拼圖碎片。

偽裝完畢，車子旋即駛離，它經過的街道看起來就像彎曲了似地。車消失在遠方，列夫轉身，往屋子走來。顯像流關閉。

歐辛本來還在大嚼特嚼，此時已把口中的食物都吞下，用水晶平底酒杯替自己再倒了些茶，一飲而盡。「所以，」他開口，但因為不是只講給艾許聽，所以也沒加密。「我們要用倫敦政經學院那些學生礦工嗎？」

「列夫已經同意了。」艾許對奈瑟頓說。

「那整個郡的經濟狀況都仰賴製造毒品，」歐辛對奈瑟頓說。「我們最好幫那邊準備好必要的措施。」

列夫開門進來，一臉微笑。

「覺得怎樣？」艾許問。奈瑟頓看到一隊鳥群正越過她雙手手背，而她渾然無覺。

「真是個奇特的人啊。」列夫說。「我從來不認識資深警官，嗯，應該說，我根本沒遇過任何警察。」

「他們不是每個都像她這樣，」歐辛說。「真是感謝耶穌基督。」

「我也不覺得他們會像她。」列夫說。

*你啊，根本對剛才人家推銷的照單全收，*奈瑟頓想。對方的手法非常徹底，而且前後銜接迅速，他想不到任何理由懷疑安思立・洛比爾探長無法做到這一點。

27 沒命的傢伙們

她在黑暗中醒來，聽到幾個男人說話的聲音，就在附近，其中一個是柏頓。

她之前去了一趟強安藥局，領到媽媽的處方藥，又騎回來，幫忙她做晚餐。她和里昂還有媽媽在廚房吃晚餐，兩人洗了碗，再陪媽媽看了一會兒新聞，最後倒進被窩沉沉睡去。

現在，她朝窗外望去，看到柵門旁停著警局那輛長方形的白色大車。「四個？」她聽到她哥哥問，聲音就在她窗戶下方，在通往屋前門廊的那條走道上。

「相信我，柏頓，對這個轄區來說已經很多了。」副警長湯米．康斯坦丁說。「希望你不介意跟我去一趟，稍微看一下，以防萬一你真的認識他們。」

「只因為他們被發現死在波特街上，我又剛好住在街尾嗎？」

「機率確實很小，」湯米說。「但如果你願意幫忙，我會很感激。我這星期好不容易撐到現在，就因為這幾個掛掉的傢伙，又忙到要崩潰了。」

「形容一下他們的狀況？」

「兩把手槍，整套全新的牛排刀，塑膠束帶。沒有任何身分證明；車子是昨天偷來的。」

芙林開始換衣服，盡可能迅速安靜。

「死法呢？」柏頓的語氣彷彿只是在問棒球裡某局的賽況。

「頭部中槍，從彈孔的口徑看，我推測是一把點二二。槍傷沒有後方破口，所以我們之後可以拿到子彈。」

「他們是被擺正坐好等著吃槍子兒嗎？」

芙林把一件乾淨的T恤拉過頭。

「這就是弔詭的地方，」湯米說。「那是一輛中國製四人座，他們被車外射進來的子彈擊中。駕駛從擋風玻璃中彈，坐他旁邊那個的子彈是從副駕駛座車窗射入，副駕後方的是從後門車窗穿進來，駕駛後面那個是從車後的擋風玻璃打進後腦杓。就像有人繞著車子走了一圈，一次爆一個人的頭。但是，其中兩個看起來在中槍時也握著槍，為什麼沒反擊？」

此時芙林正努力用一張溼紙巾抹著臉，昨天的那件T恤則被她拿來當毛巾。接著她從牛仔褲裡挖出那條脣蜜，塗在嘴上。

「看來你撞上一樁密室殺人了，湯米。」柏頓說。

「我現在撞上的東西叫州警。」她走到走廊上時聽到湯米這麼說。她想沾點好運，於是摸了摸那疊《國家地理雜誌》，走下樓梯。

她穿過整棟屋子都沒看到母親，不過都這麼晚了，此時她多半是因為藥效而沉浸在夢鄉之中。

「你好呀，湯米。」她隔著紗門說。

「嗨，芙林。」湯米面帶微笑，拿下他的副警長帽朝她致意。她知道他的這種態度，半是認真，半是玩笑。

「被你們兩個叫醒了。」她打開紗門走出來。「別把媽吵醒。有人死了？」

「抱歉。」湯米壓低了聲音。「是多人命案，暗殺手法，地點大約在這裡跟鎮的中間。」

「那不就是藥師做交易的地方？」

「大概就是。不過這些傢伙的車是在曼菲斯外圍偷的，所以他們已經跑上好一段路了。」

曼菲斯幾個字讓她頓時愣住。

「好吧湯米，我去幫你看一下這些人。」柏頓嘴上這麼說，眼睛卻盯著她。

「謝了。」湯米邊說邊戴回自己的帽子。「很高興見到妳，芙林。抱歉把妳吵起來。」

「我和你們一起去。」她說。

他盯著她看：「妳要去看腦袋上開了洞的死人？」

「看州警啦，之類的。拜託啦湯米，這小地方平常根本發生不了多少事。」

「要是我可以決定怎麼處理，」他說。「我會找輛怪手，挖一個夠大的坑，把車子——把所有人都推進去，再通通埋起來，反正他們也不是什麼好人，連邊都摸不上。可這樣一來我又會去想，做了這案子的人自己可能也好不到哪裡去。總之，我們車上剛裝了一臺新的咖啡機，瓊斯咖啡的，可以選是要法式還是哥倫比亞。」他一步步走下門廊。

他們跟著他走向那輛白色大車，進到車裡。

她用小紙杯裝著瓊斯咖啡的法式濃縮，正要喝完時就看到燈光、帳篷、州警警車和救護車映入眼簾。湯米放慢了車速。他和她都坐在車子前座，她在副駕駛那側，瓊斯咖啡機則橫跨在他們中間的變速箱上方。她的腳和儀表板之間有個支架，上面掛了兩把粗短的犢牛式步槍。

帳篷是白色的，經過模組化設計，設置成車子剛好能停進去的大小。帳篷能容納的車子並不大，應該比柏頓和里昂租來開去戴維司維爾的那輛大上一些，但差不了多少。州警警車是標準的黑色普銳斯攔截者，車身用了那種看起來像日式手工摺紙工藝的設計，里昂都叫它飆速皺褶。救護車則跟她以前搭過的那輛一樣。那次他們趕著要把她母親帶到克蘭頓的醫院去。帳篷的橘色營柱又高又細，上面全都掛了大盞的燈，營柱腳則壓了沙包加重。

「好，」湯米把車停妥，對著某個不存在的人自言自語起來。「我們找了一個居民嘗試指認身分，不過我懷疑他會認識。他們應該還是死的，對吧？」

「那邊在幹麼？」她問，然後伸手指著。白色的帳篷旁，有兩架大型四軸飛行器正在距離路面約九英尺高的空中盤旋，做著某種細微的測量動作。它們大多時候是靜止的，但會不時變換方向，以精確卻詭異的細小幅度抽動一下。她從來沒看過自己在遊戲中操控的那架四軸機，不過她猜大小應該就和這兩架差不多。它們不斷發出巨大的噪音，聲音四處迴盪，芙林很慶幸這件事沒發生在更靠近她家的地方。

「那些大臺飛行器會根據小臺給出的資料進行比對。」湯米說，接著才看到那些比較小的四軸機，一大群灰白色的，全擠在一起，在離地面幾英寸高的地方迅速穿梭。「它們在搜尋輪胎的分子。」

「路面上應該很多吧，我想。」她說。

「比對資料夠多的話，就可能會看到最近經過的車。」

「之前打給你的是誰？」柏頓問。他坐在湯米後方載犯人的法拉第籠裡。

「州警的ＡＩ。衛星注意到那輛車已經兩個小時沒動靜，另外還標註你家有不尋常的無人機活動。不過我告訴他們，那是你和你朋友在玩遊戲。」

「謝了。」

「你們預計還要繼續玩多久？」

「很難講。」柏頓說。

「是特殊錦標賽之類的嗎？」

「之類的。」柏頓說。

「好吧。那麼，準備下去看看了嗎？」湯米問。

「當然。」柏頓說。

「妳可以待在車子裡，芙林。再喝杯咖啡？」

「謝謝，但是不要。」她說。「也不要咖啡。我要跟你們去。」她下車，隨後注意到他們那輛車有多乾淨。她知道，車齡才一年的它可是整個警局自尊和幸福的源頭。

湯米和柏頓也下了車，湯米戴上帽子，正看著他的手機螢幕。

名稱叫「安妮皇后的蕾絲」的花從路旁壕溝底部長出來，平坦又整齊，形成一片花毯，完全看不出那裡其實是一條溝。她以前一定走過這個地方好幾百次，去學校時會經過，下課再走回來，但這裡從來算不上有什麼特別。而今，這些燈和方形的白帳看起來就像有人要在這裡拍廣告，她想，實際上這裡卻是個命案現場。

一名女州警穿著白色紙製防護衣，拉鍊半開，正站在波特路的中間吃著手撕豬肉三明治。芙林喜歡她的髮型，不知道湯米喜不喜歡。然後她想，都這麼晚了，這手撕豬肉三明治到底哪裡買的？

兩個穿著防護衣的人影從帳篷裡冒出來，其中一人兩手分別抓了一只大號的冷凍夾鏈袋，裡頭各裝一把手槍。袋子隨那人走路前後晃動，其中一把槍是黑色，另一把則是混雜了黃色與亮藍的多色列印品，貧民區風格。

「嗨，湯米。」拿著槍的人說，聲音因為隔著防護衣而含糊。

「嘿，杰佛思。」湯米說。「這是柏頓・費雪，他們家從一次世界大戰就住在這條路底了。他好心答應幫忙確認，以前有沒有看過我們的客人，不過我想八成沒有。」

「費雪先生。」防護衣人說，頭上的護目鏡轉過來看著她。

「他妹妹，芙林。」湯米說。「她就不用去看那些客人了。」

防護衣人把冷凍袋交給另外一個防護衣，拉開自己護目鏡頭罩上的拉鍊。一顆粉紅色、剃得極短的腦袋露出來，眨著眼睛。「四位客人的指紋結果都傳回來了，湯米。來自納什維爾，不是曼菲斯，前科累累，跟你本來想得差不多，都是藥師的打手：重度傷害，一大堆凶殺嫌疑，但都沒有實際定罪。」

「柏頓可以去看一下，沒問題。」湯米說。

「很感謝你願意撥空，費雪先生。」杰佛思說。

「我需要穿防護衣嗎？」柏頓問。

「不用，」杰佛思說。「穿這些是因為我們之前要處理那些噁心的混亂場面，這樣才不會破壞現場。」

柏頓和湯米低頭鑽進白色帳篷中，留下她和杰佛思，那兩把手槍則讓另外那個警察帶走了。

「你覺得發生了什麼事？」她問杰佛思。

「他們開車沿著路走，」杰佛思說。「往你們剛才來的方向過去，要去殺某個人，傢伙齊全。全部人身上都沒有身分證明，所以一定都留在某個地方，打算等完事後再去拿。其他的我們就不知道了。車子前輪陷在溝裡，撞上去的速度頗快，所有人都掛了，從車外命中頭部。」

她看到那些小小的分子獵人貼著路面狂奔，在燈光下投射出蟲子似的陰影。

「所以，也有可能是駕駛自己開到了路外面。」杰佛思說。「假設是因為有人在這裡攔截，埋伏，先對駕駛開槍，他開進壕溝，然後另外兩個埋伏的跑過去，在其他三個人來不及反應之前斃了他們。」他看向她，眼神像憂鬱的小狗。「或者，」他說。「這附近有人騎三輪的機車嗎？」

「三輪機車？」

他在防護衣裡對著無人機的方向聳了聳肩。「我們在微粒的蒐集結果裡發現了一些胎痕，看起來像有三顆輪子，但現在還只有輪廓，太淡了。」

「它們做得到這種事噢？」芙林問。

「也得要成功拼出來才行。」杰佛思說，一派意興闌珊。

柏頓從帳篷裡鑽出來，湯米跟在他身後。「全都是叫不出名字的陌生人。」柏頓說，看向她。

「而且長得滿醜的，要看嗎？」

「你說什麼就是什麼。」

湯米脫掉帽子，對著臉搧了一下，又把它戴回去。「我載你們回去吧。」

28 愛之屋

列夫父親的愛之屋位在肯辛頓哥爾，除了是邊棟之外，房子其實沒什麼突出之處。載他們到那裡的車由一具小型擴充亞體駕駛。那是一具人造小人，它的駕駛艙位在儀表板頂端，彷彿一只精緻的菸灰缸。奈瑟頓認為操縱它的是列夫家族的保全系統，並對此有些惱火，覺得這就跟艾許的戲劇性一樣毫無意義。但他想，這也可能是列夫拿來逗小孩放的，不過他實在懷疑能有什麼效果。

他和列夫兩人從諾丁丘出發後，一路上就沒說過話。能夠離開列夫的房子讓他心情愉快。他的襯衫雖沒如他所願經過一番整熨，至少清洗過了，這對沒有機器人的宅第來說已是能提供的最好服務。歐辛說他們的維樂脫又需要維修，似乎是某種古董家電。

「我想你自己應該不會用到這間房子，」奈瑟頓問，抬頭看向愛之屋那些偏光的窗戶。「對嗎？」

「我哥哥他們會。」列夫說。「但我非常厭惡這個地方，它是我母親痛苦的根源。」

「抱歉，」奈瑟頓說。「我不知道。」但他這時才想起自己其實知道。事實上，列夫曾經告訴過他一次，在喝酒的時候，把所有必要和不必要的細節都交代得一清二楚。他回頭看向他們的車，剛好瞄到他們的人造小人駕駛雙手叉腰，顯然正從儀表板頂端注視著他們。接著車窗和擋風玻璃隨即呈現偏光。

「我不覺得我父親曾經對這些表現出任何一絲熱情。」列夫說。「所有事情彷彿都既定好了，只是在等他走進去。我覺得我母親應該也看出了這點，情況也因此變得更糟。」

「不過他們現在還是在一起了。」奈瑟頓做出他的評論。

列夫聳聳肩。他穿著一件破舊的黑色馬皮夾克，哥薩克式翻領。當他聳肩，整件夾克會像盔甲似地跟著移動。「你覺得她人怎樣？」

「洛比爾。」

「你媽？」奈瑟頓只見過她一次，在里奇蒙丘，某場特別盛大的俄羅斯人聚會上。

奈瑟頓朝著肯辛頓高爾的街頭街尾各瞄一眼，視線所及看不到任何行人或車輛，整個倫敦的巨大沉默彷彿頓時朝他們壓了下來。「我們要在這裡談這件事嗎？」他問。

「在這裡比在房子裡好。」列夫說。「有不只一個人曾在那裡遭到勒索。你覺得她怎樣？」

「壓迫感很強。」奈瑟頓說。

「她提議幫我處理某件事。」列夫說。「我們就是這樣才會來這裡。」

「我就擔心會這樣。」

「你知道？」

「你護送她到車上再走回來時，整個人看起來好像被她迷住了。」

「有時候我會覺得我的家族太過壓抑，」列夫說。「而現在遇到某個能抵銷那種能量的人，我覺得滿有趣。」

「但她基本上就是在執行倫敦市的意志不是嗎？再說，你家和市政廳不也靠財力互相把對方控制得很緊？」

「維伏，你必須這樣想：我們都是在執行倫敦市的意志。」

「好吧。所以她到底提議要幫你什麼？」奈瑟頓問。

「你馬上就會知道了。」列夫說。他登上通往愛之屋入口的臺階。「我到了，」他對那扇門說。

「還有我的朋友奈瑟頓。」

門發出一陣如哨音的低沉聲響，似乎還微微掀起漣漪般的皺褶，接著門扉便安靜地向屋內滑開。

奈瑟頓跟著列夫走上臺階，穿門而入，進到一座珊瑚紅與粉紅斑斕的前廳裡。

「陰脣，」列夫說。「蓋得那麼像實在有點過分。」

「大陰脣。」奈瑟頓表示同意，他正伸長脖子看著一道由充滿光澤、鮮豔欲滴的玫瑰石刻成的浮雕拱門。整個地方是由機器人一點一滴打磨出來，看不出一絲人工鑿斧的痕跡。

「列夫先生！非常高興見到您，列夫先生。」女人並不年輕，但除此之外也看不出具體年齡，可能是馬來西亞裔，許多凹蝕下陷的微小三角形雷射疤痕在她顴骨上組成兩道優雅的弧線。「好久沒看到您了。」

「妳好，安娜。」列夫說。奈瑟頓在心裡猜想，也許她從他小時候就一直稱呼他「列夫先生」。嗯，應該很有可能。「這位是維伏·奈瑟頓。」

「奈瑟頓先生。」女人說，點了下頭。

「他們在這裡嗎？」列夫問。

「在樓上，二樓。護衛是個女人，知道我們是真正有能力的潛在買家之後，覺得非常滿意，就先離開了。如果您選擇購買，營養供給設備和其他的服務模組將會直接送至諾丁丘。如果選擇不買，那麼他們會派人來把她收回去。」

「誰會派人？」奈瑟頓問。

「一家位在梅菲爾的公司。」列夫說著，跨步踏上彎曲的珊瑚色樓梯。「主要負責遺產拍賣，都是二手貨。」

「二手什麼？」奈瑟頓跟上去，女人跟在他身後幾步處。

「擴充亞體。商品極為高端，屬於早期的收藏品。因為時間太短，我們來不及自己印一個出來。」

「這跟洛比爾要幫你的事有關嗎？」

「正好相反，這是我幫她的部分。」列夫說。

「我就怕這樣。」

「藍廳。」他們身後的女人說。「請問您需要飲料嗎？」

「琴湯尼。」奈瑟頓回話之快，他一時間甚至擔心她會聽不懂自己在講什麼。

「不用了，謝謝。」列夫說。

奈瑟頓在樓梯上轉身朝她舉起兩根手指，正好趕上女人的視線。她向他點頭示意。

「這邊。」走至樓梯頂端的列夫拉過奈瑟頓的手臂，領他走進一間看不出深淺維度的深藍色房間，四面牆壁像位於某個遙遠、又無法確定多遠的遠處。房間裡籠罩奇妙而庸俗的暮色，像昏暗未明的二流夜總會或海濱賭場。小房間的坪數可能連列夫的客廳都不到，但那顏色使得空間不斷延伸，彷彿幻覺。

「這地方實在太噁心了。」奈瑟頓說，語氣充滿讚嘆。

「已經是最不令人反感的一間，」列夫說。「臥室簡直醜陋到令人難以置信。我把你和幽靈妹妹的對話給了洛比爾。」

「你給她了？」

「這是最快的方法。她需要做比對，在我們這裡找到可用的材料。你覺得她如何？」

「什麼如何？」

「起來。」列夫下令，一名年輕女子從其中一張藍色球形扶手椅中起身，奈瑟頓剛才完全沒注意到她。她穿著淺色的寬鬆襯衫和深色裙子，兩者都看不出年代感。她的頭髮與雙眼皆為棕色，她看向列夫，接著視線轉向奈瑟頓，又回到列夫身上，臉上表情似乎沒顯示出多大興趣。「她說另外還找到兩個臉部辨識結果更接近的，但覺得這個看起來感覺比較好。」

奈瑟頓看著女孩。「這是擴充亞體？」

「十歲大，之前有過一個主人。訂製款，遺產拍賣來的。來自巴黎。」

「現在是誰在操縱它？」

「沒人，只有基本的ＡＩ。她看起來像那個幽靈的妹妹嗎？」

「沒有特別像。這很重要嗎？」

「洛比爾說在她第一次看鏡子時會有影響。」列夫走近那具擴充亞體，它抬頭看他。「我們想要將她感受到的震驚減至最低，盡快讓她適應。」

臉頰上有著雷射蝕刻的女人帶著托盤出現。盤上有兩只高球杯，加了冰塊的通寧水中冒著泡泡。列夫還在觀察那具擴充亞體。奈瑟頓拿起其中一只玻璃杯，仰頭飲盡裡面的液體，把杯子快速放回托盤上，再拿起另一杯，轉身背向她。

「我們得在斷根裡買一些專門的印表機，」列夫說。「這已經超越他們平常會印的東西了。」

「印表機？」

「我們要傳能夠列印自律神經斷流器的檔案過去。」列夫說。

「給芙林？什麼時候？」

「越快越好。你覺得這個應該還可以吧？」

「應該吧。」奈瑟頓說。

「那我們就直接帶走了，他們會再把維生設備送過來。」

「設備？」

「她沒有消化道，不會吃東西，也沒法排泄，得每十二個小時把營養灌輸進去。另外，多米妮卡應該會對她完全沒有好感，所以她得跟你一起待在我祖父的快艇車裡。」

「灌輸營養？」

「那個艾許會負責，她喜歡那些過氣的科技。」

奈瑟頓喝了一口琴酒，開始後悔多點了通寧水跟冰塊。

擴充亞體正注視著他。

29 天井

奈瑟頓，就是冷鐵奇蹟公司的那個男人，看起來彷彿正站在某種生物的喉嚨深處，四周充滿水潤光澤的粉紅色。

她走到廚房，從那裡穿到外頭的門廊上接電話，廚房傳來忙亂、細碎的盤子撞擊聲。剛試著睡回籠覺時她還後悔喝了那杯瓊斯咖啡的法式濃縮，不過她最終還是睡著了一會兒。

當湯米在大門把他們放下來，她和柏頓便一起走向屋子，在湯米開走之前都不願提起任何一絲有關康諾的事。「那就是他。」她說，而柏頓只是點著頭，要她再去補點眠，往拖車的方向走去。

里昂在七點半時把所有人挖起來，告訴他們他剛贏了一千萬的州樂透彩券。而他們的媽媽正在做早餐，芙林就連站在廚房後面都能聽到他的聲音。

「無人機。」她接起電話時，維伏・奈瑟頓那張被滿滿的粉紅色框起來的臉這麼說道。

「嘿，」她說。「維伏。」

「我們上次通話的時候，妳說到你們那邊有這東西。」

「你問我們有沒有，我說我們有。你後面那些粉紅色是怎麼回事？」

「這是我們的天井。」他說。「你們自己會印嗎？印無人機？」

「熊會在森林裡大便嗎？」

他一臉茫然，然後抬起頭，轉向右側，似乎在讀什麼東西。「看來你們會。包括電路板？」

「大部分都可以。有人會幫我們做這件事，引擎都是現成的。」

「所以妳列印是找外包？」

「對。」

「承包商夠可靠嗎？」

「夠。」

「技術呢？」

「讚。」

「我們需要妳安排列印某樣東西。整個過程必須盡快完成，找個有能力的人，全程保密。妳的列印包商可能會覺得有難度，不過我們會提供技術支援。」

「你們得跟我哥講這件事。」

「當然。不過這事兒很緊急，所以妳和我得先談過。」

「你們不是藥師，對吧？」

「藥師？」

「製造毒品的人。」

「不是。」他說。

「幫我們列印的人不跟藥師合作，我也是。」

「這跟毒品一點關係也沒有。我們現在把檔案傳給妳。」

「什麼東西的檔案?」

「一項硬體設備。」

「幹麼用的?」

「我不知道該怎麼解釋，不過我們會付妳夠豐厚的酬勞，讓妳去安排這件事。」

「我堂哥剛贏了樂透，你知道嗎?」

「我不知道，」他說。「不過我們之後會找到比那更好的方法。已經有人在處理了。」

「你想要立刻和我哥說話嗎?我們正要吃早餐。」

「不用了，謝謝，妳去吃吧，我們會再跟他聯絡。不過請先知會妳的列印包商，我們還得繼續完成後續步驟。」

「我會的。這天井還真是醜到爆炸。」

「的確是。」他說，露出短暫的笑容。「那麼，再見。」

「掰。」她的螢幕恢復漆黑。

「這裡有比司吉，」里昂從廚房向外喊著。「還有肉汁。」

她打開紗門，進到籠罩在陰影下、因為早晨而氣溫涼爽的前廳裡。一陣嗡嗡聲飛過耳邊，她突然想起那些燈光、白色的帳篷，還有她沒看到的四名死去的男人。

30 愛馬仕

「她可以跟著艾許啊。」奈瑟頓說，瞥向站在集魚燈下的擴充亞體。他提醒自己，她——或說它——並沒有感情。

但她的外表並不像是該被稱為「它」。此時的她受到某種類似ＡＩ的東西控制，正在他們兩人之間走著，要不是那副漠不關心的表情，看起來確實像是擁有情緒。這跟以前那些只為吸引遊客而存在，彷彿景點般的人偶不太一樣，他想。應該是非常不一樣。他之前總是謹慎地避開那種人偶。

「艾許又不住在這裡。」列夫說。

「那就歐辛啊。」

「他也不住這裡。」

「她可以待在艾許的算命小帳篷裡。」

「讓她撐著身體一直坐在桌子旁邊嗎？」

「為什麼不行？」

「她需要睡覺。」列夫說。「好吧，不能說是真的睡著，但她得躺下來，要能夠放鬆，然後她也需要運動。」

「你為什麼不把她放到樓上去？」

「多米妮卡不准。你把她放到快艇車的後艙裡，」列夫說。「然後用塊布蓋住她。如果那樣能讓你感覺比較好的話。」

「哪來的布？」

「我父親以前有幾塊防塵罩，用來蓋他的擴充亞體。他們兩、三個會坐在某間側屬臥室的椅子上，用布全部罩起來，我都假裝他們是鬼。」

「的確是跟人類差遠了的東西。」

「以細胞層面來說，我們有多像人，她就有多像人。雖然和不同人對話時會有差，不過已相當接近人類了。」

擴充亞體的視線追逐他們的嘴脣，緊跟著對話。

「她看起來不像芙林，」奈瑟頓說。「根本一點都不像。」

「夠像了。」先前在愛之屋的前廳，他們把列夫當成通話的鏡頭，同時讓他也能看到通話內容。「艾許已經照著她在第一次通話時的穿著風格找了些衣服，會像的。」

奈瑟頓看到了，列夫他父親那毫無節制的汽車收藏隊列，一行接一行地排在專為它們建造的地窖穹頂下方，此時，他竟然想像起她會如何看待眼前的景象。這種想法對奈瑟頓來說可是第一次。車輛絕大部分都是在開獎之前製造，已完全修復，鍍鉻、釉漆、不鏽鋼、細胞般排列的六角形層板，裡頭用上的義大利皮革足以覆蓋兩座網球場那麼大的面積。但他無法想像她為此感動的模樣。

他們走到了戈壁大冒險附近，隨著它上方的拱門亮起，奈瑟頓看到快艇車的舷梯旁放了一臺跑步機，然後在跑步機旁邊站著一具白色、無頭的類人猿骨架，手臂垂放身側，奈瑟頓心裡頓時一陣不安。「那是什麼？」他問。

「耐力訓練用的外骨骼，多米妮卡也有一套。牽住她的手。」

「為什麼？」

「因為我現在要回樓上去，而她要跟你待在這裡。」

奈瑟頓伸出手，擴充亞體握住了他。它的手很溫暖，就像真的手一樣。

「艾許會過來跟你討論之後的計畫，還會幫她檢查。」

「好吧。」奈瑟頓這麼說，但語氣卻表明了這一點也不好。他帶著擴充亞體走上舷梯，進到快艇車，又走到三間臥艙中最小的那間。燈光感應到他們進入艙室，亮了起來。他對著鑲在淺色木皮單板牆面上的手把研究了一陣，最後成功從中降下一塊狹窄的床板。「這裡，」他說。「坐著。」它坐下。「躺下。」它照做。「睡覺。」他不確定最後一個指令會不會有用，不過它閉起了眼睛。

瑞妮的印記浮現、跳動。

「喂？」他說，快步退出臥艙之外，並把只有中間固定的旋轉鉸鏈門關上。

「你都沒看訊息嗎？」

「還沒。」他說，有些驚慌起來。「也沒讀信。我知道我被炒魷魚了。」他循著短而窄的走廊走回主艙。

「我告訴我們這裡的人，說你不知道自己在替誰工作，並且以此為傲，」瑞妮說。「但沒人要相信我。你被開除的時候他們全都在查你的資料，可也完全看不出把你踢掉的人是誰。你在哪兒？」

「某個朋友家。」

「不能讓我看一下嗎？」

他照做了。

「那些舊螢幕是要幹麼用的？」

「他是收藏家。妳現在狀況如何？」

「技術上來說，我是個公務員，所以情況不太一樣。然後，我把事情都推到你身上了。」

「妳那樣講？」

「當然啊，反正你也不可能跑來我們這邊的政府機構到處發履歷，對吧？」

「我想是不太可能。」

「你朋友的品味很奇怪耶，怎麼地方這麼小？」

「這是一輛大型賓士的內部。」

「什麼的內部？」

「陸上快艇車，是為了帶一個俄羅斯寡頭老大在戈壁沙漠裡旅遊設計的。」

「你正在開車嗎？」

「沒有，」他說。「它停在車庫裡。我完全想不透他們是怎麼把它停進來，可能得整個拆開才行。」

他坐在桌子上看著那些螢幕。列夫祖父的帝國曾以倍數的速率擴張，在過去的某個時候，這些黑色的鏡面一定也曾因顯示那個帝國的資料而發著光。

「是座幽閉空間呢。」她說。

「有人告訴我妳的名字是叫綺菈莉斯。」他說。「我之前不知道，聽到時都愣住了。」

「還不是因為你只在乎自己。」她說。
「瑞妮，」他說。「妳的名字很可愛。」
「你是用什麼東西在竊聽？維伏？那東西的規模也太大了吧，讓我的保全模組冷汗直冒。」
「那應該是供我借住的這位朋友的家族。」
「他住在車庫裡？」
「車庫是他的，或者應該說是他爸爸的，一代傳一代，而且顯然連他們家的保全也是代代相傳。」
「資料看起來根本是中等國家的規模。」
「他們是這樣沒錯。」
「這會造成我們的問題嗎？」她問。
「目前還好。」
「黛卓，」她停頓一下，然後說：「你知道她之前有個姊姊嗎？」
「之前？」
「有小道消息在碎念，」她說。「暗地裡在談這件事。說是島族做的，為了報復。」
「垃圾島族？」他想起那塊令人作嘔的再造塑膠，芙林・費雪口中爬上伊甸池大廈、謀殺艾葉莉塔的東西。「誰在放這種話？」
「中國那邊的傳言，還有大英國協還沒散的陰魂。」
「紐西蘭？」他想像著，此時他們說的每個字都像水流似地旋轉、流進一只城市那麼寬的漏斗裡，流入列夫家的安全模組中。那個模組所擁有的意識體規模可能大到無法想像。他突然了解這個矯揉造作又過度裝飾的空間的存在價值。它是如此有限、沉悶，卻又令人感到安慰。

「我從來沒跟你說過這件事。」

「當然沒有，但上次我們談的時候，除了美國人外就只剩他們了。」

「理論上來說，」她說。「現在也還是只有他們。不過這樣一來，所有事情就又回到原點。我們需要重新召集人手、重新包裝整個行動，再重新評估所有可行性……應該說是他們需要這麼做，因為我已經正式退出計畫了。接下來就看浮上檯面取代島族首領的人是誰。」

洛比爾曾經提過一個名字，但那實在太異國風情，他完全想不起來。「瑞妮，」他問。「說真的，妳到底為什麼打來？」

「你朋友的家族讓我覺得有點不自在。」

「還是我們乾脆碰面？同樣地點。」

「什麼時候？」

「我得看一下——」

「哈囉。」艾許出現在門邊，兩手各拎了一只啞光的鋁製手提箱，上頭裝飾淺色的皮革。

「我得掛了。」他說。「再打給妳。」瑞妮的印記消失。

「她在哪裡？」艾許問。

「在後艙。那些包包是什麼？」

「愛馬仕的，」艾許說。「她的原廠配件包。」

「愛馬仕？」

「威登專出金髮妹。」她說。

31 山寨品

莎琳從瓊斯咖啡帶了一盒鹹焦糖口味的可頌甜甜圈給他們。芙林還在那裡上班時，其中一項工作就是把整盤剛列印好的可頌甜甜圈移進烤箱。要是做得不對，讓鹹焦糖醬淋成的斜格紋陷進去，就會得到一大堆又塌又扁、比較無趣的可頌甜甜圈。這時若是嚼得太快，頂層的醬料可能會把裡頭的餡都給拉出來。不管怎樣，莎琳想到要帶一盒給大家在開會時吃，這心意還是挺好的。她還把蘿松妮亞也叫來，負責在開會期間顧著前檯，好讓他們不受打擾。蘿松妮亞偶爾會幫梅肯做些零時工。

「我們的第一個問題是，」莎琳的眼神從梅肯移向艾德沃，再移向芙林。「這東西有多山寨？」他們四人圍坐在一張輕便摺疊桌旁，列印所之前都把它當成切割板用，桌面已經因為不斷割劃而傷痕累累。

「同意。」梅肯說。

「所以？」莎琳打開瓊斯咖啡的盒子，芙林聞到溫熱的焦糖香味。

「我們找不到相符的專利，」艾德沃說。「更別說是商品了，所以我們現在要做的事情並不算是偽造。目前看起來，我們要印的這些東西是為了要完成某件事，而這如果交由科技更進步的人來做，能夠採取的方式一定會比我們現在成熟很多。」

「你怎麼看出來的？」芙林問。

「這裡面太多冗餘了，很明顯是湊合出來的權宜之計。他們現在付錢要我們印的裝置，應該已經有原版的設計圖，但是我們只能找盡量接近原版的現成元件，配合印出來的零件，再加上其他以現成品為基礎去修改、列印出來的東西，才能拼湊出他們要的裝置。」出於職場上的禮貌，他早把自己的微視拿下來，收進口袋，就跟梅肯一樣。

莎琳把那盒可頌甜甜圈遞給艾德沃，他搖了搖頭，梅肯拿了一個。「所以？」她問。「那個東西到底有多少山寨成分？如果這東西不是山寨品，為什麼會有人只為列印一件東西，願意買兩臺超高端列印機給我？」

「四件。」梅肯糾正她。「一件正品跟三件備用。」

「國安部吧，」莎琳說。「他們會設圈套給人跳。」她看著芙林。

「這其實是柏頓接的工作。」芙林對莎琳說。

「那為什麼他人不在這裡？」

「因為里昂跑去買樂透，今天早上還贏了。他需要有人幫忙應付那些媒體。」這個回答的表面淋上了一層事實，但這層事實就像可頌甜甜圈上的格狀焦糖淋醬，一不小心就容易塌陷。

「聽說那事兒了。」梅肯說。「現在是錢流要湧進費雪家了嗎？」

「話別說太早，那一千萬還要付稅金。不過，這次印的東西算是另一份工作就是。柏頓之前一直在幫這些人幹活兒——當然是私下接。我也曾經幫他們幹過一、兩次。」

「工作內容是什麼？」莎琳問。

「玩遊戲。他們不肯說這到底是什麼遊戲，但感覺像是在幫他們玩測試版。」

「遊戲公司？」梅肯問。

「保全。」芙林說。「他們幫遊戲公司工作。」

「這樣也許說得通，」艾德沃說。「我們在印的是不需要用到手的操作介面裝置。」

「如果退務部有錢的話，搞不好也會幫康諾弄一套這種東西。」梅肯看著芙林說。「有了它，你光用想的就能做出動作。最接近的類似專利屬於醫療方面，神經學類。」他撕開手中的可頌甜甜圈，焦糖跟著拖曳成絲、垂墜塌陷。「甚至像是柏頓在陸戰隊裡用過的觸覺回饋裝置。」

「我們要印的東西長怎樣？」芙林問，拿了一個莎琳遞過來的甜甜圈。

「像黏了個盒子的頭帶，」艾德沃說。「是戴起來不可能會舒服的重量。我們得另外為它列印一條特殊纜線，那兩臺列印機的其中一臺就是專門用來印那個——我是說纜線。它是這個州擁有的第三十三臺。」

「而且已經完全註冊合法。」莎琳說。

「如果我們沒有要印山寨貨，」梅肯說。「已經註冊倒是無妨。畢竟如果是沒註冊的我們自己也弄不到，查過了。」

「如果哥德妹說的是真的，」莎琳說。「兩部機器都是明天會到。」

「哥德妹？」芙林問。

「等一下，」梅肯說。「妳已經答應要接這份工作了？」

「我想說大不了還是可以選擇不要簽收。」莎琳回答。然後她轉向芙林。「我說的是那個英國女人，戴著蠢爆了的隱形眼鏡。妳把我電話給她了。」

「一定是柏頓給的，我對的人是個男的。」

「他們說自己在哥倫比亞，」莎琳說。「開出列印機訂單的地點在巴拿馬。這兩臺列印機隨便一臺的造價都遠超我的年度營收，正職和兼職加起來都比不過。一旦機器送到，它們就屬於我了，但她看起來似乎根本不在乎多花那些費用。我覺得他們像藥師。」

「遊戲是真的，」芙林說。「我看過。跟我談的那個男人說他們是保全，只是幫遊戲公司做事。我問過他是不是藥師，他說不是。他們有錢，看起來多花點也不會手軟。梅肯，我知道你對這點很挑，我自己也是，但這跟從我們已經知道是藥師的人手裡拿錢不一樣。」她其實不算真的說服得了自己，所以也懷疑自己能這樣說服梅肯。「這也是柏頓願意接的原因。」

所有人不發一語。芙林咬下她的第一口可頌甜甜圈。他們的格狀淋醬烤得剛剛好。

「早在藥師橫行之前，哥倫比亞就是各種藥丸的大本營了。」艾德沃說。「現在則是錢的大本營，就像瑞士。」

芙林把食物吞下。「你願意做這份工作嗎？」

艾德沃看向梅肯。

「價錢不錯，」梅肯。「就算只看莎琳的錢裡劃給我們的那一份。」

「你一直都很小心，梅肯，」芙林說。「這樣的話為什麼要接？」

「是很小心，」梅肯說。「但也很好奇。總是要有個平衡。」

「我不要你到時候怪我。」芙林說。「你們願意接的真正理由是什麼？」

「是因為他們送來的那些檔案。」艾德沃說。「他們現在要我們印的東西，找不到任何相關的製作紀錄。」

「可能是企業間諜活動，」梅肯說。「那樣的話就有趣了。我們從來沒在這種事裡參上一腳，是這一點引起我們注意。」

艾德沃跟著點頭。

「你是在想，如果能搞懂它的用途，」芙林說。「就能印更多出來？」

「我們無論如何都做得出更多這種東西，」梅肯說。「但不管它有什麼作用，還是得搞清楚才行。我們現在對它實際上是用來控制什麼都毫無概念。」

「不過，」艾德沃說著，怯生生地伸向一個可頌甜甜圈。「我們應該做得到：用逆向工程。」

莎琳低頭看著盒子裡最後三個甜甜圈，默默跟她的減肥計畫陷入天人交戰。「那就算上你們一份。」她說，頭也不抬，然後看向芙林。「案子我們接了。」她說。

芙林又咬了一口可頌甜甜圈，點點頭。

32 執法杖

奈瑟頓在海莉耶塔街上鑽出計程車時，看到列夫的印記出現、跳動起來。「喂？」奈瑟頓問。

「你認為這件事會花多久時間？」

「我不知道，」奈瑟頓說。「我不知道我們會討論哪些東西。這我跟你說過了。」

「你那邊結束之後，我派歐辛過去。」

「我不需要歐辛，謝謝。不要歐辛。」

「青春期之後我就沒做過這種事了。」人行道上，一名又瘦又高的年輕男子停下腳步，站在奈瑟頓身旁說。他的皮膚蒼白，髮色比皮膚更淡，彷彿戴著花呢扁帽的精靈王子。奈瑟頓輕彈舌尖，抹去列夫的印記。年輕男子的眼瞳綠得教人觸目驚心。

「不好意思，你說什麼？」奈瑟頓說。

「一樣，因為歌劇院，租用體的店忙翻天，他們還有上次那個小女孩，但我想這次就放你一馬吧。要是他們有個身材壯一點的，那就更好玩了。」

「瑞妮？」她的印記出現，又消逝。

「嗨，」年輕男子說。「我們走吧？」

「妳帶路。」奈瑟頓說。

「這麼小心啊。」租用體評論道，講話的聲調頗不以為意。它調了調帽子的角度。「你看，」它指著海莉耶塔街對向。「那就是第一個簽下喬治．歐威爾的出版商。」這種觀光客似的擾人舉動打開了一道顯像流，直通倫敦那些藍色紀念牌所形成的茫茫資料之海❻。

奈瑟頓忽略那棟其實平凡無奇的建築物，彈了另一下舌頭，抹去所有文字。「我們走吧。」他說。租用體開始往柯芬園的方向走去。奈瑟頓不禁在心裡猜想，不知道它是不是也有一個啞光鋁箱，也從箱子裡吸收營養劑。

此處的街道繁忙，至少相對來說是如此。情侶們趕著去看歌劇吧，他想，不知道其中有多少是擴充亞體、租用體，或是其他東西。天空開始飄起細雨，他立起夾克的領子。他剛才要租用體帶路，是因為他真的完全沒有辦法判斷那到底是不是瑞妮。他知道印記有可能會騙人。反過來說，他也知道自己其實沒有方法能確認它是否真是擴充亞體，可另一方面，它聽起來的確像她，不是因為聲音，而是它有她講話時的那種態度。

街燈逐盞亮起。店家櫥窗裡擺滿了特價出售的商品，店裡的員工要不是自動機、人造小人，不然就是某個怪咖。怪咖可能真的是本尊在場，也可能是以擴充亞體的型態出現。他以前認識一個女孩，就在這附近的某間店工作，但此時他完全想不起在哪條街，或是女孩的姓名。「我這陣子都在擔心你，」租用體說。「情況變得越來越詭異了。往這裡。」他們走過一間店前，裡頭有架穿著騎馬裝束的美智姬正在摺圍巾。「你怎麼忍受得了自己有鬍子啊？」租用體問道，用指尖撫過自己蒼白的臉頰。

「我沒留鬍子。」奈瑟頓說。

「我是指把它們刮掉以後，那感覺讓我簡直想大叫。」

「我想，妳所謂的擔心我指的應該不是這種問題。」奈瑟頓說。租用體不發一語，繼續走。它穿著一雙鞋口側邊有著鬆緊帶設計的棕色半筒靴。

隨後他們走進市場之中，柯芬園的建築主體。奈瑟頓看到帶路的租用體正往通向地下層的樓梯走去，決定認定它就是瑞妮，雖然他原本也沒有多認真懷疑就是了。

「雖然這樣只有象徵上的意義，但至少我們能有點隱私空間。」租用體說。他們抵達階梯的最底層，看到坐落在窖式拱門之中的梅娜德之戀，門市寂寥，店裡的美智姬店員正在吧檯後方擦著玻璃杯。

「很好。」奈瑟頓決定拿回主控權。「我們坐在小包廂裡。」他告訴美智姬。「招牌威士忌，雙份。我朋友不喝酒。」

「好的，先生。」

紅酒色的垂幕讓他想起艾許的算命攤。美智姬一送上他點的威士忌，他馬上把酒拉向自己。

「他們都說是你做的。」租用體說。

「做什麼？」威士忌才正要送到他的嘴邊。

「殺死艾葉莉塔。」

「誰說的？」

「美國人吧，我想。」

---

❻ 藍色紀念牌（blue plaques）是倫敦用來紀念傑出人物住所或工作處的文史計劃，會在建築物掛上一個小小的藍色圓形匾額。作者想像這項計劃在奈瑟頓的未來世界被整併成數位資料，所以是直接在眼中開啟顯像流。

「有誰拿得出任何她死亡的證據嗎？她很明顯失蹤了，可是這樣能說是死亡嗎？」他喝下一部分威士忌。

「這就是那種故意把話講得很模糊的惡意宣傳。八卦消息裡開始出現你的名字了，放消息的人手法很細緻。」

「妳真的不知道是誰？」

「黛卓？也許是因為她在生你的氣。」

「生我們的氣——我們。」

「這事很嚴重，維伏。」

「同時也很荒唐。黛卓把一切都給毀了，而且是故意的。妳人也在那兒，妳也看到發生的經過。她殺了他。」

「那個，拜託，別喝醉。」

「事實上我最近喝的量已經少非常多了。」他說。「黛卓為什麼要生我的氣？」

「完全沒概念，但是我一直想避開的就是這種會不斷冒出新問題來的狀況。」

「先生，不好意思，」美智姬從布簾外說道。「這裡有個人找您。」

「你告訴別人我們要碰面？」綠色的雙眼瞪大。

「沒有。」奈瑟頓。

「先生？」美智姬說。

「要是有人在這東西上開洞，」租用體隔著上了蠟的棉製夾克點了點自己的胸口。「我還能在沙發上醒來，但你就不會在那位子上了。」

奈瑟頓喝了一大口酒壯膽，把布簾推向一旁。

「請原諒我如此冒昧打擾，」洛比爾說。「不過實在是沒別的方法了。」她穿著毛茸茸的花呢夾克與成套的裙子。奈瑟頓突然覺得，這打扮很配瑞妮這具租用體的穿著行頭。「還請讓我加入兩位的談話。」奈瑟頓看到美智姬正拿來另一張椅子。「瑞妮小姐，」洛比爾說。「我是倫敦警察廳的安思立・洛比爾探長。妳是否確實了解自己正依『機器人形替身法案』所賦予的法律權利出現在此地，且此在場資格具有法律效力？」

「我了解。」租用體說，語氣毫無熱情可言。

「對於透過實體方式現身的遙現行為，加拿大法律特別做出了一些區別，不過我們這裡就沒有了。」洛比爾在位子上坐下。「一樣給我水。」她對美智姬說。「我們最好把簾幕拉開。」她對奈瑟頓說，向外朝市場的地下樓層瞥了一眼。

「為什麼？」奈瑟頓問。

「有人想要傷害你，奈瑟頓先生。」

租用體兩道眉毛都抬了起來。

「誰？」奈瑟頓問，想著剛才的酒真應該點到三份。

「我們毫無頭緒。」洛比爾說。「最近有某具租用體的租用紀錄引起我們的注意，它有可能被當作武器來使用。一般人並未意識到我們對這類租用交易的監控有多嚴密。我們知道它就在附近，同時我們也相信，它的攻擊目標是你。」

「就跟你說吧。」租用體對奈瑟頓說。

「那麼，如果妳不介意，我想請問妳為什麼會覺得奈瑟頓先生身陷危險？」美智姬將她點的那杯水放到桌上時，洛比爾問道。

「妳都問了，那就問吧。」租用體這麼說，非常有效率地傳達了瑞妮的不爽。「警察啊，維伏，你竟然沒告訴我。」

「我正打算講。」

「妳是奈瑟頓先生先前在垃圾島相關事務的同事，」洛比爾說。「妳一樣也被解僱了嗎？」她喝了口水。

「我是受准離職，」租用體說。「但只是單純退出那個計畫。我可是職業官僚。」

「就跟我一樣。」洛比爾說。「那麼，妳目前是以公務名義在場，這點是否屬實？」綠色的瞳孔打量著洛比爾。「不實，」它說。「我是以私人名義來此。」

「妳目前是否涉入任何由先前計畫衍伸成的後續項目？」洛比爾問。

「未經獲准，我無法討論這個問題。」租用體說。

「但妳卻現身此處，和奈瑟頓先生私下會面，還對他的人身安全表達憂慮。」

「她說，」奈瑟頓開口，連他自己都嚇了一跳。「美國人在散布我殺了艾葉莉塔的謠言。」

「不對，」租用體說。「我說的是，他們看起來是最有可能散布這種謠言的人。」

「妳還說妳覺得謠言可能是黛卓放出去的。」奈瑟頓將威士忌飲盡，四下找著美智姬的身影。

「我們的確注意到了一場造謠行動，」洛比爾說。「但不確定來源。」她又朝外瞄了一眼。「噢，親愛的，」她說，然後站起來，把手伸進自己咖啡色的軟皮掀蓋包中。「我想我們現在就得離開這裡了。」美智姬像是被呼喚而來似地迅速走到他們身邊，洛比爾抽出一張名片遞給它，美智姬雙手接下名片、鞠躬，又識相地退了下去。洛比爾再次把手伸進掀蓋包裡，拿出某個裝飾華麗、金澄象牙色的東西，乍看像是唇膏，也可能是噴霧器，不過它迅速變形成一根外表擁有某種儀式性裝飾的短小警棍，象牙棍身刻有凹槽，頂端鑲了一頂鍍金皇冠。那顯然是一根執法杖，奈瑟頓從來沒親眼看過任何真品。「請兩位務必跟我來。」她說。

瑞妮的擴充亞體站了起來。奈瑟頓低頭看了看自己的空酒杯，也跟著起身，然後他看到執法杖再次變形，轉成一把鍍了金的巴洛克式長筒手槍，象牙槍柄上刻有凹凸蝕槽。洛比爾舉起手槍、瞄準、扣下扳機，一陣爆炸聲迸開，聲音大得令人發疼，不過是從地下樓層的某個地方傳來，手槍本身並沒有發出任何聲音。接著是震耳欲聾的沉默，響徹整個空間，在那之中可以聽到某種聲音，細小的物體如雨撒落，撞擊牆面與石板地。某人開始尖叫。

「真是見鬼了。」洛比爾說，語氣是帶著憂慮的震驚。她的手槍再次回復成執法杖型態。「那麼，我們走吧。」

她催促著他們離開梅娜德之戀，尖叫聲仍在繼續。

33 愚蠢稅

在吉米店裡的櫃檯旁，里昂正要吃完他的第二份早餐。芙林坐在他旁邊。他之所以進鎮上，是因為得跟樂透彩的工作人員履行合約上簽訂的宣傳行銷義務，他說當初賣彩券給他的那個混蛋也會一起做宣傳。載他們過來的是柏頓。

「如果他是個混蛋，」芙林問。「你幹麼還要從他那邊買彩券？」

「因為我知道，要是我贏了，他一定會不爽到跳腳。」里昂說。

「扣掉稅金和海付寶的手續費後你大概可以拿到多少？」

「大約六百五十萬。」

「我猜這大概證明了某種概念。」

「什麼概念？」

「我也希望我知道。不應該有人有能力做到這種事，更何況這只是間位在哥倫比亞的保全公司欸？」

「對我來說，這一切活像是電影。」里昂說，緩緩打了個嗝。

「你在媽的藥物治療上花了多少？」

「八萬。」他把皮帶鬆開一節。「她現在吃的那種新款生技藥品真的很燒錢。」

「謝了，里昂。」

「等妳跟我一樣有錢，所有人都會追著妳的錢跑。」

芙林斜側了他一眼，看到他正繃著一張臉裝正經。然後她注意到，在吧檯後方裡頭的鏡子深處，在碎石路面折射的光芒之中，躲著那隻卡通公牛，正在對她眨眼睛。她忍耐著不對它比中指，免得它又在她瑣碎的個人紀錄檔裡再添一筆。

進到這裡讓她不禁想起康諾，想起波特路上那頂白色的方形帳篷，想起不斷吸取著輪胎分子的無人機群。她還沒抓到機會好好跟柏頓面對面談這件事。她猜，康諾可能在接到這份工作的第一天晚上就殺死了那四個男人。

要完成這項任務，他的行動必須迅速、激烈、強硬。那是陸戰隊的核心戰鬥精髓，觸覺回饋偵察部隊也許更強調了這個概念。就她的理解，這套想法所代表的意義是：即便你沒那麼聰明、計畫還不夠周密，也沒有最好的硬體支援，但只要你每一次行動都強烈、迅速、毫不猶豫地下手，就能彌補行動前的不足。在柏頓身上，這種精神也與他自己本來的信念共存，他相信每件事都存在一種正確的觀察方式，不過她猜，那其中至少有一部分也來自為了填飽肚子而生的狩獵能力，那是他一直以來非常在行的。至於康諾，他可能是出自另一種純粹的動機。

「妳到列印所那邊去做什麼？」里昂問。

「和莎琳還有梅肯開會。」

「不要碰那些仿冒的生意了。」他說。

「你挑這種時候告訴我？今天才說？」

「我今天其實就只做了一件事，」他說。「就是幫這附近的所有人付他們那些該死的愚蠢稅，買下一期的樂透。」他滑下高腳椅，順勢把牛仔褲重新拉緊。

「柏頓在哪？」她問。

「要是他要辦的事都沒問題，應該是到康諾家去了。」

「租一輛車載我過去。」她說。「我把腳踏車掛在車子後面。」

「里昂現在有錢啦，可以租車啦。」

「柏頓希望你之後會習慣這樣的生活。」

「這我就不知道了。」里昂語氣突然嚴肅了起來。「妳和他來往的那群人，他們聽起來像是虛構出來的。妳聽過之前傳得很瘋的那個故事嗎？有個小兒科醫師把他所有的錢送給住在佛羅里達的幻想女友？聽起來差不多就像那樣。」

「知道什麼比幻想更糟糕嗎？里昂？」

「什麼？」

「半調子的幻想。」

「什麼意思？」

「我也希望我知道。」

她打電話叫了車，他們便在門外等著車把自己開過來。

34 無頭

「你們介意我點薰香蠟燭嗎？」洛比爾問道。「爆炸會引起我某些不適反應。」她的視線看向奈瑟頓，再轉向租用體。「我已經把記憶暫時關閉了，但還是會不斷被某些東西觸發誘出。蠟燭用的是純蜂蠟、精油、無煙燭芯，不含任何有毒物質。」

「這輛車居然無法提供味道，」瑞妮說。「看來也沒那麼高級嘛。」

在這個沒有蜜蜂的世界裡竟然有蜂蠟，奈瑟頓心想，要是艾許在場，此時應該會針對這點發表長篇大論。「請隨意。」他說，但此時完全無法把那畫面從腦中移開：那名身形高大、舉止格外優雅的黑人男子剃光髮的腦袋在慢動作之下炸開，同樣的影像以各種不同角度和距離不斷重播。事發時，奈瑟頓正走下階梯來到梅娜德之戀的店門前。就他所知，男人應該還四肢大開地趴在原地，整顆頭已經不見。洛比爾剛才把各架攝影機拍的顯像流放給他們兩人看，但他寧可她別這麼做。

洛比爾車上的乘客車艙看不見任何窗戶，裡頭有四張矮小的球型皮製扶手椅，圍繞在低矮的圓桌旁，安置在各自的旋轉支架上。奈瑟頓和租用體坐在靠車尾的那兩張座椅，面對著車頭，洛比爾則坐在他們對面。車子的內裝有些陳舊，座椅邊緣突出的部分磨損，但莫名舒適。

「它來自肖爾迪奇某間技擊道館，租用的目的是當作陪練員。」洛比爾說，她從自己的皮包中拿出一只平底小玻璃杯，裡頭填滿了蠟。她一將杯子放到桌上，蠟燭便自動點燃。「出租時間點就在你告訴計程車把你載到柯芬園的那一刻，奈瑟頓先生。當我鎖定它，便認為你馬上會受到攻擊。對方很有可能只會靠拳腳功夫施以打擊，卻極為致命，因為它本就是專為徒手戰鬥設計的擴充亞體。」

奈瑟頓看著洛比爾，把視線轉向蠟燭的火焰，又轉回來。他們從梅娜德之戀離開時，發現空中跟之前相比變得擁擠許多，布滿了各式各樣的飛行裝置。那具被爆了頭的軀體正面朝下倒地，上方有四架警察廳的飛行器，每架都漆上黑黃相間的斜紋，頂部裝設亮藍色的閃爍燈號。它們盤旋著，停留在奈瑟頓和瑞妮不久前剛離開的階梯上空。許多更小型的飛行器正四處飛奔，嗡嗡作響，有的根本不比家蠅大多少。

噴灑出來的血大部分濺在樓梯旁的石頭雕塑上。本來的尖叫聲已轉為一陣抽啜的哭泣，發出聲音的是一個女人，她雙手抱膝，坐在樓梯底部的石地板上。「確認她的狀況，」他聽到洛比爾對著某個不見身影的人說。「立刻就去。」接著洛比爾迅速舉起執法杖，與肩同高，再轉過身，向著圍觀的人展示那把杖。奈瑟頓看到人們紛紛別開視線，深怕自己會因為看到執法杖而被納入某份名單中，只不過，他們其實早被記錄下來了。

圍觀的人群依然不敢直視，洛比爾領著奈瑟頓和租用體走向建築物的相反端，爬上另一道鏤空樓梯。她的車在他們走上地面時撤下偽裝，乘客座的車門敞開。他完全不知道他們現在停車的地方是哪裡，應該離柯芬園不遠，也許是往莎夫茨伯里大道的方向。

「那可憐的女人。」洛比爾說。

「看起來不像身體受傷。」租用體說，它癱坐在那張低背扶手椅裡，毛呢帽沿在額頭上壓得很低。

「心理創傷了吧。」洛比爾說，看向她的蠟燭。「橙花。很女孩子氣，不過我一直挺喜歡這味道。」

「妳把它的頭整個炸掉了。」奈瑟頓說。

「不是有意的。」洛比爾說。「它離開肖爾迪奇時坐的是一輛向技擊道館租的車子，應該只有自己一個人。但是它不可能一直都是一個人，因為有人打開了它的頭蓋骨。」

「它的頭蓋骨？」

「擴充亞體的骨頭都模件化了。你可以把零件列印出來，再用生物黏著劑組裝在一起。它們擁有一般人的骨架結構，但是能夠再拆開。」

「為什麼要這樣做？」奈瑟頓問。他突然發現，隨著自己對擴充亞體了解越深，越來越覺得它們不討人喜歡。

「陪練員型號的頭蓋骨裡通常會包含列印的大腦複製細胞，那是一名沒有任何認知功能的訓練員，能依據登記的腦震盪等級，決定精細程度不高的創傷輕重。使用者可以自行決定打擊造成的精確傷害，但是訓練員以及包含訓練員的那塊模組化頭蓋骨，都是不能自行操作的部件。在離開肖爾迪奇的路上，有一或多位不明人士繞開了道館的授權保護，移除掉訓練員，把它替換成炸藥。那具擴充亞體本來會先接近你，然後引爆。我在不知道這件事的情況下呼叫了緊急機器人支援，要求獲准後，距離最近的四架機器人回覆了我的請求。它們將自己布署在它的頭部周圍，同時引爆。每架緊急機器人都只攜帶僅僅一公克的炸藥，但在距離正確且精細計算彼此間隔的情況下，便足以限制住任何東西的活動。最後的結果是，我採取的行動沒有造成任何人員傷亡，這是不幸中的大幸。」

「如果不是這樣的話，」租用體說。「它早就殺掉維伏了。」

「沒錯。」洛比爾說。「使用爆裂物並不是常見的手段，我們一直希望能讓這種手段永遠不要變得普遍，這情況跟非對稱戰爭太相像了。」

「妳是指很像『恐怖主義』。」租用體說。

「我們傾向於不使用那個字，」洛比爾說。她注視著蠟燭火焰，那神情在奈瑟頓看來頗像是懊悔。「只因我們認為恐怖應是國家的特權。」她抬頭看他。「現在的情況是，有人試圖奪走你的性命，而他們這麼做的目的，可能也是為了恐嚇任何幫助你逃過一劫的關係人。」

「維伏跟我只是前同事。」租用體說。

「事實上，我剛才想到的是祖博夫先生。」洛比爾說。「不過話說回來，膽敢試圖恐嚇他的人，要不是對他的家族非常陌生，就是擁有極為強大的權力。要不，就是完全不顧後果的莽夫。」

「妳怎麼知道擴充亞體會來這裡？」奈瑟頓問。

「我們有姨媽。」洛比爾說。

「姨媽？」

「那是我們對演算法則的暱稱❼。過去幾十年來，我們累積的資料量非常龐大。在任何情況下，我想已經沒有人能確切說出它們的運算方式。」她看向租用體，臉上的表情變化著。「有人照著費茲－大衛．吳的模樣塑造了這具擴充亞體。這原本是個很浪漫的想法，不過我實在不認為妳知道他是誰。他可以說是他那一代最好的莎劇演員，他的母親是我非常要好的朋友。當然，那雙眼睛是後來才加上去的，他後來也覺得後悔。以前那個年代，眼睛可不是能說換就換。」

奈瑟頓希望此時自己能喝上另一杯威士忌，他想，不知道她對自己的常春花藍是不是也同樣後悔。

35 他院子裡的東西

康諾住在肅嚴路上，過了吉米的店後轉離波特路就是。那是一條碎石子路。即使肅嚴跟碎石的發音並不同，但從小到大，總能一直聽到有人拿這點來開玩笑❽。對高中生來說，肅嚴路是情侶親熱的熱門地點，約會時把車停在這裡就對了。就在里昂把車駛進看起來像是康諾家車道的路上時，她正思索著自己以前是否曾為了任何事，在肅嚴路上走這麼遠。她對路的盡頭一點印象也沒有，事實上，這裡本來就沒什麼東西能讓她留下印象。這條路上這麼偏遠的地方竟然有房子，她覺得自己以前應該根本不知道這件事。大多時候這裡只能看得到四處堆放的木板，或是已經劃分的建地，但因為根本沒人在這裡蓋房子，現在都已雜草叢生。

康諾的房子不像她家那麼老，屋況卻差得多，外觀已經很久沒有重新粉刷，木頭上油漆剝落的地方呈現一片灰暗。這間屋子只有一層樓高，坐落的地方離路邊還空下一大段本該是草坪的範圍，但現在上頭長滿牽牛花，還堆放了大批無用的垃圾：一輛高大的老舊曳引機，全車鏽蝕，完全沒留下任何一點尚未掉落的原漆，一輛小型拖車，比柏頓的更小，輪胎已經洩了氣，整輛車直接壓在輪子的軸承

---

❼ 姨媽的原文aunties為計算法則「algorithms」的暱稱。
❽ 肅嚴路原文為Gravely Road，碎石則為gravel。

上。足以拿來當作歷史課教材的爐子和冰箱，另外還有一架老舊的大型軍用四軸飛行器，體積跟康諾的狼蛛差不多，底下用四塊水泥磚墊高。想讓那東西飛上天，你得有執照才行，而且前提是政府真的願意讓人民操縱這玩意兒。

狼蛛停在車道遙遠的另一端，就在屋旁，梅肯跟艾德沃正在它後方巨大的獨輪光頭胎旁忙東忙西。他們在狼蛛車旁鋪了淡藍色的防水布，把需要的工具在上頭一字排開。

里昂一停下車她便鑽出車外，朝他們走去。她想知道自己在吉米的店外看到的那隻帶著刺的觸角手臂上，到底裝了什麼機關。

「午安啊。」梅肯邊說邊站起身來。他跟艾德沃一樣戴著藍色的橡膠手套，但無論他或艾德沃都沒有戴微視。

「在幹麼？」她盯著那條手臂。手臂的尖端有著某種長相怪異的機械結構，上頭的零件可以活動，但她完全看不出來要做什麼用。

「在幫康諾除錯。」梅肯說。「這個是抓斗，」他指向那個東西。「用來抓燃料噴嘴，康諾去加油站時這可以幫他大忙。」

「你們是現在才把它裝上去嗎？」

「不是。」梅肯說，給了她一個白眼。「之前幫他安裝那隻手臂時就把它裝上去了，只是他說用起來一直有問題。」

「現在這樣應該沒問題了。」艾德沃語氣平淡地說。

他們兩個都很清楚：她知道這只是瞎扯。但她想，當你認識的人殺了人，你又不希望他被抓的時候，他們似乎也只能用這種方式說話。他們像是在傳授知識那樣告訴她故事該怎麼說，並且用一種最簡便的方法，讓她在聽了他們的說法之後，再也不需要多編什麼謊言，每當有人問起，她只需要如實托出：是他們告訴她的，說了如何如何。「上面那個黑色的東西是什麼？」不管它到底是什麼，抓斗上都少了那層，不過她覺得他們應該會把它修好。

「看起來像是卡車貨斗，」艾德沃說。「用了某種橡膠卡車塗漆。」

他們已經把槍或是本來握著槍的部分拆下來，並用眼前這東西重新取代。拆下來的那部分可能就在眼前這些工具之中，或者也可能被柏頓那群人之中的誰拿走。

「希望這抓斗能幫上他的忙。」她說。「柏頓在這裡嗎？」

「在裡面。」梅肯說。「不過，我們剛好需要用雷射掃描妳的頭。」

「做什麼用？」

「要測量妳的頭部尺寸。」艾德沃說。「我們現在印的頭盔沒有彈性，因此接觸點就變得很重要，一切都看大小合不合了。」

「而且也會比較舒服。」梅肯補上一句，語氣中充滿鼓勵。

「為什麼是我？」

「這裝置是為妳做的。」梅肯說。「不然妳問艾許。」

「誰是艾許？」

「冷鐵公司的那位小姐，技術窗口。她一直打電話來問。她這個人很注重細節。」

「你也是啊。」芙林說。

「所以我們很合得來。」

「好吧。」她說，雖然並不覺得現在有什麼事能稱得上好。

「里昂，」梅肯對朝他們走來的里昂說。「恭喜呀，聽說你變成千萬富翁了。」

「竟然沒有露出佩服的表情，真有你的。」里昂從糾葛成一團的牽牛花叢中拖出一只木箱，箱子已被陽光晒白，側面用褪色的黑色字體寫著**開溝炸藥**等一堆字。「應該把這個丟到eBay上的，」他說，想了一下上面的記號才坐上去。「會有收藏價值。我喜歡看別人工作。」

「為什麼？」梅肯問。

「因為工作熱忱呀，」里昂說。「簡直美極了。」

她走上階梯、進到屋子裡，穿過一道裝了紗的側門，上頭的裝飾木條比炸藥箱的木頭還老。走進廚房，發現裡面比她預期中還要乾淨，不過話說回來，這裡應該也沒什麼在用。她走進客廳，找到了柏頓，他坐在壞掉的沙發上，沙發椅套上印著棕色與米白的花朵，而康諾正全身直挺挺地坐在另一張椅子上。他站了起來，她才看到那裡其實沒有椅子。

康諾實際上是像魔鬼氈似地黏在退務部買給他的義肢上，整個人有如某部老舊動畫裡的人物，義肢的腳踝比大腿還粗。當他開始走動，她才了解他不喜歡穿它的原因。

「小妹。」他咧著嘴對她笑。因為才剛刮完鬍子，看起來一點也不瘋，神智正常得很。

「嘿，康諾。」她說，看向柏頓，想著他們接下來是不是也會來一段剛才她跟梅肯、艾德沃之間那樣的對話。「我在車道上看到梅肯了。」她說。

「我把他們叫來修理車子，」柏頓說。「康諾加油的時候一直不是很方便。」

「上次看到你的時候你心情不好。」她對康諾說。

康諾的笑容咧得更深。「那時候在擔心國安部可能會把妳哥困在戴維司維爾。要喝啤酒嗎？」他伸出左臂和剩下的兩根手指，指向廚房。「還是紅牛？」

「我不渴，謝謝。」她知道，要是他還剩下其他腳趾，退務部應該會把其中一根移植上來讓他當成大拇指用。又或者，只要他去註冊，做好等上一段時間的準備，其實也能等到別人捐贈的拇指，甚至可以用這種方法拿到整條右腿。但他的右手臂或左腳就沒辦法進行任何移植了，因為留下來的殘肢不夠長。這種技術要求受移植的部位必須有一定的長度，才有辦法疊合移植體與受移植者的神經。只不過，此時此刻，芙林突然對康諾的腦袋受到的傷害有了完全不同的看法，無論他到底經歷了什麼，絕對是糟糕透頂。現在的他看起來非常平靜，甚至可以稱得上快樂，而她猜這全是因為他剛殺掉了四名素未謀面的陌生人。她感到眼淚開始聚湧。芙林迅速在沙發上坐下，就在柏頓那張沙發的另一頭。

「他們給錢非常、非常大方。」柏頓說。

「我知道，」她說。「我可是和樂透得主一起過來的。」

「不只是這樣，他們找到更好的方法了。」

「你指的是什麼？」

「他們今天從克蘭頓派了個人直接帶現金過來。」

「柏頓，你怎麼知道他們不是藥師？」

「那個人是律師。」

「所有藥師都有律師。」

「我想喝啤酒。」柏頓說。

義肢帶著康諾進到廚房，直接移動到冰箱前面。冰箱是新的，閃閃發亮。她看著他用兩根手指扣住冰箱的門把，同時聽到小型伺服馬達發出一陣短暫快速的聲音，如細小昆蟲的嗡鳴。她現在可以清楚看到，那具義肢上面也有拇指。他打開冰箱門，撈出一瓶啤酒，晃了晃義肢的肩膀，剛好夠他把門推回去，又拖著腳步走回柏頓旁邊。他走路的樣子彷彿那東西只能那樣走。接著，康諾把啤酒瓶蓋抵在他右手臂上本該是二頭肌的前緣，撬開了瓶蓋。她看到他在那地方黏了一枚生鏽的老舊開瓶器，就在一塊黑色的塑膠上。瓶蓋彈到沒鋪地毯的乙烯基地板，直接滾進沙發底。他露著牙齒對她笑，把啤酒遞給柏頓。

「沒關係，」柏頓說，從酒瓶裡喝下一大口。「我不認為他們是藥師，也不覺得他們是國安部。我覺得這都跟他們的遊戲有關，而且他們想把妳再找回去那個遊戲裡頭，還想要再多看幾次Easy Ice的英姿，所以才找梅肯做那個操作介面裝置之類的東西。」

「去他們的遊戲。」她說。

「妳的遊戲才能現在成為高價商品了，那個男人從克蘭頓過來就是為了這個。」他又喝下幾口，看著瓶子裡酒液的高度，似乎還想講什麼，但沒有開口。

「所以你就擅自替我答應了嗎？」

「不然就完全沒得談了。操作的人一定得是妳。」

「你可以先來問過我啊，柏頓。」

「我們需要錢，付給強安藥局的錢。不管這是什麼差事，我們都不確定現在這些錢能撐多久，所以才要接這份工作，盡量做我們能夠做的，然後靜觀其變。我覺得妳應該會同意這樣的做法。」

「大概吧。」她說。

康諾的義肢再次蹲坐下去，變成他坐的椅子。「不要管沙發了，挪過來和我一起坐。」他說。

「我們準備好要量妳的頭了。」梅肯從廚房的門外叫道。他舉著某個螢光橘色的東西，結構複雜，有許多細窄的棒子和一個環。那東西看起來不太像雷射，反而比較像海夫提大賣場在賣的某種弓箭狩獵用配件。「妳想坐在沙發上嗎？」

「我們在前面的門廊上量好了。」她對梅肯說。剛才里昂開進來的時候，她看到外面放了張褪色的紅色塑膠椅，而她現在正好需要逃離這個場面。「我會來陪你一起坐的，康諾，不過我哥現在太混蛋了。」

康諾綻開笑容。

她走過前門，站到門廊上。門廊那張椅子的坐墊有一塊臀部形狀的凹陷，上面覆蓋了一團去年留下來的棕色乾落葉，她把落葉掃開，坐下，看向門廊外那輛高大的老舊曳引機。梅肯給了她某樣東西，長得像去日晒沙龍時會拿到的那種滑稽護目鏡，但材質卻是拋光過的不鏽鋼。「雷射的強度會有多強？」她問。

「比實際上需要的強度還弱一點。我們寧可小心行事。」

「要花多久時間？」

「等我們把它調整好之後，大約一分多鐘。戴上吧。」

護目鏡上連著一條白色的彈性細繩。她戴上它，把眼窩形狀的不鏽鋼眼罩遮在自己的眼睛上，浸入完全的漆黑之中。此時，梅肯把測量器腳上柔軟的尖端放上她的肩膀。「你們什麼時候會開始印？」她問他。

「電路板已經印好了，今天晚上要開始做這個像頭盔的東西。我們今天熬夜，應該明天就會全部組裝完成。現在完全不要動喔，也別說話。」

有東西沿著環形的軌道緩緩由左至右，滴滴答答地輕敲著。她在腦中描繪康諾院子裡的垃圾，用牽牛花的藤蔓將一切蓋滿，想像起如果他從來沒加入陸戰隊會是什麼模樣。他會因為某種以前從來沒注意過、但其實沒什麼大不了的問題無法通過體檢，接著因此在這裡待下來，找到某種無聊的謀生方式，遇到某個女孩、結婚——當然，不是跟她，也不是跟莎琳，而是和其他人，也許來自克蘭頓。他們會生幾個小孩，他的太太會把牽牛花清理得一乾二淨，把所有垃圾都拖走，並在這裡種下真正的前院會種的那種草皮。但她沒辦法留住這些景象，她沒辦法真的相信會有這種事發生。她希望自己留得住它們。

雷射繞到了她腦袋的正後方，依然溫柔地敲著，接著再繞到她的左耳旁，最後，當它回到正前方，敲擊停止了。梅肯把測量器拿起來，摘掉她護目鏡。

他院子裡的東西還在原地。

36 不管怎麼說

「安東也有一具。」奈瑟頓講述完柯芬園發生的事之後，列夫這麼說。「他有次發酒瘋，在花園酒會中把那東西的下巴整個拆下來。」

他們兩人站在戈壁大冒險的舷梯最上層，看著擴充亞體在跑步機上跑步。「不得不承認它做得還滿美的。」奈瑟頓說，心裡企望能成功轉移焦點，否則話題又要回到普特尼。不過他的確認為它很美。艾許站在跑步機附近，好像正在透過顯像讀取資料，事實上也不無可能。

「多米妮卡那次氣炸了，」列夫說。「他下手的時候我們的孩子可能都在旁邊看。他把它寄回原廠，之後又開槍打它，連開了好幾槍。那次是在沃洛科俱樂部的舞池，但我不在場。不用說，整件事都被下了禁口令，但那次就是我們父親下定決心的轉折點。」

奈瑟頓看見艾許對擴充亞體說了什麼，它開始放慢腳步。跑步的時候，它的美在他眼裡是另一種風情。這一連串重複的動作賦予了它某種優雅姿態，補足了它在個性上的匱乏。

「安東為什麼要那樣？」奈瑟頓一面看著那具物體的兩側大腿肌（那兒的肌肉起伏運作之細緻），一面問道。

「他當時在和那東西比拳，性能調成最高，所以他總是贏不了，但是他死都不肯調整難度。那東西不但拳打得好，連舞技都比他強上好幾倍。」

擴充亞體放慢腳步、變成小跑，接著從跑步機上一躍而下，開始在原地跑了起來。它穿著寬鬆的黑色短褲和無袖黑色上衣，快艇車上的兩個衣櫃如今塞滿了衣服，全是艾許幫它添購的。想當然耳，幾乎都是黑色。

它突然抬起頭，好像在看他。

列夫此時轉身，走進快艇內。奈瑟頓跟了上去，內心因為擴充亞體的凝視起了異樣。現在的車裡感覺比較像是有人居住，但也有可能是因為多了成堆的古董螢幕和擴充亞體的支援設備，看起來太凌亂罷了。

「拉格。」列夫說。奈瑟頓眨眨眼。列夫將拇指按在酒吧門上的鋼製小橢圓形按鈕，門向上滑動、消失，吧檯默默無聲地推出一瓶已經開了的拉格啤酒。列夫拿了酒，注意到一旁的奈瑟頓。他把冰啤酒遞給奈瑟頓。「拉格。」他重複一次，於是吧檯又再生出一瓶。「可以了。」他說，吧檯門便向下滑。列夫向奈瑟頓互相碰了碰瓶底，哐啷一聲，舉起酒瓶，灌下一口，放下。「你們歸還了你朋友的租用體之後，她在回來的路上跟你說了些什麼？」

「她跟我說了吳的事。」

「哪個吳？」

「費茲－大衛・吳，一個演員。她和他媽媽是朋友。」

「吳啊，」列夫說。「演過哈姆雷特。那部戲如今還是我祖父最愛的一齣，起碼有四十年了。」

「你認為她幾歲了？」

「一百歲吧，應該更老。」列夫說。「你們就聊這些？」

「她好像很不安，心不在焉的，還點了香氛蠟燭。」

「蠟燭、香精，我看過有人用過，應該跟記憶力有關。」

「她說她把某些記憶關掉了，我猜大概跟炸彈有關。」

「他們那類人喜歡用那種方法，」列夫說。「但我祖父把那當成一種罪惡，他寧可自己應付。不過他的作風比較東正教一點。我多少可以想像得到洛比爾想要做什麼。」

「和她達成協議的是你，」奈瑟頓提醒他。「你卻擺明了不想說那到底是什麼事？」

「沒錯，」列夫說。「那件事不能說。如果沒遵守她的條件，我猜她會發現。」

「她可能會直接問你，」奈瑟頓說。「接著你就會發現自己不自覺全盤托出。」

列夫皺著眉頭。「你說得對。」他把剩下的拉格一飲而盡，空瓶放在大理石桌面上。「話說回來，斷根裡面有進展了。你透過幽靈的妹妹找來的那個技師很有一套，連艾許也佩服。對方正在盡他們所能打造出最接近神經斷流器的東西。艾許在LSE的礦工也充分地解決了斷根裡的財務麻煩。不過要是他們這樣繼續做下去，我們可能會顯得太招搖——恐怕還不只是招搖而已。」

「他們在做什麼？」奈瑟頓將自己的拉格喝完後這麼問道。他多希望能再來幾瓶。

「簡單說，他們是在豢養交易演算法。雖然斷根裡的人已經注意到這種情形會偶爾發生，卻還不具備控制的能力。不過，他們再過不久應該就能自行操縱了。當然，我們也另外籌好了應付突發狀況的資金，事實證明的確有必要這麼做。」

「事實？」

「殺手後來真的想履行合約。一共四人，不過在下手前就已被幽靈的一個同夥處理掉。」

「這要花錢嗎？」

「他的這項舉動是非法行為。」列夫說。「他們安排他負責監視任務，等著那些看起來就是刺客的傢伙送上門，他覺得那幾人有問題，就把他們全都幹掉。要把這件事擺平花了不少錢。他們的直轄治理單位是郡，執法部門的負責人是名警長。整個郡最賺錢的經濟活動是用分子合成法製造違法藥物，而那個警長已經被當地生意最大的合成技師收買了。」

「你怎麼知道這些？」

「歐辛說的。」

「你叫那個幽靈和他妹妹買通警察？」

「不是，」列夫說。「是讓他買通那個藥頭。歐辛判斷那是最適當的管道，幽靈也同意。話說，今天稍早有人想殺你，你都不擔心嗎？」

「說真的，我還不知道該做何感想。」奈瑟頓邊說才邊意識到這件事的真實性。「洛比爾說，要是他們真的把我幹掉，可能是想要警告你。」

列夫直視著他。「我知道我看起來不像黑幫，」他說。「也很慶幸自己不像，但他們嚇唬不了我的。我會悲傷，可能也會憤怒，但可不會被嚇倒。」

奈瑟頓想像列夫因他的死而悲傷，或至少試著覺得悲傷——真是難以想像。不過柯芬園發生的事也一樣。他只求每當自己開口，列夫祖父的酒吧就能給他一瓶冰涼的德國精釀拉格。

37 郡

她沒去想到底要不要告訴珍妮絲，直接把這陣子發生的事說了出來。珍妮絲在廚房裡，正要幫他們煮咖啡，頭上綁著麥迪森的某條頭巾，黑底，上頭有著白色的骷髏頭和交叉骨頭圖樣。梅肯有一次說，珍妮絲和麥迪森看起來像是體內流著飆車仔血液的學校教師，芙林覺得描述得相當精準。她可以將一切告訴珍妮絲，不用擔心被說出去，除了麥迪森之外。不過麥迪森也不會將任何事情告訴任何人。

珍妮絲提起康諾和那幾個美式足球隊員在吉米店裡發生的事，說芙林真的救了康諾的小命。芙林則說，那樣講未免太誇張。

「那些混蛋，」珍妮絲指的是那幾個美式足球隊員。「一看到他們我就要開始做凱格爾運動❾，不然氣到會尿出來。這種人永遠都是這樣，然後每四年就換一批，也還是這副德性。」

「是康諾挑起的。」換芙林說話。珍妮絲正在給磨豆機裝上把柄，動作不疾不徐。「是他去激怒他們。他才是那個壓著對方的人。」

「我知道啦。」珍妮絲說。她將磨好的豆子倒進一只果醬罐，像擺到杯墊上似地將罐子放到秤上

---

❾ Kegel exercise。又稱骨盆運動。

秤重。「可是他們根本沒概念，還以為自己才是壓著他的人。我是不是該幫他們的愚蠢打個分數啊？妳在那之後還有看到他嗎？」

「在他家見過，剛剛而已。」

「倒也不是說他真的瘋了還是怎樣。」珍妮絲將咖啡粉依公克數精準秤好，倒進放在陶製漏斗中的米白色濾紙。濾紙已經先淋過水，將化學成分的氣味沖掉。「可是他搞這種事已經搞到讓人膩了。我知道他有他的原因，但我真的受夠了。」她確認水壺中的水溫，在咖啡上注入一點水，靜置一會兒。「妳看起來不太高興耶，應該跟康諾沒什麼關係吧。」

「是沒關係。」

「那不然是？」

於是芙林就說了，從柏頓要她在他去戴維司維爾期間幫忙代班開始。珍妮絲一邊聽，一邊繼續手上的動作，轉瞬間生出兩杯香濃的咖啡。芙林加了牛奶和糖，珍妮絲的則什麼都不加。她幾乎不發問，就只是聽，適時點頭，在故事說到詭異處時張大眼睛……接著又再次點頭。直到芙林說到她和湯米與柏頓離開家裡前往波特街，在帳篷旁看到她從沒看過的車子和那四具屍體，珍妮絲才舉起手，說了聲「哇靠」。

「哇什麼靠？」

「是康諾。」珍妮絲說。

芙林點頭。

珍妮絲皺起眉，微微搖著頭，說：「繼續。」

芙林接著講了剩下的部分，沒有具體交代她認為梅肯和艾德沃都在康諾家幹麼，但她看得出珍妮絲也能懂。最後，她說到里昂載她到這裡，一路上還跟著兩架貼了方形水藍色大力膠帶的小型無人機，互相輪班，從康諾家開始就監視著他們。

她們移動到客廳的沙發上，她上次就是在這裡玩了最後一場《北風行動》。

「那個克蘭頓來的人，」珍妮絲說。「帶著一大袋錢來的那個，妳知道他是誰嗎？」

「不知道，某個律師嗎？」

「他叫畢提，克蘭頓的律師之一。」

「妳怎麼知道？」

「里斯幾個小時前才來過，他來看看麥迪森做的某樣東西，然後我們就分到錢了。放在地下室，被我們塞到一個火爐後面。」

「你們也有？」

「不敢痴心妄想，總之沒那麼多。」

「什麼的錢？」

「幫忙處理一架大型無人機。康諾搞來一架軍用四軸機，想要麥迪森幫他操縱。」

芙林想起在康諾家院子裡那玩意兒。「我看過，」她說。「看起來像槍臺。」

「地下室那筆錢比麥迪森和我一整年靠《蘇凱27》賺來的還多。」這點顯然沒讓珍妮絲高興起來。

「里斯說了些什麼？」

「以柏頓和康諾的角度而言，他說得太多了。但從我的立場來看，講得還遠遠不足。里斯這人是個小粉絲，愛搞祕密，要不是他自己講，妳根本不會知道他藏了什麼。可是他太崇拜柏頓和康諾，所以非要跟妳說他們在搞些什麼不可。他也崇拜皮克。」

芙林唯一認識叫皮克的，只有那個開了家柯貝爾・皮克特斯拉汽車的人，那是郡內最後一家倒閉的新車經銷商。雖然不常現身，但人們認為他依然是郡裡最有錢的人。她曾經在鎮上的遊行裡看過他幾次，但已是好幾年前。他把一個跟芙林同樣年紀的女兒送到歐洲念書，就芙林所知，她沒再回來過。「柯貝爾・皮克？」

「就是他媽的柯貝爾・皮克。」

「他和柏頓還有康諾又有什麼關係？」

「這就是檯面下的事了。」珍妮絲說。

「妳認為錢的來源是柯貝爾・皮克？」

「才不是咧。」珍妮絲說。「柏頓付了一大筆克蘭頓來的錢給柯貝爾。里斯因為負責和卡洛斯帶錢過去，整個人都狐假虎威了起來。他一直說，『兩個購物袋才裝得下』。」

「柏頓幹麼要付皮克錢？」

「波特街上那四個死人啊，得抹掉他們的痕跡。本來在這個郡裡，他們這案子很快就會銷聲匿跡，但州警辦案子的時間通常比較長一點。不過，以柯貝爾在州議會的影響力，只要妳願意付錢，他就有辦法讓那個時間縮短。」

「我們小的時候，他還在經營那家特斯拉經銷中心，聖誕遊行會和市長搭同一輛座車。」

「——而且是全新的特斯拉。」珍妮絲說。「我很不想戳破妳的童話泡泡，親愛的，但只要柯貝爾沒拿到他應得的那份，這個郡連一公克毒品也做不出來。」

「真的假的？那我應該聽說過才對啊。」

「事實上妳不曉得，妳的親朋好友之所以能把妳拉拔長大，基本上就是靠著絕口不提這個混蛋的名字。所以妳才會這麼容易忽略掉這人。」

「妳不喜歡他。」芙林說。

「那還用說。」

「但要是他們買通了警局，表示湯米也知道。」

珍妮絲看著她。「不太知道。」

「只有知道或不知道吧。」

「湯米是個好人。」珍妮絲說。「就和麥迪森是個好人一樣。相信我這點就夠了，好嗎？」

「好吧。」

「就像是：妳也是個好人，可妳卻和幾個自稱來自哥倫比亞、甚至有辦法讓里昂中州樂透的人打交道，搞得自己深陷其中，深到連自己胸部都看不到。這裡頭的事情可黑了，芙林，但妳會因為這件事就不算好人嗎？」

「我不知道。」她發現自己是真的不知道。

「妹啊，管它到底是怎麼一回事，總之，妳蹚這潭渾水，絕對不是為了要幫自己賺大錢，是為了要幫妳媽付清治療癌症押在強安藥局的費用。很多人都這樣……應該說，我能想像多數人都是這樣。」

「我媽得的不是癌症。」

「我知道不是，但妳懂我的意思。還有湯米，他已經盡他所能在維護這個郡了。他是個誠實的人，相信法律自有規矩，可傑克曼警長就是另一回事。傑克曼唯一在乎的就是每次改選都能再當上警長，在這裡能代表法律的人只有湯米。這個郡需要湯米，就像妳媽需要妳跟柏頓。但有時候，這表示他得更努力讓自己睜一隻眼、閉一隻眼才行。」

「為什麼這種事我到今天晚上才知道？」

「大家是為妳好才閉上嘴巴，為這些骯髒事保密。我們上高中以前，這裡的經濟就是靠製毒在撐了。」

「這我算是知道，應該吧，我想。」

「歡迎光臨本郡，親愛的。再來杯咖啡嗎？」

「我覺得我喝太多了。」

38 斷根女孩

多米妮卡打電話把列夫叫上樓後，奈瑟頓便回到門口，看擴充亞體穿著動力外骨骼做負重訓練。擴充亞體袒露著臂膀和大腿，上頭的肌肉線條非常細緻，他不禁好奇它們是否列印出來時就長這樣。

艾許正躲在他看不到的某處和歐辛起爭執，歐辛一定是在別的地方。他敢這樣肯定，是因為他只能聽到她講話，而她的聲音正因兩人之間的語言加密技術，重複講著於他們這個當下使用的仿斯拉夫語。他走向關閉的吧檯，嘗試將拇指按在鋼製橢圓按鈕上。毫無動靜。

但接著艾許就出現了。她捧著一大盆插著花的白色陶瓷花瓶，經過默默撐緊身體的擴充亞體，走上舷梯。「妳也太客氣了吧。」他在她登上樓梯頂層時這麼說。

「我們應該好好歡迎她。」她說，蒼白的臉色和鮮豔的花朵呈明顯對比。「畢竟你又不能請她喝酒。」

奈瑟頓突然升起一陣強烈的同理心，強到都疼痛了起來。他為芙林難過，因為她就要住進擴充亞體那具概念令人難以理解的身體中了。到時候也不會有任何人請她喝酒。

「但是要喝水，按每小時的限制。」艾許說。她誤解了他的表情，以為他是在為擴充亞體擔心。

「上面有脫水警示，不過絕不能碰酒。」她捧著花，硬是擠身通過他。

「她什麼時候過來？」

「現在算起兩個小時後。」他身後的艾許說。

「兩個小時？」他轉身。艾許正試著將花瓶擺在他書桌上的各種不同位置。

「梅肯很有一手。」她說。

「妳說沒什麼？」

「梅肯，在斷根裡幫她印東西的人。他動作很快。」

「那算什麼名字啊？」

「喬治亞的一座城市，美國的喬治亞州。」她重新裝飾著花瓶裡的花。左手背上，有一大群位在遠方的野獸四處竄逃。「我也會在這裡陪你的。」

「妳要留下來？」

「你上次用擴充亞體是什麼時候？」

「我十歲的時候。」奈瑟頓說。「那是一場人造小人派對，辦在漢普斯特德荒野，是我同學生日。」

「這就對了。」艾許說。她搖擺身子，面向他，雙手插在腰上。她又穿上她的誠懇裝了。他想起列夫車子儀表板上那人造小人的姿態。

「原來那是妳——對吧？」他說。「開車把我們載去另一棟房子又載回來？」

「還用說。那麼，等她到的時候，你要對她說什麼？」

「哪方面？」

「她穿的是什麼東西，」她說。「這裡是哪裡、現在是什麼時間。我們付錢不就是叫你做這個的嗎？」

「沒人付我一毛錢，謝謝。」

「這個你要跟列夫討論。」她說。

「我沒把這件事當工作，我是來幫忙列夫。」

「她肯定搞不清楚是怎麼回事。她從來沒用過擴充亞體，你自己都不太有經驗，種種情況看起來，我似乎不得不在場。」

「列夫沒跟我說她兩個小時後就會到啊。」

「他不知道，」她說。「因為歐辛也才剛知道而已。列夫在樓上跟他家大少奶奶待在一起。他們在一起的時候，我們誰也不能打給他。等我們告訴他後他就會通知洛比爾，我猜到時洛比爾就會插手當我們的顧問。在那之前，我們最好趁著洛比爾還沒插手進來，決定好要跟芙林說些什麼。」

「妳知道列夫跟洛比爾到底在搞些什麼嗎？他不告訴我。」

「看來他還沒完全變成蠢蛋，起碼現在還沒。」

「把芙林帶來這裡是洛比爾的主意，對吧？」

「對。」她說。

「為什麼？」

「不管原因為何，她都很急。」她伸手觸摸膠合板的某個部分，板子隨之開啟。她調整起內部控制，接著奈瑟頓感覺到一陣微風。「這裡太悶了。」她說。

「辦公室應該要在哥倫比亞才對。」

「他們那個世界的哥倫比亞也會裝空調，這是當然的吧。洛比爾幫你們兩個指定了好幾套服裝，其中幾套肯定不適合坐在這裡的你們，她看到的景象必須是倫敦，你也一樣。」

「她幫我訂服裝？」

「這主意不錯啊，你現在看起來一點都不專業。」

「我第一次和芙林對話，」奈瑟頓說。「她就認定這個工作跟遊戲有關，還以為我只是遊戲的一部分。」

「我們是有跟他哥哥說這是遊戲。」

「告訴她事實比較好吧？」

艾許不說話，只是盯著他看。

「妳在看什麼？」

「我是在想，你之前有沒有把這些話說出來。」她說。

「何必要誤導她？她很聰明，她會猜出來的。」

「就策略上來說，我不確定這樣會比較好。」艾許說。

「那就多付點錢給她。」他說。「你們擁有他們世界裡的所有財富，或者說你們有本事弄到手，反正那些錢也不能拿來這裡花。跟她說實話，把酬勞加倍，我們就是她的康莊未來。」

艾許瞥向上方，又看向左側，突然像鳥一般啼唱起來，用的是某種前一刻根本還不存在的合成語言。她回頭看他。「沖個澡吧。」她說。「你看起來黏答答。衣服都在左側衣櫃裡，放在最後面。」

「衣服是洛比爾挑的嗎？」

「我挑的，但建議是她給的。」

他猜全都是黑色，除非洛比爾偏好歡樂氣質。「我怎麼覺得自己好像被收編了。」他說。

「我為這種狀態想了個稱呼。」

「什麼稱呼？」

「現實。」她說。「在可預見的未來裡，我們都需要你。」

39 鞋匠仙女

梅肯租來的車聞起來像剛印出來的電子儀器。當初他在海夫提大賣場的點心吧裡，將嶄新的手機交給她，那上頭也是這個味道，所幸一到兩個小時後就消散了。「你是覺得明天才有可能準備好吧？」她對梅肯說。

「我們有幫手。列印便幫忙印了一些，我們把列印機借給他們用。」

「你居然找得到列印便幫忙印仿冒品？」

「那東西不是仿的。」坐在後座側邊的艾德沃說。「只是比較罕見。」

「列印便畢竟是連鎖店。」她說。「他們總公司可是海夫提。」

「我有個表弟在那兒當兼職樓管。」梅肯說。「不過對啦，平常的話是不太可能，但妳哥開了個價碼給他，讓他心動了。總之，他們唯一能用的聚合物是一種像糖粉的東西，通常只在聖誕節派上用場，不過它和那個膚電反應裝置完美結合，所以才印得出妳那頂白雪公主的頭冠。叫列印便的人印還有一個好處：就是他們完全搞不懂自己在印什麼。」

「『膚電反應裝置』是什麼意思？」

「它到時候會貼在妳額頭上。第一版剛設計出來時還很粗糙，我們得圍在妳後腦杓剃出的一圈兩英寸寬的帶狀。」

「去你媽的咧。」
「就知道妳有這種反應。反正我們改用這種日本來的材質，現在只需要貼在額頭就行，再塗一點鹽漿幫助測量精確度。」
「你明明說這只是遊戲控制器。」
「這是遙現介面，不用手動操作。」
「你有試過？」
「無法，沒東西可試。妳那幾個朋友想要讓妳操作某種東西，可是不准我們先做測試。妳戴上去的時候要躺著，否則口水會流得滿臉。」
「什麼意思？」
「如果這東西真的有用……應該說非有用不可，那妳就能用全身控制他們準備的某具裝置，任何動作都能完整呈現。不過，妳在做那些動作的時候，自己的身體並不會動。他們到底是怎麼辦到這種事的？光想就非常有趣。」
「怎麼說？」
「因為這東西絕大部分技術都找不到專利。假設真的有，一定很有價值……非常有價值。」
「可能屬於軍方。」坐在後座的艾德沃說。他們大約開到波特街的半路，她已經搞不清楚當時的白色帳篷位在何處，那一大群像蟲的無人機又是在哪一段路上搜索康諾的輪胎分子。
在她右手邊，一塊她幾乎不曾認真看過的野地中，站著多片發育不良、遭暴風摧殘過的松樹林。左手邊，坡面緩緩下滑，最後收縮成他們房子下方、柏頓拖車旁那條小溪的河道。沒有多久，在波特街收窄成一個小點的前方遠處，將會出現細微的光線，剛好足夠照亮林中最高那幾棵樹的樹梢，他們的房子就在那附近。「他們有說到底要我做什麼嗎？」

「沒說。」梅肯說。「我們只是負責做鞋子的小仙女，妳才是唯一有資格參加舞會的人。」

「少來這套。」她說。

「妳還沒看過我們幫妳做的頭冠呢。」他說。

她沒有接話，想起柯貝爾·皮克，想起珍妮絲跟她說的那些事，以及湯米。當初那棟曾是經銷店舊址的建築物側邊，至今還寫著「柯貝爾·皮克特斯拉汽車」，可是水泥牆已經斑駁，沒有上漆，牆上的鋁和碳纖維製字樣也早就剝落。

卡洛斯站在大門旁等候。「妳媽在和里昂、里斯吃晚餐。」他在她下車時告訴她。「妳剛剛有吃東西嗎？」

「沒有。」她說。「有什麼可以吃？」

「他們要妳別吃。」卡洛斯說。他已經把這個「他們」理解成那些出錢的人，不過不代表他知道他們到底是誰。「他們說妳第一次做這種事，搞不好會吐。我會幫妳吸走嘔吐物。」於是她想起他曾是義工急救員。

「好。」

梅肯和艾德沃忙著把後車箱的東西搬下來。一對大力馬纖維布料製成的藍色裝備袋，外科手套用的那種顏色，三個還很平整的新紙箱，上面印著列印便的標誌。

「需要幫忙搬嗎？我可以找人來。我的手得空出來抓這個。」他指的是掛在他手臂下的犢牛步槍，槍身垂在他腰部內凹曲線的位置，槍口因為裝上配件，像把尖刺。她永遠搞不懂那些配件是幹麼用的。

「不用。」梅肯說。而今他和艾德沃兩人肩上都多了一條皺巴巴的肩背帶。艾德沃抱著兩個紙箱，梅肯只拿一個，但比較大。那些箱子看起來一點也不重。「拖車對嗎？」

「柏頓在裡面。」卡洛斯說，同時比了手勢叫芙林直接過去。

這讓她想起柏頓去戴維司維爾那晚。一樣的暮光，太陽幾乎下山，月亮尚未升起。拖車裡的燈亮著。她再走近一些，發現柏頓站在關上的門旁，抽著菸斗，斗缽亮紅紅，照出他的上半張臉。她聞到菸草味。

「你敢在那裡面抽菸，我就他媽殺了你。」

他斗缽旁的那張臉笑了起來。他抽的是那種便宜的白色陶製菸斗，荷蘭貨。這種款式通常剛用沒幾天長柄就會斷掉，整支變成肥肥短短的形狀，就像卡通裡的水手抽的菸斗。他摘下口中的菸斗。

「我沒有，而且我也沒打算開始抽。」

「明明就有。你最好打算開始別抽。」

他用單腳站著，提起另一腳，斜架在大腿的位置，用菸斗敲著靴跟，抖落那一丁點用國產菸草燃紅的火星。火星落在拖車地板上，他放下腳，將火碾熄。

「給我們一點準備時間。」梅肯說。艾德沃放下手中的紙箱，打開門，走進去。梅肯把自己手中的紙箱往上遞給他，然後是艾德沃那兩箱，最後再自己爬上去。他一隻手護著裝備袋，避免被門框碰傷，再拉著門，在身後帶上。

「沒人跟我說我要禁食啊。」她說。

「事情一下子全湧過來，我們也沒想到。」柏頓說。

「這場會面要幹麼，你知道嗎？」

「妳要和上次講過話那個人力資源碰面，加上艾許，那個技術窗口。」

「在遊戲裡面嗎？」

「就某個地方。」

「柯貝爾・皮克。」雖然室內很暗，但她發現他皺眉了。「我們得談談。」

「誰在多嘴？」

「珍妮絲。」

「我們得付他錢，為了康諾。」

「他們知道是他幹的嗎？」

「現在沒人知道了。」

「他們根本就知道，只不過收了錢假裝不知道而已。」

「差不多是這樣。」

「湯米知道嗎？」

「湯米這人，」他說。「得非常努力才能讓自己睜一隻眼、閉一隻眼。」

「這話珍妮絲才說過而已。」

「這局面是我造成的嗎？不是吧？」

「你現在也參上一腳了嗎？」

「我並不這樣看。」

「那你是怎麼看？」

門開了。「白雪公主準備上場。」梅肯宣告，把手中的東西舉高給她看。她覺得那東西看起來像無人機的骨架，只有單片旋轉翼的那種，但更大，而且像是有人為了配合她的頭型，將它彎成橢圓形，機身前端膨起的位置將會套在她額頭正中央。它一點都不像她看過的任何頭冠，不過質材閃閃發光，白得像放在塑膠製聖誕水晶雪球裡的那尊小雪人。

40 屁話大師

沖過澡後，奈瑟頓穿上一件灰色長褲，一件完全跟高領扯不上邊的套頭上衣，再加一件黑色夾克，全都是從艾許準備的衣服中挑出來的。接著輪到擴充亞體進去沖澡。他聽得見水泵抽動輸送的聲音，不免好奇裡頭有多少比例是他剛用過的水。這輛車輛的供水管理機制是為了沙漠探險設計的，艾許警告過他，要他別在洗澡的時候吞下任何水。使用沖澡間的時候，至少會有兩座水泵在運作，一座會抽走所有落下的水流，循環利用。

水聲停了下來。幾分鐘後，艾許現身，後面跟著擴充亞體。它因為沖過澡而容光煥發，彷彿剛出廠的產品。艾許仍然穿著她的誠懇裝，擴充亞體則穿黑色襯衫和牛仔褲。奈瑟頓第一次跟芙林對話時穿的就是這一身，艾許照著芙林當時的穿著準備了這套衣服。

「妳剪了它的頭髮？」他問。

「借用了一下多米妮卡的髮型師。我們讓他看過你們的對話，要我說呢，他對這髮型可崇拜了。」

「它看起來就不像她啊。呃，髮型的話稍微像啦。以前有人做過這種事嗎？我是說斷根裡的人。有人用過擴充亞體嗎？」

「我越是去想這個問題，就越覺得那是會自然而然發生，但沒有，就我所知沒有。連續體的狂熱分子一般來說都行事神祕，而且這種等級的擴充亞體通常是個人私有物，持有人不太會大刺刺公開宣揚。」

「那麼我們要叫芙林怎麼做？」擴充亞體看著他……或許沒有吧，但看起來很像。他不禁皺眉，它別開頭。他壓抑自己想道歉的衝動。

「我們會讓她躺在床鋪上。」艾許說。「在後艙。一開始可能會有平衡感的問題，引發噁心感。她到的時候由我來迎接，我會幫助她適應，接著再帶她出來見你。你待在書桌那兒就好，跟上次她見到你時一樣。這樣能幫她將前後經驗連接起來。」

「不行。我要親眼看，我要看她抵達這裡。」

「為什麼？」

「我覺得自己有某種責任。」他說。

「你是我們的屁話大師，做好分內事就夠了。」

「我不期待妳會喜歡我這個人——」

「如果我對你有一丁點討厭，你一定會知道。」

「妳有洛比爾的消息了沒？」

「沒有。」她說。

洛比爾的印記隨之出現，緩慢地跳動著，發出亮金與象牙白。

41 零

拖車裡所有並非由梅肯和艾德沃帶進來的東西早已準備就緒、各就各位。他們把藍色裝備袋和紙箱裡的東西拿了出來，坐在中國製椅子上的艾德沃正用線材將各種裝置連接到柏頓的顯示螢幕。其中一條纜線延伸到白色的頭冠控制器上，控制器就擺在柏頓床上那條鼓面般緊緊拉撐的軍毯中間。「居然完全沒有無線的東西？」她問。

「這些可不只是一般纜線，整部裝置裡大概有三分之一都是這些。手機給我。」

她將手機交給他，他再交給艾德沃。

「密碼呢？」

「easyice。」她說。「小寫，沒有空格。」

「這個密碼也設得太爛了，連密碼都算不上。」

「我他媽的不過就是個普通人，梅肯。」

「他媽的普通人絕對沒機會碰上妳接下來要做的事。」他笑起來。

「我好了。」艾德沃說。他連接好她的手機，又滑著椅子從桌旁滾回原位。

「燈可不可以調暗一點？」梅肯問道。「雖然妳會閉上眼睛，但還是太亮。不然，我們也幫妳準備了一副眼罩。」

她走向顯示螢幕，在螢幕上揮揮手，將ＬＥＤ燈調得像發情中的青少年自以為有情調那麼暗。

「行嗎？」

「剛剛好。」梅肯說。

「我要怎麼做？」她問他。

「妳就躺在床上，戴上這玩意兒，頭躺成妳舒服的角度。」他指指那個控制器。「然後閉上眼睛。如果有需要我們，我們都在。」

「需要你們幹麼？」

他指指一旁黃色的塑膠桶，上面的海夫提大賣場標籤還沒撕掉。「因為內耳的關係，妳可能會噁心想吐。艾許說那是妳假想出來的內耳，不過我猜她是怕我們聽不懂，所以講得簡單一點。妳有禁食嗎？」

「算是誤打誤撞，但有。」她說。「我現在餓得要命。」

「先去上個廁所。」梅肯說。「然後我們立刻上工。」

「是我要上工才對。」

「知道啦，就是這樣我才不爽。」

「你眼紅這個頭冠是不是？」

「我好奇。妳也知道我就是這樣。」

「不管那是什麼感覺，我都會跟你說的。」

「但事情發生的當下妳沒辦法那麼做，不可能。這東西如果有用，妳會進入誘發性的睡眠癱瘓狀態。」

「就跟我們明明夢見自己在幹些什麼，卻不會傷到自己一樣嗎？」她看過一集《摩登保母》演到類似的內容，那集另外還提到了清醒夢和被噩夢驚醒。

「沒錯。趕快去上廁所吧，時候差不多了。」

她走出拖車後，看見柏頓和卡洛斯站在大約十五英尺遠的地方。她賞他們一根中指，走進廁所，裡頭一盞燈也沒有，她尿尿，在黑暗中祈求自己沒把雪松木屑倒到馬桶坐墊上，再走出來，用點乾洗手，再登上拖車，看都不看柏頓和卡洛斯。她在自己身後帶上門。

梅肯和艾德沃看著她。「鞋子脫掉。」梅肯說。

她坐到床上，梅肯小心地幫她把控制器移到一旁。她脫鞋子時終於能細看這東西。它非常精細，一如她的手機，一如梅肯所有最高端的列印作品，只不過這次用了那種糖果仙女才會有的列印原料。艾德沃調整著柏頓枕頭的位置。「還有其他枕頭嗎？」他問。

「沒了。」她說。「把它對摺吧。他們有給你登入資料嗎？」

「有。」梅肯生出一根小塑膠管，把上頭強安藥局的標誌秀給她看。「這件事一定很酷。」

「每個人都這樣說。」她說。

梅肯在他的指尖塗上鹽漿。

「不要弄到我眼睛。」

他在她額前抹出一道帶著涼意的溼冷，像某種詭異且沒人會喜歡的祝福儀式。接著他拿起控制器。「把頭髮都抓到後面。」她照做，他將控制器套在她頭上。「戴起來可以嗎？」

「還行吧。前面的部分有點重。」

「我們有種預感，正品的重量大概只有一副拋棄式墨鏡那麼重，不過做到這樣已是我們的極限，畢竟時間太趕，又是用『我們的』列印機。有哪裡太緊嗎？」

「沒有。」

「好，所以就是有點重對吧？妳慢慢往後躺，我幫妳抓好，艾德沃會幫妳調整枕頭。可以嗎？躺吧。」

她往後躺，兩腿伸直。

「因為有纜線，」梅肯說。「所以妳的手不能靠近頭跟臉附近，可以嗎？」

「好。」

「我們這裡會準備一份自己的電池，以防萬一。」

「以防怎樣？」

「以防醫生又下更多命令。」

她移動眼睛看向他，看向艾德沃，再看回他。「然後呢？」

他伸出手，握住她的右手腕，捏了捏。「我們都會在這裡陪妳，如果情況看起來不妙，我們就會把妳弄下來。我們自己做了幾臺很基本的監視器，用來監視生命跡象。」他放開她的手腕。

「謝了。我該怎麼做？」

「閉上眼睛，從十五開始倒數。數到十的時候應該會發生震盪。」

「震盪？」

「她是這麼說的，總之別把眼睛打開就是，繼續數到零再睜開。要是我們看到妳睜開眼睛，就表示這東西沒用。」

「好。」她說。「但我說開始你們再開始。」她穩住自己的頭，視線向上，然後向右看：窗戶，位在她身旁的牆上；上方：天花板，燈管在聚合物材質裡發著光；看向腳邊：柏頓的顯示螢幕。以及艾德沃；左邊：梅肯，和他身後緊閉的門。「開始。」她說，閉上眼睛。「十五，十四，十三，十二，十一，十。」

啪。

那顏色像柏頓的觸覺回饋裝置傷痕，但她還能在齒間嘗到那味道。「九、八、七、六——」裝置沒產生作用，什麼事都沒發生。「五、四、三——」她得跟他們說。「二、一、零——」她睜開眼睛。一片平坦的天花板在她眼前展開，整潔閃亮，比拖車裡還高六英尺，整個房間顛倒過來，前後相反，根本是另一個地方。頭冠的重量不見了，她感覺胃被人上下翻了一圈，眼前有雙女人的眼睛，離她很近，視線模糊得好詭異。

她不記得自己有坐起來，不過隨後就看見自己的手。這雙手，不是她的。

「也許妳會需要這個。」女人說，她手中拿著一個鋼製小罐。「不過妳身體裡面除了一點水之外什麼都沒有。」芙林傾身向前，看見罐中晶亮如鏡的圓形底部映著一張臉，不是她的。她愣住了。

「幹。」她說出口時，那雙嘴脣也攏成了這個字的形狀。「這他媽的是怎麼回事？」她快速從床鋪起身，發現那不是床，而是牆上伸出的壁架，還襯了軟墊。她長高了。「有點不對勁。」她聽見自己這麼說，但聲音不太一樣。「顏色——」

「妳現在收到的是人形無人機的輸入訊號。」女人說，「遙現用的替身。妳不必刻意控制它，自然行動就好，我們還要校正一下。梅肯的裝置雖然不夠完美，但能用。」

「妳認識梅肯？」

「算是。」女人說。「我是艾許。」

「妳的眼睛——」

「隱形眼鏡。」

「也太多顏色了——」她指的是自己的視線。

「抱歉。」女人說。「我們忘記這點了。妳的擴充亞體是四色視覺體。」

「什麼東西？」

「它視覺裡的感色範圍比妳自己的還廣。不過我們找到視覺設定了，正在把它加進校正項目中。碰一下妳的臉。」

「梅肯叫我不要這麼做。」

「這不一樣。」

芙林舉起手，想都不想就撫摸了自己的臉。「靠——」

「很好，校正結果生效了。」

她再摸一次，這次用雙手。感覺就像用某種並不真的存在的事物觸摸自己。

她抬頭看。天花板是淺色的拋光木板，充滿光澤，圓形的扁平小金屬燈座鑲嵌其中，正在發著微光。房間很小，高度長於寬度，內部空間比清風牌拖車還細窄。牆面也是同樣質地的木頭。房間最尾端有道細瘦的門，門是開的，有個男人站在一旁。他穿著深色襯衫與夾克。「哈囉，芙林。」他說。

「人力資源的。」她認出他來。

「看來妳不需要這個了。」那個叫艾許的女人說，並將鋼罐放在芙林剛剛醒來的壁架軟墊上。這應該叫醒來或抵達呢？「妳現在想跟梅肯通個話嗎？」

「怎麼做？」

「用手機。他很擔心。我向他再三保證過了，不過如果妳們能直接對話，應該更有用。」

「妳有手機？」

「當然。」女人說。「妳也有。」

「在哪？」

「我不確定，不過這不重要。看著。」

芙林看見視線中出現一個小小的圓圈，像持章者地圖上的徽章。圓圈是白色的，裡面是一張動圖，上頭有隻用線條畫成的羚羊之類的動物，正在奔跑。她移動雙眼，這個含有動圖的圓圈也會跟著移動。「那是什麼？」

「就是我的手機，妳也有一個。我已經接通梅肯了，現在我要開啟顯像流——」

第二個圓圈在動態圖的右側展開，更大一些。她看見梅肯坐在柏頓的顯示螢幕前。「芙林？」他很疑惑。「那是妳嗎？」

「梅肯！這真是太誇張了！」

「妳剛剛在這裡做了什麼？我是說我們動手之前？」他的表情認真。

「你是說我剛剛去尿尿嗎？」

他咧嘴笑起來。「哇塞……」他一邊搖頭一邊咧著嘴笑。「我們這裡變成他媽的任務控制中心了！」

「他看到的是我的視線。」艾許說。

「妳還好嗎？」梅肯問。

「大概行吧。」

「這邊的妳情況很好。」他說。

「我們會把她送回去你那邊，梅肯，」艾許說。「但得先和她談談。」

「隨便叫個誰去屋子裡幫我拿份三明治。」她告訴梅肯。「我肯定會餓死。」

梅肯笑起來，點頭，接著畫面收縮，消失得無影無蹤。

「我們可以到我辦公室裡談。」男人說。

「還沒。」艾許說。她觸摸淺色木頭牆面，其中一塊向側邊滑開，沒入牆中。裡面有馬桶、洗臉槽、淋浴間，清一色鋼製，還有一面鏡子。芙林移動到鏡前。「我的老天。」她瞪大眼睛。「她是誰？」

「我們不知道。」

「這是一部……機器嗎？」她觸碰了這個……人。她的肚子、她的胸部。她看著鏡子。這是《北風行動》中那個法國女孩嗎？不對。「這一定是某個人。」她說。

「是的，」艾許說。「不過我們並不知道身分。妳現在感覺如何？」

芙林碰了碰鋼製水槽。這是別人的手，她的手。「我可以感覺得到。」

「想吐？」

「不是。」

「暈眩？」

「不是。她為什麼要穿著跟我的襯衫那麼像的衣服？但這明明就是絲之類的布料做的，上面還有我的名字。」

「我們不想讓妳覺得太陌生。」

「這是哪裡？哥倫比亞？」她清楚聽見自己說出那句她本來就不怎麼相信的話。

「這是我的部門，或可以這麼說。」她身後的人力資源男開口。奈瑟頓，她想起來了。他是維伏·奈瑟頓。「過來我辦公室吧，比較寬敞一點。我會盡量回答妳的問題。」

她轉身看見站著的他，眼睛瞪得比她印象中還要大些，像某個見了鬼的人。

「好。」艾許說，並將手搭在芙林肩上。「請吧。」

那是她的手，芙林想，但那又是誰的肩膀呢？

她讓艾許領著走。

42 肢體語言

艾許帶著芙林走向奈瑟頓時，他發現芙林完全改變了擴充亞體原本的肢體語言。擴充亞體的軀體裝進她之後，那張臉變得既不是她，又像是她。他發現自己居然倒著走進僅有肩寬的廊道裡，慢慢退離戈壁大冒險中最小的艙房。由於內心至少有一部分被恐懼占據，他不想將視線移開她身上，因此無法轉過去。

之前艾許向他解釋過，在ＡＩ控制下，擴充亞體之所以能表現出人味，是因為它們的臉從來不是完全靜止，它們會在程式的控制下持續做出不斷變換的微表情。她說，要是缺乏這一點，它們就會成為某種讓人感到極度不安的東西。而芙林現在為擴充亞體添加了屬於她個人的微表情，製造出非常不一樣的效果。「沒事的。」他聽見自己說，但不知道是說給自己還是給她聽。這比他預期的更加詭異，像某種不可思議的降生，或神蹟降臨。

他一路後退，回到艾許帶來的那瓶花的香氣之中。艾許已經請歐辛拿走列夫祖父的顯示螢幕和行李，她認為這些東西有些多餘，對空間裡的「動線」無益，因此房內的擺飾只剩下那瓶花，放在離兩張小型扶手椅最近那張書桌桌面的最裡。兩張椅子是艾許從藏在地板下的暗口中拉出來的，模樣讓他想起洛比爾車上的座椅。不過這兩張比較整潔光滑，完好如新。

「這是為妳準備的，」艾許指的是那些花。「因為我們無法幫妳準備任何食物或飲料。」

「我他媽快餓死了。」芙林說。那個口音是她的沒錯，但聲音跟他印象中不一樣。她看著艾許。

「難道是我的錯覺？我——」

「自律神經的滲透反應。」艾許說。「那是來自妳本體的餓，擴充亞體不會有這種感覺。它既不用進食，也沒有消化道。妳聞得到嗎？花的氣味。」

芙林點頭。

「看到的顏色有沒有正常一點？」

芙林猶豫了。她緩慢地深吸兩大口氣。「剛剛還會不舒服，現在好了。我在出汗。」

「那是因為它的腎上腺素分泌過剩，下次轉換就不會這麼不舒服。畢竟妳才第一次使用，除了讓妳趴下、閉上眼睛、空腹之外，我們沒有其他能減緩妳不適的方法。」

芙林緩緩轉身，仔細環顧著房間。「我在這裡見過你。」她對奈瑟頓說。「那時候房間的品味看起來也是這麼糟糕，但我記得空間應該更大。那個天井在哪兒？」

「在別的地方。坐嗎？」

她忽視他的提議，逕自走到窗邊。他和艾許對於是否要拉起窗簾曾有不同意見，最終，艾許還是把歐辛叫進她在車庫角落的工作室，讓窗簾保持敞開。因為車庫裡毫無人跡動靜，拱門都黯淡至最低限度的光芒。芙林稍稍傾身，向外探視，此時最近的一道拱門感應到她的動作，閃起微弱的綠光。

「這是停車場？」她一定是看見列夫祖父的那些車了。「我們是在一輛RV裡嗎？」

「一輛什麼？」奈瑟頓問。

「露營車，休閒用車。」她轉動著頭，試圖將更多事物捕捉進視野。「你們把辦公室設在RV

裡？」

「是的。」他有點不明白為何這件事讓她如此驚訝。

「我來的時候人也在一輛『拖車』裡。」她說。

他想起，這個字也指「宣傳片❿」。「不好意思，我不太懂？」

「活動房車的意思。」艾許說。「請坐，你們兩位都請坐。我們會盡量回答妳的問題，芙林。」她坐下，將另一張離花瓶最近的椅子留給芙林。

奈瑟頓坐在金紋大理石桌後面，為桌面紋路的浮誇黑幫風格感到尷尬。

芙林看了最後一眼窗外，先是搔了搔後頸，才坐上剩下的那張椅子。奈瑟頓無法想像原來擴充亞體也能做出這種動作。她彎曲身子，整個人坐上去，膝蓋高高抬起，雙腳大開。她傾身向前，抬起手仔細端詳起指甲，再搖了搖頭。接著，她抬頭看他，放下手。「我以前常玩一款遊戲，」她說。「我玩是因為我需要那筆錢。雇主是個有錢的男人，他叫我們在遊戲裡對抗的另一個男人完全是個爛咖。但那只能算意外，是我運氣不好而已。對他們兩個來說，玩遊戲純粹只是嗜好，目的並不是為了賺錢，跟我們這些需要賺錢的人不一樣。這些有錢的混蛋……他們還會互相打賭誰能贏。」她說這些話時直盯著他。

他那一嘴油腔滑調，那永遠可靠的說客話術，不知怎麼在這種情況下全都只能收在心裡，默默打轉，完全施不出力氣。

---

❿ 芙林提到「拖車」時用的是trailer這個字，這個字也有電影預告片的意思。

「妳說你們不是藥師，」她看向艾許。「說你們算是在幫一款遊戲做保全，但如果這是遊戲，為什麼會有人派那幾個人來殺我們？不只是殺柏頓而已喔，是殺我們全部人，連我媽都算在內。」她再次轉回來看著他。「而且你又怎麼知道樂透的中獎號碼會是哪一組呢？奈瑟頓先生？」

「叫我維伏就好。」他說，真心覺得這名字念起來不像名字，比較像一聲氣氛尷尬的「咳」。

「我們並不知道。」艾許說。「所以妳的表哥得先買張彩券。妳哥哥把號碼報給我們之後，我們才插手介入彩球抽選機制，讓他的號碼變成中獎號碼。這不是什麼預知魔法，我們只不過是掌握了高超的運算處理速度，沒別的了。」

「你們派來的那個克蘭頓律師又怎麼說？提著滿滿都是錢的手提袋。你們也幫他中樂透了嗎？」

「沒有。」艾許說。她當下焦躁地看著奈瑟頓，像是示意說他才是應該處理當前局面的人。而他也的確是。

「這裡呢，」他說。「不是妳的世界。」

「那這裡是哪裡？」芙林說。「遊戲裡嗎？」

「是未來。」奈瑟頓說，但心裡覺得荒唐得不得了。出於衝動，他又補充了年份。

「那怎麼可能。」

「但又不是妳的未來。」他說。「我們彼此接觸的時候，妳的世界，或說妳的宇宙，或什麼都好——」

「連續體。」艾許說。

「——就已經往另一個不同方向前進了。」他把句子說完。他這輩子從來沒說過聽起來這麼荒謬的話，即便就他所知，這的確是事實。

「怎麼辦到的？」

「我們也不知道。」他說。

芙林不禁翻白眼。

「我們就只是存取某一部伺服器，」艾許說。「卻對這部機器一無所知。聽起來很扯，也很像是我故意不說清楚，但我們不過是在做其他人也會做的事……應該吧，」然後她看著奈瑟頓。「不像你們這兩個有錢的混蛋。」

「你們為什麼要僱用我哥？」

「那是奈瑟頓的意思。」艾許說。「也許該讓他解釋，他今天安靜得有點不尋常。」

「我只是覺得這麼做可以逗某個朋友開心——」他開始解釋。

「開心？」芙林皺眉。

「我完全不知道會發生這種事。」他說。

「這話倒是真的。」艾許說。「他當時陷入一個他遠遠無法想像的混亂當中，為了討好某個他正在糾纏的女人，就把妳哥哥的保全服務當作大禮送出去。」

「但是這樣討好不了她，」奈瑟頓說。「所以她將妳哥哥，應該說妳哥哥的服務轉送給她姊姊。」

他感到自己正在急速下墜，所有說客能力已棄他而去。

「妳目擊的狀況『可能』就是她姊姊的謀殺案。」艾許對芙林說。

擴充亞體的兩眼張大。「所以那是真的？」

「只是『可能』嗎？」奈瑟頓質疑。

「她目擊了某件事，」艾許對他說。「但是我們沒有證據證明她到底看到了什麼。」

「那東西把她吃了。」芙林說。她額前滑下一滴汗珠，溜進眉毛。她翻轉前臂，用手背抹去汗水。他也想不到擴充亞體能做出這種動作。

「妳想，無論從虛擬或實際的角度來看，」艾許對她說。「妳能出現在這裡都是件非常不可思議的事，那麼，對於我們的能力還不足以知道妳看見了什麼，應該多少能夠同理吧。」

「妳越這樣講，她會越困惑。」奈瑟頓說。

「我正在試圖讓她適應這一切，這件事你打從一開始就沒做好。」

「我們在哪？」芙林再次追問。

「倫敦。」奈瑟頓說。

「遊戲裡？」她問。

「這從來就不是遊戲。」他說。「我們這樣跟妳哥哥說，是因為這樣最省力。」

「確切來說，」她指著這個車廂。「這東西現在所在的位置是哪裡？」

「一個叫諾丁丘的地區。」艾許說。「我們在某棟房子底下的車庫。事實上，是在好幾幢連棟房子底下。」

「就是有那些高塔的倫敦？」

「碎片大廈。」奈瑟頓說。「它們叫碎片大廈。」

她原本還用醜怪的姿勢坐在椅子上，此時卻站了起來。於是擴充亞體的身軀張開那苗條的身形，突然散發出一股強而有力的優雅氣質。她伸出手指著，「門外是什麼？」

「車庫。」艾許說。「收藏著好幾輛有年代的老車。」

「門鎖著嗎？」

「沒有。」艾許說。

「外面有什麼東西可以讓我相信這裡是未來？」

「我讓妳看這個吧。」艾許站起來，衣服上的硬挺質材皺起。她從內手腕拉起兩袖的拉鍊，直至手肘，接著快速地捲起袖子。她手上那些線條圖畫開始竄逃。「牠們陷入恐慌了，」她說。「因為牠們不認識妳。」她再將手抬到頸部的凹陷處，拇指勾住衣服中央那道拉鍊的鋁環，拉下來，露出精緻的懸托式黑色蕾絲胸罩，下方擠了一群因為嚇壞而群聚的絕種動物，牠們身上的黑墨色線條擠壓成一團，襯出她散發亮澤的蒼白膚色。可能因為看到芙林，動物再度開始竄逃。奈瑟頓推測應該是逃到背部了。艾許拉起上衣拉鍊，再重新整理好袖子。「這樣妳信了嗎？」

芙林盯著她，輕輕地點頭。「我現在可以出去嗎？」

「當然。」艾許說。「還有，這並不是隱形眼鏡。」

奈瑟頓此時才想起，自從芙林站起來他就沒移動過身子，搞不好連氣都沒吐一口。他把自己從書桌上推起來，手掌攤開在金紋大理石面上。

「我又該怎麼確定這不是遊戲？」芙林問。「我玩過的遊戲至少有一半都是設定在某個未來。」

「玩這些遊戲讓妳賺很多錢嗎？」奈瑟頓問。

「免費的我才不幹。」芙林說著，邁開步伐走向門口，推開門。

剛剛為了努力表現出壓過艾許的氣勢，他壓在桌角上的大腿有些瘀痛。芙林站在舷梯最上層，抬頭看著離他們最近的拱門，拱門的細胞感應到她的存在，發出亮光。

「那是什麼？」她問。

「這是根據海洋動物的身體構造設計的，靠動作感應。」

「我哥戰鬥的時候也會穿一種烏賊裝，是模仿墨魚做出來的變色迷彩服。那是什麼？」她朝著舷梯下方左側，指向那具龐大的白色人形肌力重訓外骨骼。

「那是妳的。」

「我的。」

「應該說妳的擴充亞體的。那是一件訓練裝置，可以穿戴。」

她轉身面對他，手掌平攤在他胸膛，輕輕一推，好像要測試他是否真的存在。「真不知道我到底該不該尖叫一下或什麼的。」她說，笑了起來。

記得呼吸，他提醒自己。

43 要爆了

她用巨大的硬殼白皮麵包夾著配料，塞得滿口都是豬里肌肉和蒜味美乃滋。「小心噎到。」坐在一旁柏頓床鋪上的珍妮絲出聲提醒。「不管妳今天幹了什麼大事，這種吃法都會樂極生悲的——水？」她遞給芙林一罐黑色瓶身的《蘇凱27》瓶裝水。

芙林大口吞著里肌肉，灌下一些水，再將水瓶交還回去。「那就是一具身體。」她說。「裡面有內建的電話，很像微視，不過是裝在身體裡的某處，開關和選單都用嘴巴上顎，就像鍵盤一樣。」

「看來妳的舌頭比我靈活多了。」

「他們舌尖上裝了一塊超小的磁鐵。」她後來又重新數到零，這次只感受到輕微的震盪，等她睜開雙眼，人已經在清風拖車裡了。她頸部僵硬，看著頭上的柏頓、梅肯、艾德沃以及珍妮絲，這輩子好像從沒這麼餓過。

「妳還要再過去嗎？」珍妮絲此時問她。「今天晚上？」

芙林又猛咬一口三明治，點點頭。

「那妳現在可能不要整個吃掉比較好。他們之前都說擔心妳會吐了。」

芙林咀嚼著，吞下。「那是第一次才會，常用的人早就習慣了。我得吃東西，我得在那邊待久一點才行。」

「他們為什麼要叫那東西『擴充亞體』?」

「大概因為那像是擴充裝置吧,電腦配件之類的?」

「它是完全按照人的生理構造做出來的嗎?」

「我沒想到要確認這件事。」

「要是海夫提大賣場開始賣那種東西,什麼熱賣貨全都要靠邊站了,可能連復古飛行模擬遊戲也要再見,大概只有老人跟教會的人不為所動。妳覺得麥迪森操縱得了這東西嗎?」

「我猜他行。」

「梅肯給我看過螢幕擷圖。他們幫妳找的那副身體,就算在床上吃餅乾也不會有人敢踢它下去,」珍妮絲笑起來。「而妳居然還能裝沒事地跟柏頓他們說『少女需要一點時間靜一靜』,真服了妳。」

「我他媽真的需要好嗎。」芙林說。

「妳不會相信那真的是未來吧?」珍妮絲問。她擺出一副撲克臉,完全看不出她真正想說的是什麼。

「要不然就是我徹底瘋了,妳的意思是這樣嗎?」

「差不多吧。」

芙林把吃剩的三明治放在珍妮絲帶來的塑膠盤上。「搞不好真的是瘋了。那時候已經是晚上,我們搭電梯上樓,進到一棟超大又豪華的老房子,然後走到房子後面一塊圍了牆的露臺,那裡有兩隻塔斯馬尼亞虎。」

「絕種動物耶。」珍妮絲說。「我有在《摩登保母》看過那種動物的CG。」

「不過那兩隻不是真的,他們是拿塔斯馬尼亞惡魔的DNA去改。我還聞得到一些沒聞過的花香和泥土味，也聽得到鳥叫聲。那時明明天色黑得差不多，鳥都應該睡了，有夠奇怪。」

「哪裡奇怪？」

「聽見鳥叫啊，我們是在都市裡耶。那裡太安靜了。」

「可能因為時間很晚。」

「但那種安靜的程度其實就跟這裡的晚上差不多。」

「所以妳覺得那到底是什麼？」

「如果那是遊戲，肯定不是普通的遊戲。搞不好是全新的平臺，這樣就說得通為什麼錢這麼多了。」

「但這能解釋他們怎麼控制州樂透彩嗎？」

「他們說那不是遊戲，卻跟我說是未來，而且正確來說不是我們的，因為打從第一次接觸開始，我們這裡就被他們搞亂，所以我們的時間會往其他方向走。」

「往哪裡？」

「他們也說不清楚。那跟電視上演的時空旅行不一樣，旅行的只有資訊，來回傳送。這裡過一分鐘，那裡也會過一分鐘。要是我等一個星期以後才過去，那裡的時間也會是下個星期。」

「做這種事對他們來說有什麼好處？」

「不知道。那棟房子的主人叫列夫，不過實際上是在他老爸名下，所以他做這種事可能就跟杜懷特用《北風行動》賭博一樣吧，是有錢人的小嗜好。他付錢給艾許和維伏和一個男的，讓他們幫他經營、打理各種細節。不過那個維伏為了某個女人把事情搞砸了，結果讓其他人闖進我們這個世界，從田納西雇了那幾個已經掛掉的傢伙來殺我家人。」

珍妮絲瞪大雙眼，大到不能再大。「我腦袋要爆了。」

「我沒那麼好命，就算想爆也不能爆。」芙林說。「不管這到底怎麼回事，都停不下來了。這裡面有很多可以動手腳的部分，而我哥覺得他可以操縱它。他正在和柯貝爾・皮克談交易，也在和列夫那些人談條件，談的事和我有關……也不是說都和我有關，但我是目擊那個王八蛋的人，而且可能是唯一的人。」

「那麼現在要做的第一件事，」珍妮絲捏了一把芙林的手。「就是讓妳也有資格決定後面的事情要怎麼進行。」

44 困難得教人欲罷不能

少了芙林之後，那具擴充亞體占用的空間好像也變少了。它坐在她之前坐的位置，盯著傾身靠在桌緣的列夫看。「過程很順利。」他說著，眼神依序掃向奈瑟頓和坐在另一張扶手椅上的艾許。「她，對吧？」

「我之前跟洛比爾提過了，」奈瑟頓說。「她同意花點時間出去外面繞繞可能不錯。」事實上，提出這個建議的是洛比爾，但芙林來訪的過程太順利，讓他不禁覺得自己占了點功勞。芙林原本就堅持要外出，奈瑟頓只不過剛好往艾許花瓶的方向看過去，於是便提議到花園走走。他們在花園裡遇見列夫，他正帶著高登和恬娜，讓牠們將花了大把錢改造出來的DNA噴灑在玉簪花叢之間。

「對，」列夫向他回了個眼神。「洛比爾在你們從樓下上來的時候打給我。」

「她還會再來。」艾許說。

「洛比爾嗎？」奈瑟頓問。

「你的幽靈女孩。她已經對我們感興趣了，不過她還不打算去做我們建議的任何事。」她看著奈瑟頓說。

「的確。」

「我還以為你很擅長操控別人。」艾許說。「老實說，我還沒機會看你表現。」

「這要看狀況。」奈瑟頓說。「結果又不可能每次都如意。事實上，我發現妳滿擅長做這件事的嘛。」

「別鬥嘴了。」列夫說。「艾許懂得很多，而你是高度專精某項技術，我覺得你們這樣挺好的。」

「我的難處是我知道的情況不完整。」奈瑟頓說。「除非你告訴我洛比爾想完成哪些事，還有她的意圖是什麼，否則我不知道該怎麼進行下去。」

「她打給你時說了些什麼？」列夫問。

「我告訴她，我認為最好告訴芙林這不是遊戲，而她同意我應該就我所知範圍，向芙林說明什麼是斷根。但我發現，我理解的內容其實根本和你差不多。說實話，你真的不知道這部伺服器的原理跟所在地嗎？」

「完全不知道。」列夫說。「我們認為它在中國，或者至少是在某個中國人手上，但都只是假設。除非那些連續體早就存在，而且數量真的是無限個，否則就代表某人擁有一部裝置，可以與過去進行雙邊傳送與接收資訊，而且只要一開始有這種行為，就會產生連續體。不過這也只是理論而已。無論伺服器的原理是什麼，它都經過極大量的加密，就算在幾個經驗老道狂熱分子的幫忙下，艾許和歐辛也花了好幾個月才找到連上伺服器的方法。」

「困難得教人欲罷不能。」艾許說。

「可是，」奈瑟頓追問，雖然並不期待能得到意義明確的答案。「洛比爾到底要做什麼？」

「她想知道艾葉莉塔發生什麼事，以及出事的原因。」列夫說。「還有兇手是誰。」

「如果你這麼熱中追求欲罷不能的難題，」奈瑟頓說。「那假設黛卓和她的同夥們知道真相，你去向他們要答案，應該能給你同等級的難度。不過這種事我可不想參一腳。」

於是列夫看了看他，但他不喜歡那個眼神。

45 那一邊

「我跟柏頓談，」芙林告訴珍妮絲。「妳去跟梅肯說。我們現在就要量頭圍，然後印出來。」

「親愛的，認真告訴我，妳把他弄過去到底要幹麼？這根本是把他調到完全不同的部門。」

「這樣我才不會落單。況且我需要見證，需要有人確認我看到的一切，必要的時候我們也能兩個人一起去抗衡柏頓。」

「就是這樣妳才沒有把柏頓當成第一人選嗎？」

「大概吧。我也只是有招出招而已，珍妮絲。」

「妳的確是。」珍妮絲說。

芙林轉身，伸手去抓門把。

「等一下。」珍妮絲說。「服裝部上工。」她快速翻著柏頓整理得整齊過頭的吊衣桿。吊衣桿橫在清風拖車的前端，上面掛的大多是破破舊舊的衣服，全部朝向同一面，清一色用了海夫提大賣場的同款衣架。珍妮絲拉出其中一件，長長的下襬閃著亮銅棕色。那是柏頓去年冬天在戴維司維爾的綜合格鬥大賽贏來的袍子，防撕裂尼龍材質，鑲著褐紅色翻領，整個背部列印著一隻張喙長鳴的美國老鷹，就像拳擊手的袍子。她很驚訝他還留著。「太適合了。」珍妮絲說著，張開袍子展示給她看。

「這件？」

「妳剛去過未來吶，親愛的。或至少某個他們說是未來的地方，這可是大事。」

「太大件了吧。」芙林對袍子聳肩，表示不同意。

珍妮絲用袍子服服貼貼地將芙林裹住，綁上褐紅色腰帶，再稍微調整一下結。「感覺就像妳在身上貼了某位陸戰隊格鬥大師的皮。我們至少能為妳做這個。」

「好吧。」芙林說。「但妳得跟梅肯說好，可以嗎？」

「我會的。」

芙林轉身，努力挺起那副迷失在柏頓袍子裡的茫然肩膀，打開門。一陣掌聲爆出。

柏頓就站在那兒，因為門打開整個人亮起來。他身後是梅肯和艾德沃、里昂、卡洛斯。里昂還勾起兩根指頭吹著口哨。

「看來這裡沒什麼變化嘛。」她說，走下階梯。

「事情總會變的。」梅肯說。「還記得吧？我能看到那邊的妳。」

「他們還有事情要你做。」她告訴他，同時聽見後方珍妮絲也走了下來。「珍妮絲會跟你說。」她看著其他人，發現自己完全不曉得他們任何一個人對發生這些事的想法，她連自己怎麼想的都不確定。「柏頓和我有話要說。」她說。「麻煩讓一下。」她走上小徑，他跟上她時則停下來。

「妳準備好要談這些事了嗎？」他悄悄地問。

「之前是說不出來，後來是忘記要說，因為我根本沒辦法思考。那東西影響了我的腦袋。」

「梅肯說妳去了某個地方，說他在手機上看到妳。是哪？」

「不是哥倫比亞。他們說那是未來，在倫敦，也就是我們在遊戲裡看到的地方。」

「那妳自己覺得是哪？」

「不知道。」

「如果妳人在拖車裡，梅肯怎麼又會看到妳在別的地方？」

她看著他罩在月光下的臉。「梅肯看到的我，是某具類似機器人的身體，但感覺像真人。有點像無人機，只不過你不需要顧慮怎麼操作。他們把我在拖車裡戴在頭上的東西稱為神經斷流器，它能讓你在用擴充亞體行動時自己的身體不會有反應。」

「用什麼東西行動？」

「『擴充亞體』。那是他們的稱呼，就是那具身體。」

「他們是誰？」

「艾許。她就是你第一個說到話的人，雇她做事的人叫列夫。我猜他是俄羅斯人，不知道是不是英裔俄國人。他在英國長大。」

「他們說自己在哪個年代？」

她回答他。

「七十年之後？看起來有什麼不一樣？」

「你自己也看過了。」她說。「不太一樣，不過差別不大。還是說，有可能已經完全不同，但表面上看不出來？」

「妳相信他們嗎？」

「他們的說法很像回事。」

「他們錢很多。」這句話不是問句，但她聽得出他不希望聽到她回答這不是事實。

「就我所知，多到可以他媽的壓死你，但那些錢沒辦法在這裡流通。他們正在弄清楚怎麼把手伸進這邊的買賣。」

「他們能這樣玩，是因為能在事情發生之前就知道會發生嗎？」

「他們說不是這樣運作的。他們可以在那邊花錢，找那個世界的人去研究在這邊賺錢的方法，再派冷鐵的律師在這邊執行。那邊的資訊可以對這裡造成影響，但他們並不知道我們的未來。他們不需要知道我們的未來，也能在市場上大賺一筆，因為無論他們需要知道我們任何一天發生的任何事，都有辦法找到。他們的時間就是剛好快我們七十年。」

「了解。」他說。她不確定自己在他眼神中看到的是陸戰隊展開行動時的迅速、激烈、強硬，或是屬於他自己那套所謂觀察事情的正確方式。總之他這樣就接受了，直接略過那些瘋狂的部分，繼續往前、且戰且走。她知道這有多不尋常，也了解那大約就是他這個人的本質。而在那一瞬間，她突然想知道自己會不會剛好沒有這些特質。

「我們跟著錢走。」他說。「他們能從這之中得到什麼？」

「這就是亂七八糟的部分了。」

「妳不覺得事情早就一團亂了嗎？」他的眼睛瞇了起來，好像正打算要笑她。

「對列夫來說這就跟遊戲差不多。我們不是他們的過去，因為他們已經對這裡產生影響，所以我們會往別的方向發展，不論是我們現在或之後發生的事都影響不到他們的世界。不過他們意外扯上一椿鳥事，於是整件事就亂了套，因為那邊有個女人被殺，而這件事剛好讓我看見。不管那樁謀殺為的是什麼，反正我看見的那個男人知道那女的即將被殺，於是他把那女的拋出陽臺，讓那玩意兒吃掉她。正因為這樣，那邊有其他人也闖進了這裡。」

「這裡？」

「就是現在，我們的時代。」

「誰？」

「從曼菲斯雇了那些殺手來殺我們的人。」

「可是這個列夫為什麼還要管這件事？他就是老大對吧？還有他出場的份嗎？」

「我不知道，所以我現在要回去找真相。」

「現在？」

「讓我先好好拜訪一下沖水馬桶，之後就能立刻再戴上那頂白雪公主帽。珍妮絲剛才給了我三明治和一些水，讓我的身體在過去時不會餓死，這樣就有更多時間可以利用。聽好，我不要你做任何事，好嗎？事情已經夠複雜了。你最好把每道門都鎖起來，守得死死的，除了我們最親近的那幾個，別讓任何人進到我們家的土地。我們知道的事還不夠多，展開任何行動都太早。」

他看著她。「Easy Ice。」他說。然後她便看見了，月光下，一陣顫動竄過他臉，那個觸覺回饋裝置後遺症，但隨即消失。

「康諾在哪兒？」她問。

「在他家。」

「很好，」她說。「盡量讓他待在那兒。」

「去見妳的馬桶吧。」他說。「沒人攔妳了。」

46 景色

艾許讓擴充亞體重新斜靠在後艙的床位上，調整了燈光。當它張開眼睛時，奈瑟頓就在一旁看著。

「好。」這是芙林的第一句話，接著才說：「還不算太差。」

「歡迎回來。」列夫的頭從奈瑟頓肩後探出。

「還有四色視覺的問題嗎？」艾許問。

「我已經忘記那是什麼感覺了，」芙林說。「只知道我不喜歡。」

「試著坐起來看看。」艾許建議。

芙林坐起身，把頭髮甩到一邊，伸手去摸，接著整個人定住。

「這是我的髮型。之前在這邊照鏡子時看過，但那時根本沒心去想。這是你們故意做的嗎？」

「造型師很讚賞妳的髮型，」艾許說。「我想他應該會把它偷學下來。」

「卡蘿塔剪的，」芙林說。「沒人比她更厲害。她人在馬里亞納群島，不過我們那裡的海夫提髮廊有張她的機器理髮椅，可以隨時跟上流行。」

「所以你們已經會使用遙現了。」列夫說。

「在我們那種蠻荒的年代，」芙林站起身，給了他一個奇怪的表情。「這件事就只是『剪頭髮』。」

「我們有個東西，妳應該會想看。」站在奈瑟頓身後的列夫說完這句話，隨即轉身，沿著走廊走了出去。奈瑟頓拘謹地對她笑笑，也跟上了列夫。艾許則跟在他後面。

「你的狗在哪裡？」芙林問。她走在最後，聲音響徹貼了木板的窄廊之間。

「在樓上。」她追上他們時，列夫轉過身這麼說。

奈瑟頓看著她到處東摸西碰，伸出單指滑過如玻璃似的木板表面，用指節輕輕敲著鐵製的把手，大概在測試擴充亞體的感官吧，他猜。

「我喜歡牠們，」她說。「我看得出牠們不屬於狗的特徵，可是又跟狗很接近。」她碰了碰自己的黑色長褲。「為什麼這些衣服摸起來都像瑜珈褲？」

「因為它們沒有接縫。」艾許說。「褲子外面的縫線是傳統性的裝飾。這些衣服都由裝配工幫妳訂做，全是一體成形。」

「所以是列印出來的。」芙林說。「我沒有冒犯的意思，不過，如果妳說妳沒戴隱形眼鏡，那妳的眼睛是因為某種生理缺陷嗎？」

「是改造。」艾許說。「有種很神祕的病症叫『雙瞳』。雙瞳通常會被描述為擁有兩個虹膜，不過我選擇把它做得更具體一點，所以妳可以說我的眼睛算是一種視覺上的雙關。」

「看東西時會不一樣嗎？」

「我很少用到下面那對眼睛，不過它們可以辨識紅外線，所以在黑暗中滿有趣的。」

「妳不介意我問這些問題吧？我不懂這邊的情況怎樣，也許妳生來就是如此，或者是因為信仰或其他原因，這些我都不懂。不過那些跑來跑去的刺青，我多少可以理解。」

「我不介意，」艾許說。「儘管問吧。」

「我現在穿的這個東西，手機到底裝在哪裡？」芙林舉起了她的雙手問。「我之前有跟朋友提到這件事。」

「我可以跟愛馬仕確認。」列夫說。「不過那些零件都很小，也很分散，某些還是生物性的，要是沒有先確認過醫療紀錄，我應該也沒法告訴妳我自己的在哪裡。我某個表弟之前有些零件發炎，得換掉，就在頭骨底部，不過它們其實可以裝在任何地方。」他斜撐在桌子的邊緣。「我們帶妳看一下現在的倫敦如何？這棟房子上方有架直升機飛行器，類似妳之前幫我們操作的那架……我建議妳坐下比較好。」

「我可以操縱它嗎？」

「讓我們帶妳看看這裡的景色吧。」列夫說，滿臉笑容。

她看看列夫，看看艾許，再看看奈瑟頓。「好吧。」她說，坐了下來。

艾許在另外一張椅子坐下，奈瑟頓則和列夫一起坐在桌邊，慶幸自己不用再站在擴充亞體後面，省得再去面對它那會在心理上造成壓制和恐嚇的能力。「妳這次回來似乎沒那麼震驚了。」他對芙林說。

「我迫不及待想回到這裡。」她說。「但不代表我一定會相信你們說的這些事，明白嗎？」

「當然。」列夫說。

艾許故意對著奈瑟頓一陣假笑，灰色眼眸裡帶著雙倍犀利，奈瑟頓突然意識到自己臉上的傻笑有多蠢。不過艾許隨後轉過頭去跟芙林說話。「妳現在看到的是我的印記。」她說，芙林點點頭，奈瑟頓也看到了同樣的印記，接著列夫的也出現，還有芙林的，她的印記沒有任何特徵。「我現在要打開一道完整的雙眼視覺顯像流。」艾許說。

房間消失了，取而代之的是倫敦市區白日上午的空中展望，霧氣瀰漫，尖銳的碎片大廈整齊地矗立其中，散在這座城市緊密而錯綜複雜的街道間。由於其中開闢了幾條他孩提時曾經行走其間的綠廊，並系統性地剷除那些被認定平庸的建築，讓新生的森林長得既濃密又蓊鬱，緩解了街道過度稠密的壓迫感。有幾條河正在開挖、清理淤泥，河上覆蓋的玻璃模糊地反射陽光。他看到泰晤士河上的浮島正在重新調整彼此的排列順序，島下的螺旋葉片順著流向將島調整更適宜的位置，以便吸納河流的動力。

「靠……」芙林說，顯然大開眼界。

艾許駕駛飛行器領著他們往漢普斯特德前進。奈瑟頓十歲的時候，父母親曾帶他到那裡參加某個同學的派對。那時他們鑽進一道埋在鑄鐵長椅下方的黏土製排水管，在裡面度過整個下午。水管裡掛滿迷你的彩色燈籠，穿著戲服的老鼠們在裡面唱歌、跳舞，上演著胡鬧的決鬥戲碼。他那天用的人造小人雙手粗糙且半透明，活脫就像垃圾島族的手。他想到這件往事的當兒，艾許正在向芙林解釋整治後的河川會如何轉動水車，但之前的歷史、往日的時光、黑暗的日子，她隻字未提。

他用舌尖劃過上顎，清除掉顯像流，重新回到戈壁大冒險。他現在寧可看著芙林的臉。

「可是人都在哪裡呢？」她問。「這裡一個人也沒有。」

「說起來有點複雜，」艾許語氣平靜地說。「不過，飛到這樣的高度，妳也沒辦法看到任何人。」

「也幾乎看不到任何車輛，」芙林說。「我之前就發現這件事了。」

「我們快要進到倫敦市區裡了⓫，」艾許說。「切普賽街。妳想看的人潮就在這裡。」

但那些並不是人，奈瑟頓想。他看著芙林的表情，她完全將這些景象照單全收。

「這裡是扮演區，」列夫說。「時間設定為一八六七年。要是飛行器沒有偽裝或是發出任何聲音，我們會收到罰單。」

奈瑟頓輕敲上顎的某個特定區塊，回到艾許的顯像流之中，發現他們正停滯在早晨的車陣上空。車潮如此擁擠、濃稠，彷彿完全沒在移動，擠滿出租車、貨車、板車，全都以馬匹為動力。據說列夫的父親與祖父擁有真正的馬，有時甚至會騎著牠們外出，不過可以想見絕對不是在切普賽街上。小時候，奈瑟頓的母親曾帶他見識過這個地方的商店，賣著鍍銀餐具、香水、流蘇披肩、抽菸草的器具、鑲滿白銀或黃金的肥厚手錶、男士用帽。那時的他訝異於那些馬匹在大街上拉的屎量竟如此豐厚，而牠們的排泄物會被四處奔跑穿梭的孩子們迅速掃除。那些孩子比當時的他還年輕。他知道，他們就和那些馬一樣假，但看起來又如此真實，就像真正的人。一邊恐懼著工作裡的絕望，一邊拿著粗製的短掃帚在動物的兩腿間東閃西躲，還活靈活現地罵著髒話。他們就和他母親所說的那些男人一樣真實。銀行家、律師、商人、掮客，或者，準確來說，他們就是模擬這些人創造出來的。男人戴著高帽，從手繪靴子、瓷器、蕾絲、保險與玻璃窗的招牌底下走過，行步匆匆。他好愛那些招牌，他會拉著母親的手，忍受身上那些僵硬卻又不得不穿的服飾所帶來的不舒服，盡可能看遍所有牌子。他也隨時留意那些眼神凶狠的男孩們，他們總是推著手推車沿街橫衝直撞，或是大吼大叫地跑進散發著惡臭的漆黑巷子。那種臭非常逼真，他覺得就跟街上的綠色馬糞差不多。每次來到這個區域，他的母親都會穿上寬大的深色裙子，裙身從窄小的腰際一路撐開，直拖到人行道的地面，上半身搭配極為合身的同色系夾克，一頂非常不符合她風格的帽子斜斜棲在頭的側邊。她從來不介意自己得穿上這身東西。她之所以帶他來這裡，是因為她覺得自己該這麼做，而後來，他或許也因此深化了這些經驗，對這類事物發展出一種屬於他自己的強烈厭惡。

「天啊，看看這地方。」芙林說。

「這些都不是真的，」他說。「它們是根據特定時代的媒體資料打造出來的。妳看到的人幾乎都不是真的人類，如果有真人，也都是遊客，或是正在上歷史課的學童。這些假象在晚上看起來會更真實一點。」反正怎樣都不會比此時此刻更令他煩躁。

「連馬都不是真的嗎？」芙林問。

「不是，」艾許說。「馬很稀少了。整體來說，我們現在對待家畜的方式比以前好很多。」

拜託，奈瑟頓心想，別打開那話題。列夫可能也有同樣的感覺，因為此時他開口說道：「我們帶妳來這裡是為了讓妳跟某個人見面，這次先打個招呼就好。」

他們開始下降。

接著奈瑟頓就看到了洛比爾，她正抬頭仰望，身上穿的裙子與夾克跟他母親以前穿過的非常類似。

⓫ 本書的倫敦都是指倫敦市（The City of London），而非後來成立的大倫敦區。

47 權力關係

在這座不斷走動的黑帽森林中間，站著一名有著亮藍色雙眼的白髮女人。男人似乎對她視而不見，態度與對待艾許正在操縱的東西沒有兩樣。不管艾許正在操縱什麼裝置，總之列夫說，他們都看不到，他們只會感到空氣中一陣亂流，然後一個個伸手拉住帽子，錯身而過。他們繞過女人的身邊，而她站在原地，一動也不動，正抬頭看著其他人看不到的東西。她用一隻戴著灰色手套的手按住了小小的帽子，抵禦著下沉的氣流。

芙林在列夫、艾許和奈瑟頓的徽章旁看到了一個新徽章。那是一頂用簡單的線條勾勒出來的皇冠，只有輪廓，上端金黃，下端乳白。其他人的徽章暫時暗了下來。「我們進入了密語模式，」女人說。「其他人聽不見我們。我是安思立・洛比爾，倫敦警察廳的探長。」她的聲音出現在芙林的腦中，其他人車聲一概消失。

「芙林・費雪。」芙林說。「所以我來這裡就是因為妳要見我？」

「妳會在這裡是因為自己的關係。如果妳選擇不替哥哥代班，就不會目擊到我正在調查的這起犯罪事件。」

「抱歉。」芙林說。

「我倒是一點也不覺得有什麼好抱歉。」女人說。「若沒有妳，我等於一無所獲，只剩下一個令人煩躁的缺憾，毫無可以介入的縫隙。妳會害怕嗎？」

「有時候會。」

「這種情況來說算正常，至少還在能被稱為『正常』的範圍內。妳對這個亞體還滿意嗎？」

「這個什麼？」

「妳的擴充亞體。雖然情況有點緊急，不過這具是我親自挑的，我在它身上看到了某種詩意。」

「妳為什麼想要找我說話？」

「妳目擊了一件令人極為不快的凶殺案。妳看到了某人的臉，那個人要不是兇手本人，就是同夥。」

「我就知道妳是為了這件事。」

「事情發生後，有一或多位不明人士試圖在妳所屬的連續體中謀殺妳，原因大概就是知道妳可能會成為證人。不過令我震驚的是，據我所知，無論他們安排任何手段殺害妳，這種行為在我們這裡都無法構成犯罪要件。因為，即使依據目前最完善的法律來判斷，妳都無法被視為真實的存在。」

「我跟妳一樣真實。」

「的確如此，」女人說。「但是那些正在追殺妳的人，不論在此時、此地或其他地方，在殺妳或殺其他人時，可不會考慮這種事。我擔心的毫無疑問就是這類人。」她的雙眼湛藍且冷漠。「但同樣，我也會擔心妳。用不同的話來說：我把妳當成我的責任。」

「為什麼？」

「也許是為了我身上背負的罪過吧。」她露出微笑，但那完全不是芙林會覺得舒服的方式。「有一點妳該了解，祖博夫會扭曲妳所在世界的經濟狀況。」

「反正我們的世界早就被人幹到爛成一團了。」芙林說完馬上覺得自己也許該用別的說法。

「我非常了解那種情況，所以妳說的也沒錯。不過我指的不是那方面。雖然我覺得這些連續體愛好者挺有意思，但我不喜歡他們現在做的事，包括祖博夫在內。有的人可能會覺得妳的存在比我這個人還要真實。」

「這是什麼意思？」

「我已經非常老了，這具身體經過精心配置，人造的程度也同樣很高。坦白說，連我都不覺得自己算是完全真實的存在。但如果妳同意協助我，我還是會盡我所能，為妳提供協助。」

「妳有男的擴充亞體嗎？」

警長抬起兩道線條濃密的眉毛。「妳比較想要使用男性的嗎？」

「不是。我只是不想當唯一看到這景象或來到這裡的人。當我回家跟其他人說這些事情，要有人能夠證實我的說法。」

「祖博夫肯定可以幫妳安排。」

「妳在追捕派灰色背包去殺她的那個人對吧？還有把她帶到陽臺上的那個混帳？」

「對，沒錯。」

「我願意在開庭的時候當證人，不管怎樣我都願意。」

「這件案子不會有任何審判，只會有懲罰。不過還是謝謝妳。」

「但我還是需要我說的擴充亞體，而且要盡快，可以嗎？」

「包在我身上。」洛比爾說。其他徽章亮了起來，切普賽街喧鬧的人聲重新湧入，此時還加入教堂的大鐘隆隆敲起的聲響。「我們談完了。」洛比爾向所有人說。「非常感謝你們帶她過來，再見！」

接著，切普賽街變成只有徽章那麼大，又變得更小，最後消失。芙林朝著對面的列夫眨眨眼。她可以清楚看到他正盯著她，維伏・奈瑟頓也是。不過艾許那雙詭異的眼睛卻直盯著空白的薄木板。

「我相信我們可以借到一具的，警長。」艾許說。「是，當然。我會跟祖博夫先生討論，謝謝妳。」她接著轉向列夫，看著他。「你哥的陪練拳手。」她說。「你父親留在里奇蒙丘的那個，當初為了提醒安東做的蠢事，所以沒丟掉，對吧？」

「或多或少吧。」列夫說著，一邊轉向芙林。

「讓人用車把它載過來，洛比爾要用它。」

「為什麼？」

「我沒問，是你也不會問。她說我們需要一具男性擴充亞體，立刻就要用，所以我就想到還有那一具。」

「我想這應該是最簡單的做法。」列夫說。「是誰要用？」他看向芙林。

「廁所在後面嗎？」她問。

「對。」他說。

「失陪一下。」她說，站了起來。

狹窄的鋼造浴廁兩用空間就位在後方小房間旁。她將門在身後關上，看著鏡中的自己，解開黑色襯衫的釦子。她看到自己穿著一件之前都沒注意到的胸罩，那對乳房則比她本人的稍微大上一點。不是她的，知道這點讓人欣慰。左側鎖骨上方那顆小而扁平的痣也不是。她把襯衫扣上。她發現自己是為了確認這點才這麼做，只是要到親眼看見才明白自己這麼做的原因。

她心想，不知道它需不需要上廁所。她沒尿意，所以認為它應該也不需要。艾許之前說過，它會喝水，但不吃東西。幫它剪頭髮的那個人（不管到底是誰）肯定會讓卡蘿塔感到非常自豪。

她轉身開門，回到房間。奈瑟頓之前把這裡假扮成他在冷鐵奇蹟的辦公室。他和列夫都不見了，而艾許正站在窗邊，看著外面。「他們去哪裡？」芙林問。

「上去屋子裡，奈瑟頓和歐辛要去等擴充亞體過來。希望妳會喜歡它的下巴。」

「下巴？」

「它下巴的線條非常突出，顴骨極高。斯拉夫人夢寐以求的長相。」

「你……認識它？」說「認識」似乎有點奇怪？

「我從來沒看它被人類操縱，一直都只有製造商的雲端ＡＩ。它的擁有者是列夫的哥哥。」

「列夫的哥哥，他死了嗎？」

「很可惜，還沒。」艾許說。

噢，好喔，芙林想。「它的運動能力強嗎？我的看起來不錯，有到我這個的程度嗎？」

「非常強。事實上，根本超乎一般標準。」

「很好。」芙林說。

「妳打算做什麼？」艾許問道。她瞇起雙眼，縮小到芙林只看得見她的上排瞳孔。

「沒什麼洛比爾不知道的事。」

「很會玩權力關係嘛。是不是？」

「它到這裡還要多久？」

「半個小時吧？」

「教我怎麼打給梅肯。」芙林說。

48 帕佛

列夫家的玄關堆滿了育兒用品：多雙迷你威靈頓長靴、掛滿亮色雨衣的衣帽架、一輛讓奈瑟頓想到垃圾島族的滑步車、一大堆可以拿來擊球的東西，許多顆球。幾塊找不著歸處的樂高積木，在這堆雜物的底部猶疑著緩緩爬行，像色彩鮮豔的直條形甲蟲。

奈瑟頓和歐辛坐在木製的長椅上正對著這些玩意兒。椅子上最靠近他的那端沾到了某種東西，他覺得應該是半乾的果醬。安東的陪練拳手正從里奇蒙丘送過來，隨時可能抵達。他提議到外面去等，但歐辛拒絕。

「那東西曾經把保母嚇到尿褲子。」此時歐辛突然天外飛來一句。

「什麼東西？」

「那嬰兒車啊，你看。」奈瑟頓第一時間以為他指的是那根負擔沉重的衣帽架。「靠在牆上，」他指著。「開了偽裝模式。」

奈瑟頓這時才看出嬰兒車的外型，它摺疊起來，正模仿周遭環境的外觀，而此時此刻最靠近它的東西剛好是骯髒的灰白色牆面，和一件防風雨外套的棕色格紋內襯。

「小女孩出生的時候，」歐辛說。「祖父找人用外交郵袋把它從莫斯科送來。那是唯一可以把它弄進來的方法。」

「為什麼？」

「因為它有武器系統，兩把槍，但不算彈道式武器。它可以投射出短效型裝配工，但真要說的話，應該算拆卸工，會攻擊軟組織，從分子開始拆解目標。我看過一段影片，它去攻擊某塊牛肉的側邊。」

「結果呢？」

「最後只剩骨頭。它是自主性裝置，會自動鎖定目標，並自行決定威脅等級。」

「誰會構成威脅？」

「就那些俄羅斯綁匪啊。」歐辛說。

「有小嬰兒坐在上面它也會發動？」

「到時候系統會丟出一大堆熊貓給小孩看，預防心理創傷，然後進入武力撤退模式，馬上掉頭回家，不管保母是死是活都一樣。」

奈瑟頓打量著那團僅依稀可辨、外表無害的東西。

「祖博夫太太不肯用這東西。她跟老祖父本來就一直處不好，所以選擇站在保母那邊。」

「歐辛，你在這裡工作多久了？」

歐辛仔細地盯著他。「五年，差不多。」

「在這之前你做什麼工作？」

「類似的東西，差不多。」

「你受過專業訓練？」

「有。」歐辛說。

「怎樣的訓練？」

「虛度我的青春年少。你又是受了什麼訓練才可以裝得這麼聰明，還能對每個人撒謊？」

奈瑟頓看著他。「跟你一樣。差不多。」

有塊陰影遮暗了旁邊一道側窗，鈴聲響起。

「應該是它了。」歐辛說。他站起來，把身上那件黑色背心向下拉平，轉向大門，挺起肩膀，把門拉開。

「晚上好。」對方很高，肩膀寬厚，穿著深灰色西裝。

「很高興見到你，歐辛。你可能不記得我了，我是帕佛。」

「快點進來。」歐辛下令，往後退開。

擴充亞體走進門內，歐辛在它身後關上門。「帕佛。」它對奈瑟頓說。它的下巴線條明顯，臉骨寬實，雙眼顏色淺淡，臉上帶著一種近乎嘲弄的表情。

「維伏・奈瑟頓。」他伸出自己的手，兩人相握，擴充亞體的手掌溫暖而小心。

「車庫。」歐辛說。

「沒問題。」帕佛說，接著便閑散地漫步到他們前面，朝電梯走去，彷彿在自己家裡。

49 他發出的聲音

這個帕佛的顴骨簡直高得可以拿來削冰塊了，芙林想，不過聲音倒是很和善。

「人格型的ＡＩ。」愛爾蘭人說。「我們得在妳的人進去之前把它關掉。」

「我是芙林。」她說。

「很高興見到妳。」擴充亞體說，兩眼直盯著愛爾蘭人，臉上掛著一種干我屁事的態度。

「它的程式原本就被設定成要來找碴的樣子，」歐辛說。「是陪練功能的一部分，讓你隨時都想揍它一頓。」

擴充亞體變換重心。它整整超過六英尺，比柏頓還高，淡色的頭髮推至一邊，對芙林挑起一道金色眉毛。「有什麼我能為你們服務的嗎？」

「走到後艙，」艾許說。「躺下，通知製造商我們之後不需要雲端操控。」

「沒問題。」它說。它必須稍微側過肩膀才能通過那些牆面。亮色的牆面幾乎和它的髮色一樣。

「我現在懂為什麼安東一直想把它殺掉了。」歐辛說。「它看起來彷彿漫不經心，但永遠都在針對你。」

艾許用他們兩人的某種奇怪的共用密語對他說了些話。

「她說這是可以調整的。」歐辛告訴芙林。「是沒錯，不過安東才懶得做這種事，壓根兒不是他個性。我以前都巴望著有一天安東會對它造成夠多的傷害，多到連工廠都沒辦法再把它拼回去。」

「梅肯把一切準備好了。」艾許跟芙林說。「他在線上，想和妳講話。」

「好。」芙林說。艾許的徽章出現，隨後旁邊出現另一枚徽章，黃色的底上有著一團醜死了的紅色色塊。接著出現梅肯的臉。「那是肉雜碎嗎，梅肯？這麼快就弄出你自己的未來世界徽章了？」

「妳的徽章看起來有夠可憐，」梅肯說。「根本一片空白，快點叫她幫妳調整一下。」他咧嘴一笑。

「現在有點忙。」她說。

「事情還好嗎？」

「至少不像第一次一樣亂七八糟，也稍微了解這個地方。他準備好了嗎？」

「要問我的話，我會說準備得太好了。」

「柏頓知道嗎？」她問他。

「看到就知道了。」梅肯說，撇了一下眼睛。

「他在旁邊？」

「嗯哼。」

「該死。」

「沒問題的，可以出發了。」

「那就來吧。」

「妳準備好就開始。」他說。肉雜碎徽章暗下來。

「艾許和我進去。」芙林對奈瑟頓和歐辛說。「我不確定他對這件事的反應會怎樣，總之記得盡量讓著他，可以嗎？要是他太興奮，你們最好馬上退遠一點，不要遲疑。」

奈瑟頓和歐辛互看一眼。

「好了。」芙林對艾許說，走進走廊中，跨三大步就來到後艙。擴充亞體正躺在床鋪上，腳踝超過床尾，懸在外面。

「帕佛，」艾許越過芙林的肩膀對它說。「眼睛閉上。」

它看向芙林，閉起了雙眼。

「十五。」艾許說。芙林猜測這是對梅肯說的。

芙林在腦中默默倒數。數到十的時候，她想像著那陣震盪。繼續倒數。

「零。」艾許說。

擴充亞體睜大了雙眼。「你他媽的基督大熱狗！」它說，在眼前舉起了巨大的手掌，直到能看清楚為止。它動了動兩隻手上的指頭，用兩手的拇指輪流觸碰每根手指，最後又回到食指上。它快速坐起身，彷彿有道噴泉在後面推著，再俐落地用雙腳站起。

「康諾，是我。」芙林說。

「知道了，梅肯之前給我看過螢幕擷圖。妳——」他對艾許說。「我在亞特蘭大的一間夜店裡看過有個人跟妳很像。那裡的小鬼說那是超空間精靈，其實就是嗑藥嗑過頭了才會變那樣。」

「這是艾許，」芙林說。「禮貌點。看到的顏色正常嗎？」

「顏色？妳們最好別告訴我這只是在測試毒品。」

「這具擴充亞體沒有四色視覺。」艾許說，惹得康諾懷疑地盯著她看。

「你感覺還好嗎？」芙林問。

他像條狼似地咧嘴而笑，看起來比之前那個帕佛還可怕。「靠，妳看這些手指。」

「往這裡走，」芙林說。「不過外面還有兩個男的，也是我們的人。他們是好人，懂嗎？」

「這還用說。」康諾再次看著自己的手。「天啊。」

她牽起他的手，領他走了出去。艾許站在歐辛旁邊，奈瑟頓則站在他們身後。「這是康諾·潘思基。」芙林對他們說，放開他的手。「康諾之前和我哥都在海軍陸戰隊。」

三人點了點頭，眼神直視著它。那具擴充亞體現在連站姿都變了。康諾的視線輪流在三人身上停留了一陣，似乎決定可以跳過握手這個步驟，便把兩隻手插到灰色長褲的口袋裡。他四下環顧著車艙。「這是船？乾船塢？」

「大型豪華RV。」芙林說。

他走向窗戶，彎腰朝外看去。「屁啦，最好是這樣。」他說，但應該不是對他們。他猛然拉開門，芙林上前走向他身後。康諾根本懶得走舷梯，他直接像雜技演員般翻身起跳，越過欄杆之後下墜，整整躍下十五英尺，落地後就開跑，跑得可能比她看過的任何人都快，切過整個車庫，一路奔越那一整排據說是列夫父親的汽車收藏。隨他腳步所及，每個長型拱頂上那些會發光的東西一一亮起，朦朧得難以形成光束，在他穿越過去後又再次暗淡。她從沒意識到這裡有這麼多道拱門，也沒想過原來這地方這麼大。康諾邊跑邊叫，彷彿要將身體遭遇災難、被撕裂得支離破碎時沒叫出的那些聲音統統發出。他的尖叫之間還摻雜了嘶吼的吶喊，她猜那應該是出於某種無法按捺的喜悅或撫慰，因為他能再次像這樣奔跑、能再次擁有手指，而那吶喊其實比尖叫更令人不忍入耳。

最後一道拱門的光線在他跑過後也逐漸逝去，最後車庫裡只剩一片黑暗，和他發出的聲音。

50 趁著情勢正好

「我們需要去找他嗎？」艾許問。

就奈瑟頓所知，歐辛已經關掉電梯，或許連其他東西也一起關了。不管現在操縱安東那具陪練拳手的人是誰，都得乖乖地待在這層樓。

「不用。」芙林說。她正站在舷梯的最頂端，向外望著黑暗的車庫。

「他在幹麼？」奈瑟頓問歐辛。歐辛表面看起來像是凝神緊盯著上鎖的吧檯，其實正從內部監控系統觀察那位不久前還是帕佛的擴充亞體。

「他踏著步伐，」歐辛說。「一下向後，一下又向前，兩隻手在做某種複雜的動作。」

「統合體能訓練。」芙林走回房間裡。「陸戰隊教的，他殘障之前常做。」

「他之前發生什麼事？」奈瑟頓問。

「戰爭。」

奈瑟頓想起柯芬園階梯上那具無頭身軀。

「他正在拍夾克上的灰塵，」歐辛繼續報告。「接著觀察自己的手。順道一提，他已經知道怎麼切換那個東西的夜視模式……他開始往回走了，小跑步，滿輕快的。」他看向芙林，這次明顯不是在看別的東西。「妳帶來的這人出場噱頭挺大的呢，」他說。「妳說他之前是軍人？」

「觸覺回饋偵察一號部隊，」芙林說。「『臨陣當先，臨退殿後』。因為內嵌裝置的問題，他可能有一些後遺症，就和我哥一樣，退務部一直想搞清楚那是怎麼回事。」

「退貨與售後服務部門嗎？」艾許問。

「退伍軍人事務部。」

奈瑟頓走到門邊，看見最近的那道拱門閃爍了一下，陪練拳手正從下方大步慢跑而過。雖然芙林已經提醒過，但奈瑟頓覺得自己寧可選擇面對雲端ＡＩ，而不是眼前這個身心狀態不穩定的人。為什麼她帶過來的是他而不是她哥呢？

它走上舷梯。

「我好像把一根手指弄脫臼了。」它站在門口說道，口音讓奈瑟頓想到她說話時也是這樣。它左手的小指突了出來。「其餘部分都還好……應該說好到不行。這種東西全都像我這個一樣嗎？」

「這一具做過調整，特別擅長武術。」奈瑟頓的話讓它挑起了單邊眉毛。「它是訓練用機體，所有人是我們一位朋友的哥哥。」

艾許拿出行動醫療錠。「請過來這邊。」

它向她走去，伸著一根突出的手指，簡直像個小孩。她把醫療錠放在那根手指上。「扭傷。」她說。「這樣應該不會不舒服了，但用它做動作時請還是輕一點。」

「那是什麼？」擴充亞體低頭看著醫療錠問道。

「一間醫院。」艾許回答，把醫療錠收起來。

「謝謝。」擴充亞體說，受傷的手握起了拳頭，再張開。它朝芙林走去，雙手放上她的肩膀。「這一切就跟梅肯之前說的一樣。」它說。

「我明明交代他別跟你說太多，」她說。「本來怕這件事會不成功。」

「現在的感覺就像是恢復正常，」它把手從她肩膀放下來。「也許之後我會發現這只是夢，然後我就又不正常了。」

「這不是夢。」芙林說。「我不知道這到底是什麼，但這不是夢。我不知道我們有哪個人算是正常。」

「我從來沒在夢裡扭傷自己過。」擴充亞體說。「剛才在外面差不多抓到竅門了，要是不夠小心，我還是有可能摔斷它的脖子。」

「的確可能，」艾許說。「所以請把它當作人類對待。從基因的層面來說，它大部分的結構也的確是人類，它同時還是一項非常貴重的資產，是我們為了讓你來到這裡而借來的。」

它做了一個立正的姿勢，用腳跟發出一聲響亮的喀噠聲，滑稽地壓低寬大的下巴，敬了個俐落的禮，隨後又回到那種悠悠哉哉、永遠站不直的姿勢，完全不像之前的帕佛。「梅肯覺得，」它對芙林說。「這裡是未來。還有柏頓，他跟我說這裡就是。」

「柏頓在你家嗎？」芙林問。

「我走的時候他在，現在可能離開了。」

「他生我的氣嗎？」

「如果問我，我會說他根本沒時間。另一邊的人打通了更高層的關係，州議會，現在要壓在警長身上了。湯米還說想來找我談談曼菲斯那幾個掛掉的傢伙。」奈瑟頓覺得它的笑容令人害怕。「柏頓說他們那麼做只是為了要你們兩個，」它繼續說。「他叫我告訴妳，他需要妳在這邊幫一點忙。」

「怎樣的忙？」

「他說得把州長拉到自己陣營來，」它說。「趁著情勢正好，但你們現在的錢不夠這麼做。」

「那就需要歐辛和艾許了。」奈瑟頓說，結果芙林和擴充亞體因此同時轉過來看著他。「抱歉，不過如果還有任何要緊的事，我建議你們現在就說出來，倫敦政治經濟學院隨時供您差遣。不管怎樣，至少有些還沒畢業的大學生可以用。」

現在換歐辛和艾許瞪著他了。

「不過是花點錢而已。」他對他們說。

51 鬼才懂的軍用音標

列夫的後院跟之前一樣，圍牆高得看不見外頭，院子裡則是石鋪的路面外加幾塊花圃。她和康諾一起走出來，其他人則和列夫留在廚房裡，列夫正在幫他們沖咖啡。廚房裡本來有位高䠷的金髮女子，芙林推敲那應該就是列夫的太太。她一看到他們從地下室上來便離開，腳步迅速，還給了維伏一臉極為厭惡的表情。他們那時正在向列夫說明買通州長要用的錢，芙林覺得這對他們來說應該不會是什麼問題，但是他們對列夫說得好像非常麻煩，接著又告訴他，他們會自己把問題解決掉。她在工作上也會用這種手段，她感覺列夫根本不想知道這麼多細節，最好直接告訴他結果。

院子裡的天色沉了下來，看起來比他們駕著飛行器到切普賽街時還要悶，像一片特百惠做成的穹頂。

「芙林，這裡真的是未來？」康諾問。

「我盡可能不去想太多。我們兩個都沒瘋，我跟你一樣，我們都認為自己就在這裡。」

「我本來以為自己早瘋了，」他說。「接著梅肯跑過來把那東西放到我頭上，我張開眼睛，就看到了妳，但這又不是真的妳。這樣還不算瘋嗎？」

「別皺眉頭，你這張臉皺眉特別嚇人。」

「假設妳認識某個有幻聽的傢伙，」他說。「當妳把他整個人用物質傳輸送到金星上時，他還會聽到幻聽嗎？還是他會覺得自己根本已經瘋掉了，因為他突然跑到他媽的金星上？」

「你之前有幻聽嗎？」

「有點想要有。妳懂嗎？就是想知道情況會不會有所改變。」

「靠，康諾，別這樣好嗎？」

「現在不會了。」他說。「但這些人到底是誰？」他回頭看，透過玻璃門，望向屋內。

「高個子那個是列夫，你現在就是在他哥哥的擴充亞體裡。這是他去借來的。」

「那個有四顆眼睛的女人呢？」

「艾許。她和歐辛負責幫列夫打雜，或許比較接近IT吧？另外那個是維伏・奈瑟頓。之前說他自己是人力資源，但他待的那間公司有九成九都是想像出來的。」

「妳知道他們到底想幹麼嗎？」

「不能說知道，雖然目前為止他們告訴我的都是實話。」

「這一連串事情是怎麼開始的？」他問。

「因為奈瑟頓搞砸了某件事。」

「看起來就是會出包的臉。」康諾說。他看著她：「妳要我幹掉他們嗎？」

「才不要！」她一拳砸向他的手臂，感覺像是捶了石頭。「你是想回去那張沙發上嗎？我現在就可以打給梅肯。」

「我不知道要給妳什麼才能表達我的感謝。」他說。「這只是我想到的第一件事。欠著吧。」

「不需要謝我。我那時只是在這個東西裡醒來，就想到了你。」她碰了碰自己的臉。「我們兩個以後可能都會為了這件事情後悔。」

「不管怎樣，我現在有手指了，妳只要告訴我要做什麼、或是不要做什麼就好。」

艾許的徽章出現。「艾德沃。」艾許說。

艾許的徽章旁邊出現另一個黃色的徽章，裡面有兩顆猩紅的肉雜碎，上下疊在一起。「芙林嗎？這是梅肯幫我轉的電話。」只有聲音，沒有畫面。

「怎麼了？」

「我在拖車裡，和妳一起。」

「梅肯呢？」

「他在康諾家。嗯，情況可能有點尷尬。」

「什麼事？」

「我覺得，妳可能得上廁所。」

「什麼？」

「妳一直動來動去。我是說這邊的妳。」

她想像艾德沃坐在柏頓的椅子上，看著躺在床上的她。「你要我回去嗎？」

「只要一下下，行嗎？」

「等我一下。艾許？」

「是？」艾許說。

「我得回去一下，可以嗎？」

「當然。到屋子裡面來，我們找個地方讓妳坐下。」

「聽到了嗎，艾德沃？」

「好，」他說。「謝了。」雙肉雜碎徽章消失。

「回去裡面吧，」她對康諾說。「我得回拖車一趟，很快就好。」

「為什麼？」

「艾德沃覺得我得尿尿。」

他頂著那對高聳的顴骨望著她。「看來他沒辦法幫妳處理這件事。」他開始往房子的方向走去。

「好，我會把這件事記起來。」他說。

「記這幹麼？」

「下次我要用狼蛛上的封閉式導尿管。」

「走這邊，」他們走進廚房時艾許說。「妳可以在畫廊裡進行。」她放下手中的咖啡。芙林跟著她，康諾殿後，他們轉進左側一條寬闊的走廊，然後右轉，進入一間非常巨大的房間。

「這棟房子不可能容納得下這麼大的地方。」芙林說。

「它一路延伸到旁邊的兩棟房子裡。」艾許說。

「畢卡索的假畫？」她想起高中時看過的其中幾幅。

「如果它們是假畫，某人的立場就非常尷尬了。」艾許說。「這邊坐。」她比了比某張外觀古老的大理石長椅。「妳已經比較習慣進行轉換了，所以照理來說，妳應該能夠用我現在說的這種方法：吸氣、閉上眼、吐氣、睜開眼。」

「為什麼要閉上眼睛？」

「有些人覺得不閉上會很不舒服。潘思基先生可以在這裡等妳。」

「叫我康諾。」他說。「我是打算等。」

芙林坐下。石頭很冰，溫度透過擴充亞體的牛仔褲傳了過來。她正對著這輩子只在電視螢幕上看過的兩幅大型油畫。「好了。」她說，吸氣，然後閉上眼睛。

「走。」艾許說。

芙林吐氣。接著她睜開雙眼。那感覺就像她雖然實際上沒做任何動作，卻被人翻了個身，清風拖車裡那片發著光的凡士林色天花板一下子變得好近。

艾德沃是對的，她真的得去上廁所。

「等一下，」她正準備要坐起來，卻被他叫住。「得先把這個拿掉。」他眼睛上戴著微視，把她頭上的頭冠拔起來。

「柏頓在這裡嗎？」她一邊坐起身一邊問，覺得頭暈目眩。

「和梅肯一起在康諾家。」

「珍妮絲呢？」

「在上面，在你們家裡，照顧妳媽。」

芙林站起來，還不穩。「好，」她說。「我馬上回來。」在走向車門的途中，她得稍稍調整行進方向，把自己重新對準門口。她一開門就聽到槍聲。先聽到三槍，可能是自動步槍，接著又兩槍。槍聲中間有些間隔，似乎來自不同槍枝。距離並不近，但也沒有多遠。她回頭看向艾德沃：「靠。」

他沒戴微視的那隻眼睛瞪得老大。

「現在是誰在值班？」

「他們人那麼多，」他說。「我根本記不起來。」

「快搞清楚那是怎麼回事。」她說完便跨了出去。豎耳傾聽。蟲子的聲音。溪水沖刷的聲音。風穿過林子的聲音。她走進廁所，門板上的彈簧發出「碰」一聲。她拉下牛仔褲，坐在黑暗中，畢卡索還在隔壁那個宇宙。她沒忘記解完之後要在洞裡倒一些木屑。

從廁所裡面開門的時候，彈簧會發出不一樣的聲音。四架無人機從拖車內透出來的光中迅速掠過，都貼著大力膠帶做的記號。

「誰開的槍？」她攀上清風，朝艾德沃問。

「剛才有人闖進你們家的土地上。」他說。

「有人闖進來？」

「他們講話都用那種鬼才懂的軍用音標字母，但我猜應該是。不管是什麼情況，妳哥已經在處理了。他在回來的路上。」

「我敢打賭，肯定是他媽的州議會搞的鬼。」她坐到床上。「幫我。」手勢比向那頂糖霜頭冠。

「妳打算怎麼做？」

「回去那邊，想辦法籌點錢。叫柏頓打去那邊找我，艾許會幫我把電話轉過來。如果你找不到他，就告訴梅肯。」

「康諾還好嗎？」

「他是那邊頭腦最簡單的人，說『還好』可能都算誇飾。」

他在她額頭上畫過一道冰冷的鹽漿，把頭冠套進定位，幫她重新躺下。

她深吸一口氣，閉上雙眼。

52 實戰部隊

奈瑟頓站在畫廊的入口處。芙林的擴充亞體正坐在三公尺外的長椅上，背向他，彷彿正在觀賞列夫父親最好的兩幅畢卡索。那名陪練拳手站在一旁，面朝門口，雙手插在西裝長褲的口袋裡。「現在這個距離挺好的。」它說。

「好。」奈瑟頓說。他本來想向前再靠近一步。

「這是博物館嗎？」陪練拳手這麼問。

「私人畫廊。」奈瑟頓說。「只是他們把它放在家裡。」

「他們住在博物館裡？」

「他們想和藝術品住在一起，」奈瑟頓說。「雖然擁有這些藝術品的人實際上住在別的地方。」

「要是沒有這麼多藝術的玩意兒，他就能住在這裡了。」它說。「這裡的空間跟樓下的停車場不相上下。」

「我是維伏．奈瑟頓。」

「康諾。」它說。

「如果你有任何問題，」奈瑟頓說。「我應該能試著回答一些。」

「她說你把事情搞砸了。」它說。

「誰說的？」

「芙林。她說會發生現在這些事，都是因為你出了包。」

「我想，應該是吧。」

「怎麼發生的？」

「我因為一個女人而表現得不夠專業，事情就彼此糾纏牽連。」

「牽連成一大團。」

「我想它應該——」奈瑟頓說到忘我，往前踏了一步。

「停下來。」它說。

奈瑟頓照做。「你跟芙林認識很久了嗎？」他問。

「從高中開始。」它說。「她是我最好朋友的妹妹。她很聰明，要不是因為他們的媽媽，她應該會離開鎮上，去別的地方。」

奈瑟頓不確定芙林的擴充亞體是否還在接收視覺影像，如果是，不知道那些影像會傳送到哪裡。

這時，芙林的擴充亞體突然轉過身來。

「其他人在哪？」芙林問。「有事情發生了，我得跟他們談談，現在。」

「問他吧。」擴充亞體說，指的是奈瑟頓。

「還在廚房。」奈瑟頓說。

她站起來，轉過身。「拿到買通州長的錢了嗎？」

「我想他們應該早就在你們那邊弄到一大筆可觀的數目了，重點應該是找到方法花。」

「那就去找他們。」說完，她已經踏出門外，往廚房的方向走去。陪練拳手迅速從他身邊走過，奈瑟頓跟了上去。他注意到，它容許他走在身後，顯然不認為他足以構成威脅。

「晚上好。」洛比爾的聲線絕對不會讓人認錯。她站在廚房的入口處，身旁跟著列夫和艾許。「這位想必就是潘思基先生了。」

「我家那邊出事了。」芙林說。「有人開槍。」

「誰對誰開槍？」洛比爾問。

「我只是回去一下子，就在我們的土地上聽到槍響。艾德沃聽到我們的人在討論，像是在和某人交戰。所以你們找到辦法買通州長了嗎？」最後一句是對列夫說的。

「有兩間公司會直接影響到他的大選結果，只要想辦法成為它們的最大股東就可以。」列夫說。「歐辛在處理了。」

「我們都能理解妳一定很擔心。」洛比爾對芙林說。

「我母親人就在房子裡。我們安排了無人機巡邏，本來應該沒有任何人能踏進我們土地一步。」

「能不能請妳確認那邊現在的狀況，並回報讓我們知道？」洛比爾問艾許。「我們會待在樓上那間裝潢宜人的房間裡。遺憾的是我現在只有非常短暫的空檔，但我還是想要見芙林一面，雖然她只能用擴充亞體的面貌示人——」她拉出一道微笑。「當然我也想見潘思基先生。我對接下來的行動方向有個提議。」

艾許用另一種人工合成語言問了某個問題，語調靈快，問完後聽著其他人聽不到的回答。「歐辛正在和艾德沃通電話，」她告訴芙林。「那邊的事情都已經在掌控內了。」

「我媽怎樣？」

艾許問了一個比較簡短的問題，這次用的語言是另外一種，再聆聽回答。「她沒受到影響，妳朋友正陪著她。」

「珍妮絲。」芙林說，明顯鬆了一口氣。

「如果目前的狀況能讓妳安心，」洛比爾對芙林說。「那就請跟我們一起上樓討論吧，妳在我的提議中扮演了非常重要的角色。請你也加入我們，康諾。」

奈瑟頓看到那具擴充亞體無聲地詢問著芙林的意見，芙林點了點頭。「現在的狀況我連個屁都不懂。」它對洛比爾說。

「就像我年輕時人們會說的，你是我們的實戰部隊，潘思基先生。」洛比爾說。「我們需要這樣的你。」

「完全不是什麼好消息。」擴充亞體說，但它看起來並沒有多不高興。

「那麼，請帶路吧，奈瑟頓先生。」洛比爾說。

奈瑟頓依話照做，然後一邊爬樓梯一邊幻想某個更美好的世界，在那個世界裡，有杯酒正在那間會客廳裡等著他，讓他洗去一身疲憊。

53 聖誕老人總部

列夫房子裡有某些地方其實跟別人家沒有兩樣。芙林上樓時這樣想，她走在奈瑟頓後面，身後跟著洛比爾。例如他的廚房，雖然裡頭的爐子有半輛清風牌拖車那麼大，依舊會充滿培根的味道。但他的房子裡也有像那條藝廊一樣的地方，長度看起來幾乎可以媲美一座美式足球場。藝廊下方還有車庫，而車庫更底下……誰知道可能還藏著什麼。不過，即便如此，眼前這些樓梯就真的只是樓梯，木製、拋光，用黃銅木桿和華麗的鉤子固定住。樓梯上端垂下來的一節長舌頭，她猜應該是土耳其地毯。階梯上有許多登踏過的痕跡，使得這裡充滿有人居住的氣息。樓梯在方形的平臺向右側彎去，最後攀抵一條走廊，上頭擺滿了老式家具、巨大邊框的畫作和鏡子、白熾燈泡和霧面玻璃。領在她前方的奈瑟頓穿過一扇敞開的雙開門，走進了某間房裡，裡頭彷彿是海夫提大賣場的聖誕老人總部樣品屋，滿滿的森林綠，還鑲著金邊。

大賣場的員工總會在萬聖節一結束，就在某面櫥窗裡布置好聖誕裝潢。櫥窗裡的全息影像每年都會變，但展示的房間永遠都那麼合她胃口。而眼前的這間比那些櫥窗更好、更真實。當她還在想他們為什麼要把房間布置成這樣時，洛比爾已經把手放到她肩上，引著她走了進去，並在深色的長桌前為她拉出一張椅子。挑高的窗戶藏身在深綠色簾布後面。其他人在他們之後陸續走了進來，艾許、歐辛、列夫，然後是康諾。列夫轉身將門關上，康諾直盯著他看。

「請坐吧，莫菲先生。」穿著某種男式褲裝的洛比爾說。「你現在不用再假扮成管家了。」歐辛在芙林對面的位子坐下，艾許就在他旁邊。長桌主位那側有兩張綠色高背扶手椅，洛比爾坐了其中一張，另一張則是列夫。康諾姿勢懶散地靠在一面深綠色的牆上，他旁邊那個東西，芙林覺得應該是餐具櫃，上頭有面銀托盤，托盤上放了一瓶刻花玻璃瓶和成套的玻璃杯組。奈瑟頓仍然站著，似乎巴望著托盤的方向，但在環視了長桌一輪後，便又眨巴著眼睛，在芙林旁邊坐下。

「很高興見到妳。」列夫對洛比爾說。

「沒有律師在場，」她說。「就是最真摯的招待。」

「我們還無法完全說服他們不需要出席，但至少他們同意讓存在感別那麼重。」

「不管怎麼說，這氣氛都令人愉悅多了。」洛比爾說。她將其他人看上一圈。「我想針對未來的行動方向做出一項提議。」

「請說。」列夫說。

「謝謝。四天之後的星期二晚上，黛卓・魏斯特將會主辦一場聚會，地點尚未公布，可能會在市政廳的其中一棟裡。目前為止，她的賓客名單看起來非常有趣。」她看向列夫。「市政團代表大人可能會親自到場，還有一些城裡比較不出名的人物。我們現在連想一個參加聚會用的藉口都找不出來，因此，我想建議奈瑟頓先生，」此時芙林看到奈瑟頓微微瞇起雙眼。「也許你能夠以你的方式，編織出一些充分且動人的理由來獲得邀請。」

「給誰的邀請？」奈瑟頓問道。他坐在芙林身旁，離桌子很近，向前弓起身子，像手中握著牌的玩家。

「你自己，」洛比爾說。「並且攜伴參加。」

「我甚至不知道她願不願意回我電話。」奈瑟頓說。「她完全沒試著和我聯絡。」

「這點我非常清楚。」洛比爾說。「不過，要是我對你的理解沒錯，你可以找到某種說故事的方法，自然而然引導她邀請你去。只要與她接觸的恰當時機點來臨，我就會通知你。用剛分手的前任戀人這個身分去談這件事或許真有些尷尬，但只要找到適合的角度切入，也並非使不上力。不過要是你完全沒有意願，那我也找不到其他辦法去推動這個計畫了。」她的頭髮白得像梅肯讓列印便印出來的那頂頭冠。「你要帶上芙林，讓她有機會去一一檢視黛卓的來賓。」她看著芙林。「到時候，妳就要找出妳在艾葉莉塔．魏斯特陽臺上看到的那個男人。」

「這些都是有錢人，對嗎？」芙林問。

「是的。」洛比爾說。

「那為什麼沒有任何紀錄呢？不管有誰去了那場派對，怎麼一個人都沒錄到？」芙林問。「為什麼我看到的事情會沒有任何紀錄？那些狗仔隊呢？這樣的話我當初又到底為了什麼要去那裡？」此時她注意到，康諾雖然成了一具魁梧的擴充亞體，卻能設法讓自己只占據非常小的空間，整個人緊靠著牆面。他看起來就像剛剛才發現自己竟然出現在這裡，還來不及深究其中原因。他朝她眨了個眼色。

「你們的社會在大眾監控文化上的發展相對成熟，」洛比爾說。「我們這裡更是如此，而這棟祖博夫先生的房子則是個稀有的例外，至少房子的內部是。你就算花費大筆的錢，也不如讓自己擁有更多影響力」

「什麼意思？」

「重點在於認識怎樣的人，」洛比爾說。「還有他們認為認識你是否有價值。」

「你們獲得隱私的方法就是把自己變成假貨？」

「我們的世界本身就是假貨。」洛比爾說。「艾葉莉塔・魏斯特主辦的晚會也受類似的協議保護，但那是暫時性的，準外交規格。根據協議，沒有任何事情會被記錄下來，艾葉莉塔的系統不會進行記錄，伊甸池大廈的不會，妳的飛行器也不會，新聞社和那些自由記者根本無從下手。坦白說，妳當初接下這份工作時，背後就已經是這麼一回事。」

「那個人會去參加這場晚會嗎？」

「有可能會。」洛比爾說。「但要是妳去不了，我們也沒辦法知道。」

「把我們弄進去。」芙林對奈瑟頓說。

他看著她，再看向洛比爾，然後閉上眼睛，又重新睜開。「安妮・庫芮吉，」他說。「新原始主義研究員。儘管不是英國名字，但她確實是英國人。黛卓和我一起在康瑙特的某次工作午餐會上見過她。後來我說服黛卓，讓她相信安妮對她職業生涯中藝術性質的轉變有一番理論，包準她聽了會非常開心。現在，安妮沒辦法親自出席黛卓的晚會，這讓她感到極為遺憾，但是她非常樂意以別的方式，在我的陪伴下一同出席。而所謂別的方式就是指——」他朝芙林點了點頭。「使用擴充亞體。」

「謝謝你，奈瑟頓先生。」洛比爾說。「我從來沒懷疑過你的能力。」

「不過另一方面，」奈瑟頓說。「按照瑞妮的講法，黛卓可能會覺得是我殺了她姊姊，或者可能聽過她朋友散布的傳言，說是我殺的。」他站起來。「我認為這值得我們喝上一杯。」他起身繞過桌子的尾端。芙林看到康諾的擴充亞體以視線緊跟著他移動。「有誰也想要的嗎？」奈瑟頓撇過頭問道。

「我都可以。」列夫說。

「我也是。」歐辛說。

「現在對我來說還有些太早，謝謝。」洛比爾說。

艾許什麼都沒說。

奈瑟頓把銀製托盤端了過來，連同上面的瓶子和玻璃杯一起拿到桌邊。

「潘斯基先生也會和你們一同前往，」洛比爾對奈瑟頓說。「他會是你們的保全人員。如果不帶保全就去參加，等於讓你們變成目標。」

「這由芙林決定。」康諾說。

「你跟我們去。」芙林告訴他。

他點頭。

奈瑟頓把威士忌倒進三只玻璃杯裡，如果那真的是威士忌的話。

「我們需要買通州長。」芙林說。「有事情發生了。我們的私人土地上發生槍戰——」

「已經在進行了。」歐辛這麼說。奈瑟頓把其中一個杯子遞給他，再帶著另外兩杯走向列夫，讓列夫拿走其中一杯。

「乾杯。」奈瑟頓說。他們三人舉起玻璃酒杯，紛紛就口。奈瑟頓將自己的杯子放回桌上，杯中空蕩。列夫也將杯子放到桌上，整杯像是幾乎沒被動過。歐辛搖晃著威士忌，聞了一下，又啜了一口。

「所以我們討論完了嗎？」芙林問洛比爾。「我得回去確認一下柏頓的狀況。康諾也是。」

「我自己也有事必須離開了。」洛比爾說，站起身。「我們保持聯絡。」她微笑著，對眾人點頭示意，一臉心滿意足。她離開房間，列夫跟在她身後。芙林認為高個子的人走路通常不需要急急忙忙，但此時她覺得列夫正匆匆碎步跟在洛比爾後面，彷彿他非常想要某個東西，只有洛比爾能幫助他拿到。他們兩人走下樓梯。

「我們要把車子停在哪裡？」芙林指的是他們的擴充亞體。「我們需要離開一段時間。」

「放賓士裡。」艾許說。「妳那具擴充亞體也需要注射營養劑了，妳不在的時候我們正好可以做這件事。」她站起來，愛爾蘭人也放下杯子跟著起身。

芙林剛把椅子向後推，就發現康諾正伸手幫她將椅子往後拉開。她完全沒注意到他已經走到桌邊。他的擴充亞體聞起來有鬍後水之類的味道，混合了柑橘香和金屬氣味。她站起來。

奈瑟頓拾起列夫的杯子。「主艙房的床比較大，」他對康諾說。「你們可以用那間。」他啜了一口列夫的威士忌。

艾許帶著他們離開這間怎麼看都像聖誕老人總部的房間，但芙林現在已經懂了，這些裝潢的用意並不在此。奈瑟頓吞下列夫杯裡最後一口威士忌，跟著他們一起下到樓下，走進通往車庫的電梯裡。

「妳重新回到身體裡時可能會覺得方向感全失。」電梯裡，站在她身旁的艾許這麼說。

「我之前都沒有這樣。」

「會有累積效應，還有時差。」

「時差？」

「內分泌不等量。你們所在的時區比倫敦慢了五個小時，再加上你們連續體裡的時間，跟這裡的時間一開始就有六個小時的固有時差。」

「為什麼會有固有時差？」

「純屬意外。這個差別從我們把第一則訊息送到你們那邊的哥倫比亞時就產生了，而且從那時就固定下來。時差會讓妳很不舒服嗎？」

「從來沒遇過，」芙林說。「搭飛機太貴了。柏頓在陸戰隊時曾經有過。」

「除了這些之外，妳在這裡待得越久，回去的時候就越有可能會產生知覺不協調的問題。擴充亞體的感官會稍微比你們自己的簡單一點，妳可能會發現自己的感官似乎變豐富了，但那種感覺並不是太舒服。有人說會變得更有肉感。雖然妳現在不太會注意到，不過妳之後會開始習慣一系列略為弱化的知覺。」

「這會成為問題嗎？」

「倒還好，只是在它發生的時候最好注意一下。」

銅製的電梯門開啟。

歐辛用一輛高爾夫球車把他們載到奈瑟頓的RV。車子很安靜，發出的噪音只跟電梯差不多。奈瑟頓坐在她旁邊的位子上，她可以聞到威士忌的味道。康諾則坐在他後方。球車載著他們經過頭上一道又一道的房椽，房椽依序亮起。她回頭看著後面的康諾。「你回去的時候，你家那邊會有誰？」

「梅肯吧，應該。」

「艾許說我可能會有奇怪的感覺，你可能也會遇到類似的狀況，時差什麼之類的。」

藏在擴充亞體中的康諾咧嘴笑了起來，明明穿著那一身骨架，但不知道為什麼，那笑容完全就是他。「時差小意思，我一邊差一邊倒立都可以。我們什麼時候要回來？」他張大了擴充亞體的眼睛。

「我不知道，但應該不需要太久。可以的話，你得盡量吃點東西，還有睡覺。」

「這期間妳要幹麼？」

「試著搞清楚到底發生了什麼事。」她說，接著就看到那架用來運動的無頭機器人裝置，還站在他們之前把它丟下的地方。

54 冒牌者症候群

「我完全想不到你會喜歡這種地方。」艾許看著眼前的主題式虛擬環境這麼說。那是一片無甚出奇的沙漠，籠罩在火紅得過分的黎明當中。奈瑟頓知道這才只是第一個，這間店裡還有好幾個像這樣的空間，整體的主題隱隱約約在描繪飛船墜落後的各種情境。肯辛頓主大街上有好幾間某訂製廚房設計師的展示間，這間酒吧就在那些展示間樓上。艾許開了列夫父親其中一輛古董車，把奈瑟頓載到這裡，那是一輛不斷冒著化石燃料臭味的雙人敞篷。

「我曾經和朋友來過這裡一次。」他說。「是他們提議的，不是我。」

艾許整個人被包在一件拿破崙式的軍大衣裡，或者也可以說她是被裝進去，端看你怎麼認為。大衣本身的紋理很顯然是在重新詮釋沾染了煤灰的白色大理石。她靜止不動時，看起來就像石雕塑像，而她走動時，它又飄然如絲。「我以為你討厭這種地方。」

「是妳告訴我洛比爾想要我立刻跟黛卓聯絡的欸，她堅持我不能從列夫家裡打電話。」

「她也堅持要親自把你從這裡送回去。」她說。「總之請務必小心，在這裡我們沒辦法保護你。特別是沒辦法保護你不傷害自己。」

「妳應該留下來，真的。」他說，但心裡確信她不會這麼做。「留下來喝一杯。」

「你不該這麼做的，但畢竟做決定的不是我。」她轉身離開，走進某個擴增實境中，裡頭俗不可耐的程度簡直能和列夫父親的藍廳媲美。

「有什麼吩咐呢，先生？」一架美智姬這麼問，他完全沒聽到它靠近的聲音。它鋁製的臉和細長四肢都擦得燦亮，身上穿的衣服像早期的飛行裝，不過只剩破爛的殘餘布料。

「單人桌，偽裝模式，越靠近入口越好。」他伸出手，讓美智姬讀取他的信用資料。「除了服務生之外，不要讓任何人靠近。」

「沒問題。」美智姬說，隨即將他領至某個空間，這裡似乎曾經載滿一船充滿抱負的機組員，之後卻失敗墜毀。整個空間像用廢棄飛船的零件搭成，頭頂是被網子網住的膨脹氣囊，微弱的燈光在氣囊裡忽明忽滅地打著冷顫。

店內放著某種他認不得類型的音樂，不過，處於偽裝中的座位可以讓你選擇靜音模式。碎裂殘破的飛船機身、木製的螺旋翼，這些東西沒有一樣是真的，不過他想，這可能就是賣點。此時才剛入夜，人群不僅稀疏，氣氛也比較不活躍。他看到了瑞妮之前用過的費茲—大衛・吳，不過無法完全肯定那是不是同一具擴充亞體。眼前這個吳穿了一件復古風格的無產階級連身工作服，單邊蒼白臉頰上畫龍點睛地塗了一道深色油漬，正面無表情地看著一位高䠷的金髮女子。那位女子的外表，應該是在模仿開獎之前某個極具代表性的媒體形象吧，奈瑟頓想。

美智姬幫他解除桌子的偽裝，他坐下，在桌子又重新隱藏起來後點了威士忌。他把靜音模式的強度調高，一邊看著眼前這齣擴充亞體默劇，一邊等待自己的酒。當另一架美智姬端著他的威士忌過來，他總算可以說服自己，起碼這地方還拿得出像樣的酒，否則他實在不明白自己為什麼要選擇這裡。或許是因為他覺得不可能有其他人願意忍受這種地方吧，但也可能是因為潛意識裡，他認為這個地方或許能提供一些旁觀的角度，讓他得以好好審視自己眼中看到的芙林。但是看著那些擴充亞體，他最終發現，這個地方離他要的旁觀還差得遠。

他不是個對擴充亞體有好感的人，上一次來這裡，他差不多已確信這一點。那次他們一行人也要了偽裝模式的座位。他記得自己不斷揣疑，如果你明明知道一定會有人隱身在一旁觀看，為什麼人們還是會選擇沉迷於這樣的行為？他曾聽某人說過，來到這裡的客人們要的就是這個，他們想要觀眾。畢竟，所有人自願掏錢進來就是為了看戲，不是嗎？至少，在這第一個房間中，你看到的還只是單純的社交表演。他為此謝天謝地。

這簡直跟獨自坐在艾許的帳篷裡一樣令人心跳加速，他想。不過他很高興自己此時待的地方不是列夫的地下室。再說，這裡有威士忌。某架經過的美智姬正好和他對上眼，他打了個手勢要求再來一杯。

無論這些擴充亞體身後的操縱者是誰，無論他們身在何處，這些人就是奈瑟頓對自己所處的時代感到厭煩的原因。這些人，此時想必全清醒無比、一點酒意都沒有地蜷縮在某個沙發上，因為正在使用自律神經斷流器而無法喝酒。人們就是這樣，無趣得如此荒唐。

無論是否身在擴充亞體之中，他想，芙林都與這一切截然不同。

就在美智姬為他送上另一杯酒時，洛比爾的印記突然出現，並跳動起來。她的印記剛好遮住了美智姬那張在精巧設計下歷經風吹日晒、早已不成臉孔的臉孔。「請說？」這通電話完全在他預期之外。

「庫芮吉。」洛比爾說。

「她怎麼了？」

「你會把我們的故事貫徹到底，對吧？」

「我想是吧。」

「請你確定一點，」她說。「這可是某個人的人生。你的答案將會決定她到底會不會出發。」

「去哪裡？」

「去巴西。船已在三天前啟程。」

「她跑到巴西去了？」

「船已經出發了，我們會讓她追上那艘船，並且回溯變更乘客清單。航行的期間沒有人可以聯絡得到她，因為她正在練習一種引導式冥想。她想要研究某些新原始主義者，因此必須融入他們的族群中。」

「這聽起來有點複雜。」奈瑟頓說。他比較喜歡用那些沒這麼明確、並且可以隨時調整的騙術。

「我們不知道黛卓可能會認識誰，」洛比爾說。「所以必須假設你的說法會受到一定程度的深入調查。故事很簡單，她在三天前離開啟程，巴西、新原始主義者、需要冥想。你不曉得飛船的船號，也不知道她確切的目的地。請你約束自己不要擅自發明一些無關緊要的細節。」

「喜歡把事情搞複雜的人是妳才對吧。」奈瑟頓說，並抽空讓自己啜了非常一小口威士忌。

「我們不會對你進行數位監控，那樣留下的痕跡太明顯。俱樂部裡會有人負責讀你的唇。」

「我偽裝是都裝假的嗎？」

「你乾脆說服自己只要閉上眼睛就不會被看見好了。」洛比爾說。「在喝完手上那杯酒之前打給她，快點。」

「我會的。」奈瑟頓說，低頭看著自己的威士忌。

她的印記消失。

儘管躲在偽裝底下，他還是暗許自己抬起頭時會剛好看到某個人正盯著他。但所有擴充亞體仍只是忙著和彼此，或其他假裝自己不是擴充亞體的擴充亞體互動，而所有美智姬服務生都生了一張平滑、沒有眼睛的臉孔。他突然想起黛卓白鯨上的那架美智姬，那時它臉上發芽似地冒出了至少八顆眼珠，各種不同尺寸，兩兩一對，像許多漆黑的空洞球體。他喝了一口威士忌。

他想像著安妮·庫芮吉此時正登上某艘政府派出的飛行機，火速奔向另一艘開往巴西的白鯨。她生活中本來已經安排好的那些行程，無論內容為何，全都突然被改掉，毫無商量空間，就只因為像洛比爾這樣的人決定它們應該被改變，這種事也可能發生在其他人身上。洛比爾所代表的並非只是警察廳，活到像洛比爾這種年紀的人，永遠都不會單純地只是什麼。他抬頭看向頭頂那些燈，它們包覆在疲軟下垂的氣囊中，正在某艘想像出來的飛船內部朦朧地飛舞著，奈瑟頓第一次覺得原來它們還帶有這麼隱晦的象徵意味。彷彿被囚禁的電子靈魂。到底是誰設計了這麼可怕的東西？

他飲盡杯中最後一滴威士忌，該打給黛卓了。不過在那之前，他要再叫一杯。

55 說起來很複雜

她雙眼緊閉，沒認出雨水滴在清風牌拖車外那層泡棉上的聲音，那聲響沉悶而穩定，打得車頂啪啪作響。睜開眼後，她看到了嵌在聚合物中的那些ＬＥＤ燈。

「總算醒了嗎？」副警長湯米・康斯坦丁問道。她轉頭的速度之快，差點把白色頭冠整頂甩出去，還好及時伸出雙手，總算沒讓它從她頭上飛掉。

他坐在床旁邊那張傷痕累累的金屬小凳子，面對著她，身上的黑色警局夾克滿是雨珠。他把灰色毛氈帽掛在膝蓋上，上面披著保護用的防水套。

「湯米。」她說。

「僅此一家，別無分號。」

「你來多久了？」

「在你們家土地上大概待一個小時了，但在這輛拖車裡應該還不到兩分鐘。艾德沃到屋子那邊去拿三明治了。他本來還不想，但他從中午之後就沒吃東西了，我跟他說，這麼做才算是正確的英勇表現。」

「你為什麼會在這裡？」

「事實上是因為，」他說。「最近一直有陌生人在這條路上被殺掉。」

「誰？」

「這次就在你們家的範圍內。倒在樹林裡，就在那邊。」他比了比方向。

「是誰？」

「年輕人，總共有兩個。妳哥認為他們以前的經歷應該跟他差不多，或者也可以說和那群老是跟著他行動的小夥子差不多。坦白跟妳說，現在這雨大到像是用噴的，妳哥那夥人卻還是每天在外頭待上一整晚，我實在越來越難相信他們來這裡只為了和兩個郡外的對手比什麼無人機競賽。那兩個掛掉的退伍軍人，柏頓猜他們以前在軍中應該是帶專長的技術士，才會有辦法闖進你們滿布無人機的防線，還潛入得這麼深。那時的哨兵應該是卡洛斯和里斯吧，要不是他們用老方法在外頭持槍布哨，那兩個傢伙本來還有可能就這麼一路闖進來。」

她現在坐起來了，腳安安穩穩地踩在地板上的聚合物塗層，大腿上放著那頂頭冠。接著，她突然意識到，自己竟然和湯米兩人一起坐在這裡，懷裡各自端著某頂看起來愚蠢至極的帽子。此外，不管現在他們到底是要討論什麼，她真的好希望自己現在有塗脣蜜。「發生了什麼事？」

「他們不跟我說。」

「誰？」

「柏頓和其他人。我可以想像當時的情況，八九不離十，戴著夜視鏡的卡洛斯和里斯一看到另外那兩個也戴著夜視鏡的傢伙，二話不說就開槍把他們都斃了。」

「幹。」芙林說。

「我接到電話的時候也是一樣反應。」

「柏頓打的嗎？」

「傑克曼警長。我猜妳哥打了電話給他。警長打給我，開頭就提醒我要遵守我們的新守則。」

「什麼新守則？」

「我不是為了公務來這裡。」

「那是什麼意思？」

「我來這裡只是為了幫柏頓的忙。我猜也是為了幫妳，但傑克曼沒提到妳會在這。」

她看著他，一時也不曉得該說什麼。

「如果不介意我問，」他問。「我想知道妳剛才是在睡覺嗎？如果是，為什麼要戴著那看起來像是糖霜磅蛋糕之類的東西？還有一個問題，我最近真的很想找人來問：他媽的這地方到底發生了什麼事？」

「這地方？」她覺得自己的聲音聽起來簡直蠢到一個極致。

「這地方。這個鎮，傑克曼，柯貝爾・皮克，克蘭頓那邊，還有州議會裡面……」

「湯米——」她說，但又停了下來。

「嗯？」

「這說起來很複雜。」

「妳和柏頓現在是在這裡製造毒品嗎？」

「你從以前到現在都在幫皮克工作嗎？」

他向前微微傾斜帽子，讓雨水形成的兩灘小池塘從塑膠防水套的邊緣滾落。「我從沒見過他，以前到現在，都沒在任何事情上和他有直接接觸。他讓傑克曼成功連任，所以傑克曼會使出各種方法來讓我明白，哪些是柯貝爾的事，哪些是我能碰的事。我只能在這個原則下，盡量去維持這個郡的司法運作。總得有人出來做事才行。要是我們有天醒來發現柯貝爾和他那些製藥經濟活動已經衝上天，那不出幾個星期，住在這裡的人就會窮得連吃飯錢都沒有。對，這說起來也很複雜，而且要我說的話，還很悲哀，但現況就是這樣。換妳回答我了嗎？」

「我們不是藥師。」

「這個郡金流的本質已經改變了，芙林。一夜之間就變了。妳哥付錢給柯貝爾，要他去搞州議會裡面那些已經選上的政府官員。這地方很久沒出現過其他的金錢來源，很久很久了，所以，很抱歉我會直接跳出這種結論。」

「我不會對你說謊，湯米。」

他看著她，歪著頭。「好。」

「有間保全公司僱用了柏頓。公司在哥倫比亞，他們自稱替另一間遊戲公司工作。保全公司僱用我哥去操縱四軸機，他覺得那個操作環境應該是某款遊戲。」

此時湯米看著她的眼神變了，但並未透露出他覺得她瘋了。至少現在還不覺得。

「後來，他去戴維司維爾的時候我開始幫他代班，」她說。「現在我們兩個都在幫那間公司工作。他們有錢。」

「肯定多到不行，才讓你們兩個可以這樣把柯貝爾．皮克呼來喚去。」

「我知道。」她說。「這整件事都超詭異，湯米，詭異到可以自成一格。如果你同意的話，我想我現在最好不要解釋太多。」

「死在車子裡那四個傢伙呢？」

「那全是因為某人出了包。保全公司的人。我在完全偶然的情況下撞見了某件事，而且是唯一目擊者。」

「我可以問是什麼事嗎？」

「謀殺。有人以為我是柏頓，所以派出那幾個傢伙來想把柏頓幹掉。也許是把我們全家都幹掉，以防他把事情說出去。」

「所以這就是為什麼柏頓要派出那麼多無人機，還讓他的人守在樹林裡。」

「對。」

「今天晚上那兩個也是因為這樣？」

「原因大概差不多。」

「你們拿到的那些錢呢？」

「那間哥倫比亞公司給的。他們需要我指認那名兇手，或者，我看到的至少也是幫兇。我親眼看到他了，他罪證確鑿。」

「妳說這件事發生在某個遊戲裡？」

「現在要說明那個部分就真的太複雜了。你相信我說的嗎？」

「應該吧。」他說。「現在這裡發生的事不是隨便給錢就辦得到，所以不管後面到底出於什麼原因，我猜大概也不是每天都能看到的尋常事。」他的手指輕敲著帽子的塑膠防水套，力道非常輕。

「妳戴著睡覺的那個又是什麼？」他挑起單邊眉毛。「拿來美容的嗎？」

「使用者介面。」她把頭冠舉起來給他看。「不必用手操作。」她小心翼翼地把它放回床上，所有的線路都仍連接完整。

「用來操縱飛行器？」他說。

「應該說操縱另一具身體，讓我可以四處走動。我剛才不是在睡覺，是在進行遙現，拜訪別的地方。在你這麼做的時候，這東西會切斷你跟自己身體的連結，你就不會傷到自己。」

「妳還好嗎芙林？」

「什麼東西好不好？」

「發生這些事情，妳卻看起來很冷靜。」

「你的意思是，明明它們聽起來都那麼像瘋話？」

「對。」

「真相比我剛才告訴你的那些還要瘋。但要是我只因為事情不合常理就抓狂，那整件事就真的要翻了。」她聳聳肩。

「不愧是『Easy Ice』。」

「誰告訴你的？」

「柏頓。不過挺適合⓬。」他微笑著說。

⓬ Easy Ice這個名字有種隨時冷靜、思緒銳利的意思。

「那只是用在遊戲的名字。」

「現在這個不是嗎？」

「錢是真的，湯米，到目前為止的都是。」

「而且妳表哥才剛贏了一期樂透彩。」

她決定暫時不要多聊這件事。

「妳和柯貝爾・皮克碰過面嗎？」他問。

「從他和市長一起出現的那次聖誕遊行之後就沒有了。」

「我也是，沒見過本人。」他說，看了看他手上的腕錶。八成是他祖父傳下來的，是那種只能用來看時間的老舊款式。「但我們馬上就要在妳家那邊看到他了。」

「誰說的？」

「柏頓。不過我猜應該是柯貝爾・皮克先生的主意。」他小心翼翼地用雙手把帽子戴上。

56 她語音信箱裡的光線

事情就這樣以他最期望的方式發生了。上好的威士忌宛若潤滑油，讓他的口中彷彿自然增生一層保護濾膜。他看見一個不熟悉的印記，圖樣像是壓縮過的螺旋，某種黑色的部落圖騰。他猜這圖樣應該引自北太平洋環流，這也代表，無論現在她的肌膚上刻畫了什麼豐功偉業，早將垃圾島族的事情也納進去。

印記展開到第三道環時，將眼前的視線全部吞噬。他突然身在一座寬敞、深遠、天花板高得幾乎要看不見的轉運站大廳，視線中滿是花崗岩與灰色調。

「請問哪位？」某個他看不見的英國女人問。

「維伏．奈瑟頓。」他說。「我找黛卓。」

他低頭看著自己在酒吧裡的桌子，桌上的空酒杯。側眼往右邊一瞄，能看見酒吧的拋光鋁材地板在圓桌旁圍出一個圓圈，以寶石匠工一般的精準度，鑲嵌進黛卓那一端的花崗岩地板中。這是俱樂部偽裝機制內建的場景區隔功能。由於他看不到吧檯或是美智姬，因此意識到自己也沒辦法示意再要一杯酒。

這片浮誇得乏味的大廳裡立了許多支高度及胸的花崗石座，彷彿透視圖上的延伸線般往大廳深處排列而去。石座頂端的方形橫切面上各自撐著一幅眼熟的縮擬模型，那些都是她經由外科手術剝下來的皮膚，像內餡一樣用兩片玻璃夾著。她目前其實只製作了十六款，這表示眼前的這些大多都是複製品。典型的自我膨脹。冬季光線穿過他視線外的某扇窗戶，灑進室內，室內的聲音和那光一樣蕭瑟，簡直像一切都是計算好要讓人心神不寧。這是一間前廳，專門留給不期而來的電話。意思已經表達得很清楚了。「好吧。」他說。他聽見自己的回音落在花崗石上的回響。

「奈瑟頓？」那個聲音問道，彷彿他的名字只是另外某種事物的委婉說法，令人陌生。

「維伏・奈瑟頓。」

「請問您撥這通電話是為了何事？」

「我不久之前還是她的公關人員。我打來是有私事。」

「很抱歉，奈瑟頓先生，我們這裡沒有您留下的紀錄。」

「安妮・庫芮吉，泰特後現代博物館副研究員。」

「抱歉，能再說一次嗎？」

「親愛的，安靜一下，讓模式辨識系統自己確認。」

「維伏嗎？」黛卓問。

「謝謝妳。」他說。「我從來就不喜歡卡夫卡。」

「那是誰？」

「當我沒說。」

「你要幹麼？」

「我們還有事情沒處理完。」他說這句話的同時，還帶了一口細微且極度自然的嘆息。他把這個嘆息當作遊戲開始的預兆，他要認真出手了。

「是艾葉莉塔的事嗎？」

「為什麼會跟她有關？」他以宛若被搞糊塗的語氣問道。

「你沒聽說嗎？」

「聽說什麼？」

「她消失了。」

他默默數到三。「消失了？」

「垃圾島的事情結束後，她在伊甸池大廈為我辦了一場宴會。她的保全回來上工後，就發現她不見了。」

「不見去哪？」

「完全無法追蹤，維伏。一點痕跡都沒留下。」

「為什麼她的保全會不在？」

「因為有宴會的協議。」她說。「你是不是故意弄壞我的服裝？」

「我沒有。」

「但你在生那個刺青的氣。」她說。

「我再氣也不會干涉妳的藝術創作。」

「那就是別人弄的了。」她說。「都是因為你在那些無聊的會議裡叫我答應參加這次行動。」

「那看來我打來是對的。」

「什麼意思？」經過一段稍嫌過長的停頓，她問。

「我不希望事情以這樣的方式結束。」

「我不希望你錯以為事情還沒結束。」她說。「如果你想講的是這個的話。」

他再度嘆氣。這次是他的身體自動運作，這一嘆短促而有力。就像當一個男人清楚自己失去了多重要的東西，也明白自己是真正地失去那樣東西時會有的那種悔恨。「妳誤會了，」他說。「但現在說這個時機不對。很抱歉，妳姊……」

「你怎麼認為我會相信你真的不知道這件事？」

「我讓自己脫離媒體好一陣子，也因為這樣，最近才知道我被炒了魷魚。我一直在忙著處理。」

「處理什麼？」

「我的情緒。我在普特尼找了一位治療師。」

「什麼情緒？」

「三流小說裡會有的那種悔恨。」他說。「我可以見妳嗎？」

「見我？」

「看妳的臉，現在。」

一陣靜默，然而之後她還是打開顯像流，讓她的臉出現在畫面中。

「謝謝。」他說。「妳無疑是我見過最出色的藝術家，黛卓。」

她的雙眉輕輕顫動。那種顫動與其說是認可，不如說是暫時同意他有能力對某些事物指出正確的觀點。

「安妮・庫芮吉，」他說。「她懂得欣賞妳的作品。妳還記得我在白鯨上跟妳提起過這件事嗎？」

「有人在那件跳傘裝上動手腳，讓拉鍊卡住，」她說。「害他們得把衣服切開我才脫得下來。」

「我完全不曉得有這件事。我想為妳安排某件事。」

「什麼事？」她問，完全不隱藏自己慣有的懷疑。

「讓安妮對妳的作品發表看法。她在非常偶然的情況下對我講了很多心底話，我說真的，她完全不知道我們之間的事。因為我稍微聽到了一點她的看法，再加上我對妳的了解，所以我也想讓妳聽到。至少得試一試。」

「她說了什麼？」

「我沒辦法幫她轉述。等妳聽她說了，妳就會懂。」

「你接受治療的時候都在想這些？」

「這真的很有用。」他說。

「你到底想要我做什麼，維伏？」

「請妳允許我為妳引薦她，讓妳們再見一次。無論我的力量多麼微不足道，也可能永遠無法完全理解妳作品的重要性，我都希望能多少有所貢獻。」

他想，此時的她可能一直在盯著某件裝備看，比如說某頂翼傘，然後猶豫自己是要留著它或換掉。「聽說你對她做了一些事。」她說。

「對誰？」

「艾葉莉塔。」

「誰說的？」如果他現在拿起空杯做做手勢，可能會有架美智姬幫他送另一杯酒過來，但這些動作會讓黛卓看見。

「傳聞，」她說。「媒體說的。」

「他們是怎麼說妳和島族首領的？一定說得不好聽。」

「都是些腥羶色。」她說。

「這樣的話，我們都是受害者。」

「你又不是名人。」她說。「只是去懷疑你做的事情，又能有多煽情？。」

「我可是妳的前任公關，而她是妳的姊姊。」他聳聳肩。

「你坐的那是什麼地方？」她問。她現在夾在兩幅立在柱子上的縮擬模型之間，整個人出現在他面前，不再是只看到臉部而已。她裸著雙腿與雙足，身體包裹在熟悉的藍綠色長袍開襟羊毛衫中。

「一張開啟了偽裝模式的圓桌。我人在一家位於肯辛頓的酒吧，叫冒牌者症候群。」

「你為什麼會在亞體俱樂部裡？」她問，眉心浮起一道狐疑的逗號。

「因為安妮現在不在，她在一艘往巴西的白鯨上，如果妳願意再見她一面，那她就會需要一具擴充亞體。」

「我很忙。」那道逗號加深了。「也許下個月吧。」

「她要去做田野調查，融入幾個新原始主義者的生活。那些人有科技恐懼症，她被交代說要把手機拔掉。如果調查順利，她搞不好會在那邊待上一年，甚至更久。我們得在她抵達巴西之前盡快完成這件事。」

「我說了我很忙。」

「我擔心她在那邊的情況。要是我們失去她，那她的那些遠見就會跟她一起消失。她很多年沒發表研究成果了，而妳是她花了一輩子研究的題材，我認真的。」

她向桌邊踏了一步。「真有那麼特別？」

「極為不凡。她對妳充滿欽佩，欽佩到就算妳沒那麼忙，我也不確定怎麼安排比較好。一對一會面的話可能會讓她興奮過頭。也許我們可以把會面安排得像是巧遇，比方說在某個宴會上，我們三人一起碰面，給她一個驚喜。她平常是個對社交很有自信的人，但在康瑙特的時候卻根本不敢和妳說話，這件事讓她很無助，我猜她去做這次田野調查，大概就是為了讓自己分點心吧。」

「我是真的有些事要忙……我不確定能給她多少時間。」

「這就看妳覺得她夠不夠有趣了。」他說。「也有可能是我錯了。」

「是有可能。」她說。「我考慮看看。」

接著，她、她那件藍綠色羊毛衫，還有那雙光溜溜的雙腿便消失，語音信箱裡那冰涼的花崗岩反光也跟著失去蹤影。

他的視線再度回到冒牌者症候群裡那些擴充亞體。從完全的寂靜中看去，他們就像一群焦躁的電動立體模型。他向一架經過的美智姬比了個手勢。是該再來一杯了。

57 上好瓷器

她母親曾經說，有錢人看起來都像玩偶。在母親的客廳裡見到柯貝爾・皮克的時候，她想起這句話。他身上的每一英寸肌膚可能都有著相同的日晒膚色，晒得那麼完美，連那頭牧師髮型都白得極為勻稱。

她在拖車拿了一件里昂的老舊魚尾派克大衣穿上。里昂說這件大衣來自韓戰時代，由於完全不防水，所以他在上面噴了萬惡的防水奈米漆。他說的韓戰不是他和柏頓因為晚生兩年而沒趕上的那一場，而是更久之前那場，都是古早歷史。她用柏頓的刮鬍鏡上完脣蜜後，在他的吊衣桿上發現這件大衣，那時雨不斷打在清風拖車像繭一樣的外殼上，劈噼啪啦地響著。她套上大衣的時候，盡可能不去碰衣服的外側。高中時，政府曾經將這項商品強制下架，然後在電視上播了一則公共宣導廣告，說千萬不要碰那個漆。整件大衣因為上了漆而僵直，她穿起來像頂帳篷。

「媽的。」她看著放在柏頓軍毯上那支白色的控制器。「它跟我的手機連線了。我不想把手機放著，可是我不知道怎麼樣才能切斷連線。」

「那就不要管了。」湯米一邊拉上夾克的拉鍊一邊說。「今天晚上，要是哪個妳連名字都叫不太出來的人膽敢走進來，就別想走出去。」

「好吧。」她縮在猶如洞穴一般的帽兜中說著。他打開門走進雨中時，她在心裡猜想著，不知回到自己身體裡之後，她是否感覺到艾許說的那種「肉感」。也許，那種感覺就像看到老電影裡那種過度飽和的色彩，而每樣東西的質感似乎都會被調整得更扎實一點？

總之她跟著他走了出去，雙腳落在地面時，因為泥濘而滑了一下。她的鞋不防水，甚至可說不怎麼好穿。就在她腦中剛冒出「要是穿的是另外那雙就好了」的念頭，她隨即想起，所謂的另一雙鞋其實是在那個未來世界裡，而且還不是她所在的這個世界的未來。再說，那雙鞋子可能根本不是她的尺寸。她想到擺在那輛巨型RV後艙房床鋪上的擴充亞體。這讓她心裡浮上一些說不出是什麼的情緒，難道她把什麼東西也一起帶回來了嗎？她的鞋襪已經溼透了。她一路跟著湯米走上小徑，心裡想著，這些雨滴在外套上時發出了那種細小嘶聲，彷彿連它們都使出自己最快的速度，想要擺脫那塗了漆的棉布。

他們走到後門時，她在地墊上抹了抹鞋子。門一開就看見艾德沃，他沒戴微視，正站在廚房餐桌旁解決三明治。他滿嘴食物，兩眼睜大，朝她點了個頭。她的視線穿過房門，看見飯廳裡，母親將她的上好瓷器拿出來用了。她也向他點了個頭，溜出那件派克大衣，將它掛在冰箱旁的架子上。她發現大衣完全沒有淋溼，乾得嚇人。

「妳的漂亮女兒來了，艾拉。」他和柏頓一起站在火爐旁，她母親則坐在沙發中央。「想必這位是湯米副警長。」

「晚安，夫人。」湯米說。「皮克先生，柏頓。」

「嗨。」芙林打了招呼，聲音小得幾乎聽不見，彷彿在表達柯貝爾·皮克這種人物怎麼可能出現在她們家客廳。「我記得有在聖誕節遊行上看過你，皮克先生。」她說。

「叫我柯貝爾。」他說。「我聽人說過不少妳的好話。像是在場的艾拉、妳哥哥都有說過。湯米的事情也聽過不少，都是從傑克曼警長那裡聽到的，很高興終於見到你了，湯米，感謝你出面跑這一趟。」

「很高興見到您，皮克先生。」湯米說。他站在她身後，她回身過去看著他。他將自己的黑色夾克掛在架上的派克大衣旁，接著將帽子掛到掛鉤上。他轉身，身上穿的是燙得硬挺的褐色制服襯衫，袖子上還有繡章，警徽在燈光下閃閃發亮，臉上沒透露任何看法。

她想到，自己真正要做的是向柏頓問清楚他們到底買通州長了沒，但母親還在場，更別提還有一個皮克。

「嘿。」柏頓開口。他的站姿讓她想起身在擴充亞體中的康諾：身體偏離中心。但也就是這種站姿，讓他能方便隨時向兩邊移動。

「嘿。」她回應。

「妳肯定累了。」

「不確定。」

「把咖啡拿進來，芙林。」母親說。「扶我起來吧，柏頓，已經超過我的睡覺時間了。」柏頓穿越房間走向她，牽起她的手。芙林看得出來，即便身負重病，但在需要的時候，她還是能讓自己維持在一個最佳狀態。她不想讓皮克看到自己的病容。芙林放眼望去，不見氧氣瓶的蹤影。

她走回廚房，將爐子上的咖啡壺拿走。艾德沃正要溜出門，他還穿著背部印有海夫提標誌的拋棄式雨衣，神色緊張到揮手揮一半人就不見了。他順手將門帶上，門板窗上的塑膠簾子震得哐啷作響。

「他有吃三明治嗎？」母親從客廳裡問道。

「吃了。」芙林提著咖啡回客廳。

「我認識他姨媽瑞莎，以前還跟她一起工作過。抱歉我得去睡了了，柯貝爾，見到你真高興，真的好久不見了。幫柯貝爾倒咖啡呀，柏頓。芙林，麻煩妳扶我去床上吧。」

「交給我吧。」她說，將壺放在咖啡桌上，底下墊著某種用木頭串珠串成一大片的東西，是以前里昂待在童軍隊裡時做的。她跟著母親穿過火爐旁的門，反手將門關上。

母親彎腰拉起她的供氧管線，轉過旋鈕，將兩支透明塑膠製的小角塞進她鼻子裡。「妳跟柏頓找那個男人做什麼？」她故意放低了聲音，不讓他聽見。芙林看得出來，她很克制不讓自己破口大罵髒話，這代表她真的很生氣。

58
吳

那具費茲—大衛・吳的租用體正朝他的桌子走來，一邊臉頰油跡斑斑，身上裹著皺巴巴的連身工作服，手上還拿著杯酒。它應該是看到他了。

「妳看到我了。」他不爽地說。

「是看到了。」它回答，將酒擺在他面前。「不過其他人看不見。那是你最後一杯，你在這邊的事情到此為止。」

「誰說的？」他雖然問出口，其實了然於胸。

擴充亞體伸手到臀後的口袋，掏出某樣東西，攤在它張開的手掌上：一個小小的圓柱體，細緻地裝飾了鍍金和刻了凹槽的象牙。那東西隨後變形成一個外緣鍍金的象牙開式墜鍊，上蓋已然打開，露出一張似乎是用手染色而成的影像，裡頭的人是洛比爾，穿著橙色粗呢套裝和綠色領帶，正瞪著雙眼，嚴厲地凝視著前方。但洛比爾隨即消失，因為墜鍊再度變形，流暢地轉換成一頭拇指大小的獅子。獅子頭戴王冠，昂然躍立，接著又馬上變回那華麗得過分的小圓柱體。

「所以我應該當它是真的囉？這個用裝配工很容易就做出來了。」

它將那東西塞回口袋。「仿造執法杖是相當重的罪刑，而且刑期可不短。把酒喝了吧，我們該走了。」

「為何？」奈瑟頓問。

「在你進入她語音信箱時，整個泰晤士流域有好幾個人同時動身，都往這個方向過來。這些人跟她、跟你之間，用任何已知方法都找不出關聯，但這對姨媽來說已經明顯違反了統計上的正常標準。所以，我們需要你離開這裡，而且最好不要留下任何政府單位出手介入的痕跡。趕快喝了。」

隨隨便便就獲得喝酒的權限，真難得。奈瑟頓仰頭就將威士忌灌進肚裡。他站起來，身子還有點不穩，連椅子都被他撞翻。

「請往這邊走，奈瑟頓先生。」擴充亞體這麼說，他覺得它的口氣很不耐煩。它抓住他的手腕，拉著他往冒牌者症候群更深處走去。

59 資本冒險家

「大家都覺得最糟糕的壞蛋一定跟別人不一樣，但事實上不是這樣。」坐在床沿上的母親說。她身旁的桌上堆滿了藥。「不管是連續殺人犯還是強暴犯，他們毀掉過的人數都比不上柯貝爾這種人手上的紀錄。他老爸以前是市議員，柯貝爾小時候就目中無人，又自私，但也就是跟同年紀的小孩子差不多而已。可三十多年過去，他毀掉的人已經多到他根本懶得去記，有些人他甚至不認識。」說這番話時，她眼睛沒離開過芙林。

「我們只是接了一份工作，」芙林說。「錢已經收了。就我們所知，這些本來都跟他無關。現在他突然攪進來，我們可沒有要他這麼做，更不需要他這麼做。」

「要是柏頓兼差給退務部發現，」她母親說。「他們一定會砍了他的錢。」

「如果事情辦得順利，那可能也沒差。」

「退務部至少好幾年內都還會是他的鐵飯碗。」她母親說。

芙林聽見身後的門打開，轉頭去看。

「抱歉打擾，」珍妮絲說。「可是那個混蛋正在給柏頓難堪。我不想站在會被他看見的位置，免得他以為我在聽他們談話的內容。」

「妳剛在哪？」

「在妳床上，做我憤怒時會做的凱格爾運動。我煮了咖啡，幫艾拉把頭髮挽起來，然後聽柏頓說某某人要過來，我就上樓去妳房間了。妳還好嗎，艾拉？」

「我很好，親愛的。」芙林的母親說，但她臉上開始浮現病容。

「妳先吃藥。」珍妮絲說。「妳最好回客廳去，」她再向芙林說。「聽起來那邊快說到重點了。」

芙林注意到她父親年輕時的照片，他穿著軍制服，比現在的柏頓還年輕。這房間一直都是他的書房，後來變成母親的針線房。在她開始上下樓梯困難後，他們就把她的床搬到這裡來。「我得回去了。」芙林對母親說。「我等等再回來看妳，如果妳還沒睡，我們再談。」

母親只點點頭，忙著吞藥，沒有看她。

「謝了，珍妮絲。」芙林說，然後走出去。

「如果弄不清楚出錢的人是誰，那就別想。」她踏進客廳時，正好聽到皮克這句話。他坐在裹著棕色椅套的扶手搖椅上，當下她突然覺得椅子之後可以洗一洗了。柏頓和湯米各自位在沙發的兩端，隔著咖啡桌與他對坐。皮克看見她，繼續說話：「我在議會裡的人不會和你談，你現在扯進來的這個公司都得經過我這關。他們得先搞清楚，目前花的錢只能算是拿來開門的而已，就定期保養的概念來看，差不多又該維修維修了。」

她在柏頓和湯米之間坐下，突然發現他剛剛說的每一句話早已進入某種節奏，讓她想起他的汽車經銷商廣告。那些廣告詞聽起來是楔型的，最開頭是窄門窄巷，最後的強調句則大開大放。那力道就像一錘一錘把釘子敲進去。

「至於妳，」皮克看著她的眼睛。「妳實際見過我們在哥倫比亞的資本冒險家。」

她左手邊的湯米向前傾，手肘擱在膝蓋上，一隻手護住另一隻，裡面的那隻手掌已經縮成了沒握緊的拳頭。從她坐著的位置，她能看到一把手槍，比他放在腰間皮套裡那把要小，就藏在他褲頭腰帶前側的下方。

她與皮克嚴厲的目光對望。「我的確見過。」她說。

「跟我談談他們的事。」皮克說。「妳哥要不是一無所知，就是不怎麼想知道。」

「他們有錢，」她說。「其中一部分也已經進你口袋了。」

「但它們是打哪兒來的？中國？還是印度？我還是不太相信這些錢真的來自國外。也許來源是這裡，先流出去，最後再流回來。」

「這我不會知道，反正公司在哥倫比亞。」

「我看是南卡羅來納州的哥倫比亞市吧。」皮克說。「妳跟柏頓，你們和他們是合夥關係嗎？」

「有在試著合夥。」柏頓說。

皮克的眼神從柏頓掃向芙林。「也許他們是政府的人。」

「從來沒讓我有這種感覺。」她說。

「會是國安部在釣魚嗎？」皮克說。

「完全不像我們以前遇過的國安的人。」她說。

「冷鐵奇蹟。」皮克的咬字彷彿外來語言讓他難以下嚥。「人家跟我說，『冷鐵』這兩個字也根本不是什麼西班牙文⓭。」

「我也不知道他們為什麼取這種名字。」她說。

「就在我剛才開車過來這裡的路上，你們的『奇蹟』朋友買下了某家荷蘭銀行的股份。他們花的錢就算包下這整個郡都還有剩。不只這個郡，還能再加上旁邊三個。妳和柏頓到底何德何能讓他們找上門？」

「是他們主動找上我們。」她說。「目前他們就只跟我們說了這些。如果是你，你可以把那家銀行買下來嗎，皮克先生？」

他不喜歡她。也許所有人他都不喜歡。「妳覺得妳有本事和那種背景的人合夥嗎？」他問她。

她和柏頓都沒有答話，她甚至不想看湯米一眼。

「我就有。」皮克說。「而且我現在就辦得到。要是我成了，那麼妳能拿到的報酬，就是妳這輩子連想都不敢想的財富。要是妳不跟我合夥，那也休想跟議會裡的人牽線了，到此為止。」

「不知道錢從哪裡來會讓你不高興嗎？」她問。「你需要知道什麼才會覺得滿意？」

「我要和真正跟我打交道的人直接接觸。」皮克說。「那家公司三個月前還不存在，我要某個有名有姓的人向我解釋，他們的空殼底下到底是什麼。」

「奈瑟頓。」她說。

「什麼？」

「他就叫這名字，奈瑟頓。」

她看見柏頓盯著她，但他的表情絲毫沒變。

⓭ 冷鐵股份有限公司的原文為西班牙文，但其中冷鐵（coldiron）這個字用了英文寫法。這個字並不是固有的詞彙。

「湯米，」皮克說。「很高興見到你，不如你再去確認一下那兩個小子的事情已經好好處理了。傑克曼告訴我你做事注重細節。」

「好的，先生。」湯米站起來。「我會去辦。柏頓，芙林。」他向兄妹倆點頭，走進廚房。她聽見他穿上夾克，拉上拉鍊，然後在他走出門時，聽見後門上的簾子傳出拍打聲。

「你有個很聰明的妹妹，柏頓。」皮克說。

柏頓不做回應。

她發現自己注視著擱在壁爐架上的塑膠托盤，那上面印著紀念克蘭頓兩百週年的卡通風格鳥瞰地圖。她八歲的時候，母親曾開著車帶他們兩人一起去參加紀念慶典。她記得這件事，此時看起來卻像某個別人的人生。

60 朦朧記憶

「別鬧脾氣。」眼前的吳說。關於這個人，奈瑟頓還記得的就只剩這個名字。他這身精心打扮似乎都是為了某個扮演區，但奈瑟頓對那區的設定毫不熟悉。也許跟什麼「閃電戰」有關。「我希望你不會在這邊吐出來。」

這倒是非常有可能，奈瑟頓想，因為這個沒有窗戶的狹小房間似乎正在移動，但還好移動方向始終不變，而且順暢。「你是那個演員。」他說。他知道他是個演員，不過他指的倒也不是某個特定演員，總之就只是某個演員。

「我不是吳，」吳說。「只不過當時剛好有一具可用而已。我之前看過你的前同事用。你最好學著不要灌酒灌得那麼快，奈瑟頓先生，那會損害你對事件的記憶力。我得跟你討論一下你和她的對話，因為我能得到的情報就只有單方面看到你說的內容。」

奈瑟頓人在一張小扶手椅上，稍微坐正了身體。雖然整個大局似乎還不明朗，但他多多少少明白自己在這些事件裡的角色了。他記得自己剛才被帶進一道狹窄但整潔得荒唐的地下磚造走廊，在集魚燈的照耀下，連一點微塵都看不到。那種充滿死寂感的清潔程度肯定出自裝配工的傑作。這些裝配工，它們是倫敦最微小的管理員。「你說誰？」他問。

「黛卓・魏斯特。」

於是奈瑟頓想起她的語音信箱，還有那壓迫感十足的天花板高度。「我們這輛車，」他說。「是要去哪？」

「諾丁丘。」

「她會邀請我們的。」奈瑟頓說。不論好歹，他仍記得自己對這件事抱著期望。

「在我看來，你的確下了套。假設那就是你的圈套，假設她真的自我中心到能這樣就被你說動，但我目前掌握的一切還不足以讓我如此驟下斷言。也許你也不該，奈瑟頓先生。」

還在假裝難搞，演員嘛。

61
暈時

「我得睡覺。」廚房裡，她對柏頓這麼說。柯貝爾已經離開了，一個大塊頭帶了把高爾夫球傘過來，護送他走回車上。她已經累到眼睛都要張不開。

「妳覺得奈瑟頓應付得了柯貝爾嗎？」

「洛比爾跟其他人會告訴他要講什麼。」

「那是誰？」

「康諾看過她。我覺得我們實際上是在為她工作，但收的是列夫的錢。或者說是列夫在這裡的錢，基本上就跟他自己的錢差不多……靠，我覺得我整個人累到要翻過去了。」

「好吧。」他說，然後捏捏她的肩膀，穿上夾克，走了出去。雨已經停了。她關掉廚房的燈走到客廳，確定母親房門底下的燈光已滅，才回到樓上。她感覺那些階梯從來沒這麼陡過。

珍妮絲正待在她房間裡，盤腿坐在床上，旁邊散著六、七本《國家地理雜誌》。「美到不行耶，」珍妮絲抬起頭來對她說。「私有化之前的國家公園真是不得了。那混蛋走了嗎？」

「柏頓也回去了。」芙林說。她摸了摸自己的手腕和牛仔褲上的四個口袋，最後才想起來她的手機還放在拖車裡。她脫掉T恤，扔到椅子上，接著又為了找那件海軍陸戰隊的運動衫，不得不往它底下翻。她套上運動衫，坐在床沿，把腳上溼透的鞋子和襪子通通脫掉。她解開牛仔褲褲頭，勉力在不用站起來的狀況下把褲子也脫了。

「妳看起來累癱了。」珍妮絲說。

「那些人有提醒過我，說是因為時差的關係。」

「艾拉還好嗎？」

「我沒進去看，」芙林說。「不過她的燈是暗的。」

「我去睡沙發。」她撿起那些雜誌。

「我看到了一大堆亂七八糟的怪事。」芙林說。「跟我說會有時差的那個女人，她兩隻眼睛裡各有兩個瞳孔，滿屁股都是會動的動物刺青在上面亂竄。」

「全在屁股上？」

「還有兩條手臂跟整個脖子。有一次還在她肚子上，但又統統跑到背後躲起來，簡直跟卡通一樣。牠們會躲來躲去是因為不認識我，搞不好最後真的都跑到她屁股去了。反正，我分不出來。」

「分不出什麼？」

「分不出我是不是開始習慣這些東西。本來覺得很奇怪，後來又覺得它們本來就是這樣，再後來，又會覺得怎麼這麼怪。」

珍妮絲坐直了身體。她穿著一雙手工編織的粉紅色壓克力拖鞋。「躺下吧。」她說。「妳需要好好睡覺。」

「我們居然買通了他媽的州長，這就真的詭異了。」

「他的混蛋程度比皮克更高。」

「其實我們也不是真的買通了他，而是和皮克達成協議，定期付錢給他。」
「你們這樣可以得到什麼好處？」
「得到保護。之前想要偷闖進來的那對退伍軍人被兩個柏頓的人殺了。他們不是一般的流氓暴徒，都下到拖車旁邊了。」
「我才在想他們那時到底偷偷地在騷動什麼。」
「皮克把湯米叫來這裡，確定那些屍體都有處理好。」她無意間扮了個兩人小時候常扮的鬼臉。
「麥迪森在哪？」
「和梅肯一起在康諾家，幫柏頓修那架軍用飛行器。至少我上次刷地圖的時候他是在那邊，搞不好現在已經在家了。」珍妮絲站起身，把那幾本舊的《國家地理雜誌》抱在肚子前面。「別擔心，我會留下來陪艾拉。」
「謝謝妳。」芙林說，讓自己的頭跌到枕頭上。也許是因為暈時，或者因為再加上會讓東西變得肉感的感官作用，她感到老舊的格紋枕套不如以往那般熟悉，彷彿錯綜複雜的棋盤似地抵著自己的臉。

62 意料之外

洛比爾的車門滑開時，艾許已經在那等著了。她鑽進車子裡，抓住他的手腕，用另一隻手把醫療錠柔軟的那端按在他手上，再把他整個人拖出來。他的腳完全認不得諾丁丘的人行道應該長什麼樣子。

「臥床休息，」車門關上的同時，洛比爾迅速地給出了建議。「給他中度的鎮定劑量。」

「再見啦。」奈瑟頓說。「不要再見啦。」

原本還是整輛車身上唯一解除偽裝的車門，突然像在翻攪他內臟似地翻騰起一片像素，然後消失不見。車子開遠，只剩隱形輪胎發出的細碎耳語逐漸淡去。

「過來。」艾許將醫療錠用力壓在他手腕上，帶著他走。「如果你吐在列夫屋子裡，歐辛就得負責清乾淨了。」

「不喜歡我。」奈瑟頓說，他凝神看向整條街道，恍惚想著列夫家到底串連了這裡多少間房子。

「並沒有。」艾許說。「雖然你現在的狀態也實在夠煩人的了。」

「狀態。」奈瑟頓的語氣充滿不屑。

「你小聲一點。」她帶他爬上階梯，進到屋裡，經過放在玄關的那些威靈頓長靴和外套。他一想到多米妮卡就乖乖閉上嘴。

進到電梯裡後，雖然稱不上身心舒暢，但他至少感覺自己穩定多了。他覺得醫療錠可能開始發揮了功效。

車庫一片寂靜。艾許把奈瑟頓牢牢綁在小車上，再開到戈壁大冒險。「我要把你放到樓上。」她在他們爬上舷梯、進到車內後這麼說，然後鬆開了他的手腕，把醫療錠重新收好。「她的擴充亞體在後艙裡，列夫哥哥的那具在主臥。」她按了牆上的某個東西，木板上浮出雷射切割的縫隙，幾近無聲地從中伸出一道本來隱藏起來的狹長樓梯，繃緊的支撐繩索閃閃發光。「你先。」她說。他身形搖晃地爬了上去，發現自己走進一座四周用玻璃圍住的瞭望臺，裡頭擺滿灰色皮製家具。

「這裡也可以當成水療池使用，但請你不要去啟動它。」她說。「醫療錠給了你幫助睡眠的藥，另外還有一些能減輕你宿醉的東西。那邊是廁所。」她指向一道包覆著皮革的窄門。「去上廁所，然後睡覺，我們會叫你起來吃早餐。」她轉身走下結構複雜的梯子。梯子的結構讓他想到用來切起司的砧板線鋸。

他在一張鋪了皮墊的壁架上坐下，邊想著這算不算是水療池的一部分，邊脫掉自己的鞋子、夾克，然後動作困難地站起身，推開那扇鉸鏈裝在中間的窄門。門後是一套結合了洗手槽和小便斗的衛浴組，小便斗大概還兼具了馬桶的功能。他用了小便斗，又拖著腳步回到壁掛式沙發旁躺了下來。燈光漸暗。他閉上眼，思考醫療錠打到他身體裡那些令人愉悅的藥物不知道都是什麼成分。

他因為聽到樓下傳來的聲音而轉醒，感覺像上一秒鐘才剛睡著。

有燈亮著，但光源來自樓下，這個到處充斥著灰色皮革的瞭望臺仍是暗的。他聽到有人作嘔和東西飛濺的聲音，於是起身，腦袋超乎預期地清醒，頭痛已然無影無蹤。他想著也許自己其實正在做夢，而現實中的他正邊吐邊睡。但即便如此，想到這個可能性似乎也沒讓他比較緊張。

他起身，弓起足背，彷彿孩子在玩捉迷藏似地，躡足悄悄走向那道看起來如單面刀般危險的樓梯。水聲潑流。他踮著腳尖，往前彎腰，盡可能保持安靜地往下走，直到發現芙林那具擴充亞體身穿黑色牛仔褲和襯衫，站在打開的吧檯裡，捧著手喝水龍頭的水。她用力把水吐進圓形的鋼製水槽中，眼神銳利地抬頭看著他。

「哈囉。」他說。

她歪著頭，兩眼沒從奈瑟頓臉上移開，用手背抹過自己的嘴。「我吐了。」她說。

「艾許也覺得妳應該會吐，畢竟是第一次——」

「妳怎麼打開吧檯的？」

「你是奈瑟頓，對吧？」

「沒上鎖。」

這時奈瑟頓才第一次想到，也許只有他一個人打不開那個吧檯。他們故意設定的。「除了水之外，妳不能喝其他東西。」他一邊走完剩下的階梯，一邊勸告擴充亞體，心裡覺得提出這種提醒好像有點奇怪。

「別動。」她說。

「怎麼了嗎？」

「我們現在在哪裡？」

「列夫祖父的賓士車裡。」

「康諾說它是RV。」

「你們是這樣叫它的沒錯。」他說。

她瞇起眼，向前踏了一步。他突然想起她穿著耐力訓練設備時那一身漂亮的肌肉線條。「芙林？」他問。

有人正重步跑上舷梯。

僅僅兩個跨步，她就越過了車艙，藏在門邊等著。歐辛衝進來時，她已經擺好戰鬥姿勢，以臀部為支點，讓歐辛整個人像是被自己的體重推了一把，往前跌去。接著又不知怎麼立刻流暢地變換成另一種姿勢，一條腿精確地完全伸展開，從歐辛背後用力踢中他的肩膀。歐辛的前額撞上地面，聲響沉重。

「趴著別動。」她的呼吸平穩，兩臂微曲在胸前。「這又是哪位？」她轉過頭問奈瑟頓。

「歐辛。」奈瑟頓說。

「他媽的……我的肩膀……脫臼了。」歐辛咬牙切齒。

「應該只是傷到滑囊而已。」她說。

歐辛抬頭，怒目瞪向奈瑟頓。「這是她那該死的哥哥對不對？那個小子剛剛才打給艾許。」淚水從他眼裡奪眶而出。

「柏頓嗎？」奈瑟頓問。

擴充亞體轉過身來。

「是柏頓。」奈瑟頓說。他現在看出來了。

「費雪先生。」站在門口的艾許說。「很榮幸終於有機會能見到你本人……至少還算本人。這是歐辛，你們見過了。」

歐辛怒吼著，那些從未聽聞的髒話一一化為清楚的音節。

「很高興能來這裡。」芙林的擴充亞體說。

艾許觸摸牆面，一張扶手椅從地面升起。「幫我把歐辛扶起來，」她對奈瑟頓說。「我要檢查他肩膀。」事實證明，這句話說比做容易，半是因為這位愛爾蘭大漢體格極為壯碩，半是因為他正承受著劇痛，更別提他已經氣炸了。當他們好不容易讓他坐穩，他已經滿臉淚光。艾許拿出行動醫療錠，隔著夾克的黑色布料壓在歐辛受傷的肩膀上，然後放開手。醫療錠固定在那裡，迅速膨脹、下垂，彷彿一顆垂頭喪氣的陰囊，表面呈混濁的半透明。它隔著黑色的夾克開始對歐辛進行治療，隱約可以看到血液跟很可能是血肉組織的東西在裡頭旋轉，奈瑟頓不禁感到反胃。醫療錠變得比歐辛的頭還大了，他別開視線。

「嘿，」擴充亞體說。它才剛走出去，就站在舷梯的頂端。「這是什麼東西？」

奈瑟頓跨過艙房朝它走去，小心翼翼地保持距離。「你是指什麼？」

「下面那個巨大的白色物體。」

奈瑟頓伸長了脖子。「那是耐力訓練用的外骨骼。」他說。「某種運動裝置。」

「好，現在我知道我也可以過來這邊了。」它說著，眼神朝下瞄去，似乎在看自己的乳房。「康諾有先提醒我感覺可能會很怪，可這也……」它輕輕聳了一下肩膀，那動作讓它的胸部晃了一下。它抬頭看著奈瑟頓，眼神裡的絕望一看就懂。

「這個問題很簡單就能解決。」他身後的艾許說道。「那架外骨骼雖然不是擴充亞體，但還是擁有完整的運動能力，你可以透過人造小人進行操控。人造小人就是迷你型的擴充亞體。比起你妹妹這一具，你應該會比較想要使用人造小人。然後我們會再幫你找另一副身體。你妹妹的擴充亞體現在的策略地位非常重要，你剛才攻擊歐辛的時候，應該沒把它弄壞吧？」

擴充亞體抬起了剛才踢向歐辛的那隻腳，轉動了幾下腳踝，彷彿在確認自己有沒有不舒服。「沒有。」它把腳放下。「這東西帥呆了。」

艾許說了幾個加密系統才剛創造出來的單音節字眼，語氣聽起來不太高興。她用手按住歐辛受傷的肩膀，將他壓在椅子上。

奈瑟頓看著擴充亞體隨意往前跨了幾大步便走下舷梯，偏著頭、繞著外骨骼仔細打量，此時，奈瑟頓也不得不承認，它的動作確實優雅得令人著迷。

63 嘔吐

「五個小時再多一點。」珍妮絲把一杯裝了咖啡的馬克杯放在床頭櫃上。「本來不想吵妳，可是艾德沃剛才打了電話過來。他和妳哥在拖車那裡，說需要妳過去。」

芙林把手滑進枕頭下方，才想起手機不在那裡。窗簾的邊緣透著陽光，枕頭感覺起來就是一般的枕頭。「發生什麼事了嗎？」

「她說柏頓吐了，妳應該下去一下。」

「吐了？」

「他是這麼講的。」

芙林努力把自己拉起身，喝了一小口咖啡。她想起某個畫面：自己低頭看了那頂白色的頭冠一眼，頭冠上的各條線路爬下軍毯，一路連到柏頓的顯示器和她的手機上。「靠，」她說，放下手中的馬克杯。「他居然給我亂搞那東西。」接著迅速坐起身，套上牛仔褲。褲腳潮溼，濺滿泥斑。

「亂搞什麼？」珍妮絲問。

「全部！」芙林站起來，在椅子上的衣服堆裡找乾的襪子。她找到兩只不同雙的，但至少都是黑色。她重新坐回床沿，把襪子套上。溼掉的鞋帶糾結成一團。

「把那杯咖啡喝掉。」珍妮絲說。「你們錢還沒有多到可以浪費艾拉的咖啡。」

芙林抬起頭。「她還好嗎？」

「她很氣妳和柏頓跟皮克扯上關係，不過這樣至少讓她有點事情做。說真的，我不管妳是不是兩分鐘之後就要過去，起碼把那杯咖啡喝完。」

芙林拿起馬克杯，走向窗邊。她推開窗簾，外頭明亮、乾淨，所有東西都因為前一晚的雨而溼漉漉。那輛紅色的復古俄羅斯摩托車就停在大門外側，一旁停著狼蛛，蠍尾的尖端裝上了那只被他藏了好一陣子的全新燃料噴嘴抓斗。「康諾在這裡？」

「大概十分鐘前來的。卡洛斯和另外一個傢伙用幾根塑膠管架成了某種像鞦韆的東西，把他盪到拖車去了。」

芙林喝了些咖啡。「湯米走了嗎？」

「我沒看到他。那裡有一壺剛煮好的咖啡，妳帶下去給他們。」

幾分鐘後，她已經洗好臉，朝著小坡下方走去，每走一步，膝蓋就會撞到那罐巨大的橘色膳魔師保溫瓶。坡上的路徑看起來像是被一整排的軍人來回踢過，軍靴把地面攪成了黑色的爛泥。但其實這只是因為柏頓那一小隊人在此無數次來回巡邏的結果，他們不知道走了多少次，再加上湯米和其他零星幾個人也會過來這裡。一架朝下坡飛行的小型無人機從她身後迅速劃過，停在半空中盤旋了一會兒，然後又飛走了。

柏頓正坐在清風牌拖車敞開的車門口，身上穿著灰色的舊毛衣、淺藍色的四角內褲，腳上的靴子沒綁鞋帶。柏頓的腿平常就很少晒太陽，但現在他臉色比那雙腿還白。她走到他面前停下，保溫瓶最後一次撞上她的膝蓋。「所以呢？」

「妳沒告訴我那樣會吐。」他說。

「你沒問。根本連先說一聲都沒有。」

他抬頭看她。「妳睡著了，我看到那東西放在床上，還連著線，剛好艾德沃也在。妳知道我已經看過康諾用那東西了，是妳的話也會做一樣的事。」

「嘿，芙林，」康諾從車子裡面叫道。「妳好嗎？」

「我帶了咖啡。」

「拿進來吧，這裡可是有位受了傷的戰士啊。」

「你做了什麼？」她問柏頓。

「我在那邊醒來，發現自己變成妳那個好姊妹。我起床，吐完，放倒了第一個跑進來的人。」

「靠！誰？」

「辮子男。穿著葬禮的黑西裝。」

「那是歐辛。拜託告訴我你沒把任何事搞砸。」

「艾許用某種像牛睪丸又像水母的東西幫他治療了。她戴的那個是隱形眼鏡嗎？」

「那個比較接近穿耳洞那類的。告訴我，你在那邊大鬧的時候，行為的速度、強度和暴力程度大概多少？」

「放心，他火大的人是我，不是妳。」

「你過去多久？」

「大概三個小時。」

「做了哪些事？」

「就一些前置準備。他們把我從妳好姊妹的身體裡拿出來，放到另外一個沒那麼丟臉的東西裡去。我還和四眼小姐談了成立公司的事。話說回來，知道妳用的那個女孩子本來是誰嗎？」

「好像沒人知道。」

「每次我經過鏡子前面都會嚇一跳。看起來真的跟妳有點像。」

「只有髮型而已。」

「他媽的戰士要戰死啦！」康諾大叫。

「起來。」芙林說。「讓我過去。」

柏頓起身，她踏了上去，走過他身邊。康諾穿著他的Polartec連身裝，挺背坐在床上，身後墊著柏頓的枕頭和梅肯的某只裝備袋。他少了好多身體部分。她還記得另一具擴充亞體裡的他曾邁開大步奔跑。

「怎樣？」他抬頭看著她問。

「只是突然想到，」她說。「我忘記帶杯子了。」

「柏頓這裡有杯子。」坐在中國製扶手椅上的艾德沃說道。他彎下腰，從一只透明的海夫提牌工具箱裡撈出一個合成樹脂材質的黃色馬克杯。

她把保溫瓶放在桌子上，旁邊就是連著她手機的白色線路。「我還以為那東西是照著我的頭型特製出來的。」

「妳頭髮比較多，」艾德沃說。「我用衛生紙墊住後面，讓頭冠可以緊貼著他的額頭，一樣上鹽槳，看來也是有用。」

「幫他印一頂他自己的。誰都休想用我的頭冠，或是我的擴充亞體。」

「抱歉。」艾德沃說，語氣不太高興。

「我知道是他逼你的。」

「他也別想用我心愛的大帥哥。」坐在床上的康諾急忙補上。

「他們找了其他東西給他。」艾德沃說。「他回來了幾分鐘就又過去了。」

「也是擴充亞體？」她問。

「某種迷你布偶之類的玩意兒。」柏頓的聲音從她身後傳來。

她轉過頭去看，他臉上的血色又回來了。「布偶？」

「只有六英寸高。他們在那套外骨骼本來應該是頭的地方裝了像是駕駛艙的東西，把布偶放進去，再把兩個東西同步，我就可以穿著它後空翻了。」他得意地笑起來。

她想起那架沒有頭的白色機器。「你用了那套健身裝備？」

「艾許不要我用妳那個妹子身體。」

「我也不要。去把你褲子穿起來。」

他和艾德沃在狹小的拖車裡像跳舞似地交錯，柏頓往他的掛衣桿走過去，艾德沃朝著床上的康諾走過來，手裡還拿著那只黃色馬克杯。艾德沃坐上床，端著杯子，讓康諾可以稀哩呼嚕地喝著咖啡。柏頓從衣架上拉下一條全新的迷彩褲。「妳出來一下。」他對她說，然後便拿著他的褲子走到車外。她跟了上去。「把門關上。」他把其中一隻腳從沒綁鞋帶的靴子裡抽出來，一邊套進迷彩褲裡，一邊努力維持平衡，穿好之後再把腳套回靴子，用另一隻腳重複同樣的動作。「妳在那邊的時候有到房子外面去嗎？」他繫上褲襠的釦子。

「只有到後院，還有用虛擬實境搭一架四軸機。」

「那裡幾乎看不到人，有發現嗎？」他說。「那可是歐洲最大的城市。妳看到的人多嗎？」

「不多，都在同一個地方。不過那算是某個觀光景點。等我們參觀完之後，奈瑟頓告訴我那些人幾乎都不是真的。還有，就一座大城市來說，他們的後院未免太安靜。」

「艾許治療完那個辮子男後，就去準備我要用來操控外骨骼的布偶。我和艾許也趁著那個時候上四軸機飛了一趟。」

「去切普賽街嗎？」

「我不知道那地方切不切普，但空蕩蕩倒是真的⓮。我們飛到了河的另一邊，貼得很低，那裡有浮島，類似某種潮汐發電機。整趟飛行過程我可能就只看到五十、一百個人，但我也不知道那些是不是真的。另外幾乎看不到車，路上感覺不到什麼交通。看起來就像以前那些古老的遊戲，那時候技術還不夠進步，做不太出人群很多的畫面。如果這不是遊戲，人都到哪裡去了？」

她想起自己隨著四軸機直線上升，看到那座城市的第一眼時也有同樣感覺。

「我當時就這麼問她。」他說。

「我也問了。她回什麼？」

⓮ 切普賽街原文為Cheapside，柏頓拿這個名字開了字首cheap的玩笑，cheap的意思應為便宜。

「她說那裡的人口不像我們現在這麼多。她怎麼跟妳說的？」

「直接改變話題了。她有告訴你原因嗎？」

「她說等她比較有空時再跟我解釋。」

「你自己覺得呢？」

「妳知道她其實覺得那邊的所有事情都爛透了嗎？」

「她這麼說嗎？」

「沒有，但我感覺得出來。妳應該也感覺得到她這麼想，對吧？」

她點頭。

64 無菌

吧檯鎖起來了。他再次用大拇指按上髮絲紋鋼面的橢圓按鈕，毫無動靜。

他把手放下來，突然覺得這似乎已經無關緊要，或許當他真的去普特尼裝上保護濾膜時，也會是這種感覺。心裡冒出這種念頭，連他自己都覺得太不尋常。他四下瞥了一眼，彷彿要確定沒人看到他還對這個吧檯抱有期待。在行動醫療錠把他身體裡的多巴胺濃度、受體位置之類的東西全胡搞了一番之後，他判斷自己正處於某種複雜的生物製藥作用中。雖然事情大概沒這麼簡單，但還是試著去享受吧，他給了自己這樣的忠告。

艾許告訴他，他爬進那個延伸出來的樓層裡後一下子就睡著了，迅速且深沉，接著才因為聽到柏頓的聲音而醒來。她說醫療錠模擬了大量快速動眼期的睡眠效果，比他實際上經歷的動眼期還多上許多。另外，醫療錠還給予了一些其他治療。儘管如此，在他幫忙艾許把歐辛弄上椅子，好讓她治療歐辛的肩膀之後，艾許還是堅持要他再回去睡覺。她用醫療錠又幫他打了一劑，他便乖乖照做了。雖然知道醫療錠的手術精密程度可達奈米層級，而且會永遠保持無菌狀態，但它對歐辛肩膀所做的治療仍然非常噁心，更別提有多麼血腥。看過那種場面後，奈瑟頓覺得自己接受的療程似乎也沒什麼好挑剔。

他再次醒來，走下起司刨刀般的樓梯，車廂裡，除了待在各自艙房裡的擴充亞體之外，空無一人。芙林的朋友康諾把他的擴充亞體留在列夫祖父那張富麗堂皇的床上，兩臂大開，張成十字架一般，腳踝規矩地併在一起。

洛比爾的印記突然出現在眼前，印記裡的皇冠跳動。奈瑟頓那時正好看著桌子的方向，看著桌後那張彷彿王座的椅子，而突然出現在椅子上方的皇冠印記，在那個當下彷彿暗示著，它才是藏身在冷鐵奇蹟這間幽靈公司背後的幽靈總裁。

「請說？」

印記停止跳動。「你睡過了吧。」洛比爾說。

「芙林的哥哥剛才來過，」他說。「非常突然。」

「他是經過軍方嚴格篩選出的人，」她說。「同時具有客觀的推算能力和純粹的衝動，這兩種特質能夠共存並不常見。」

奈瑟頓稍微轉過頭，把印記移到窗戶上，但反而看起來像個戴著皇冠的身影站在外面，正朝裡張望。「應該吧，」他說。「至少他自我控制的能力看起來比另外那個好。」

「本來不是這樣。」她說。「這兩人在列夫接觸他們的世界之前的服役紀錄還有保留下來，我們調得到。他們兩個都受過傷，只是程度不同。」

奈瑟頓覺得集魚燈似乎閃了一下，便朝窗邊走去。「我不喜歡他用他妹的擴充亞體。」另一道拱門也閃動明滅，他看到歐辛正用一種奇怪的姿勢朝戈壁大冒險走來，手臂放在身側，稍稍彎曲，雙手在腰際向前舉著。「歐辛好像在推著某個不存在的東西。」他說。

「那是一臺俄羅斯嬰兒車。我要列夫叫他斷根裡的技師拆掉它。」

「嬰兒車？」接著他想到了門口那架偽裝起來的兒童推車。

「我們管控得太好了，反而很難弄到禁制武器，還好從嬰兒車裡拆出來的那些武器是完全無菌的。」

「無菌？」他想到醫療錠。

「就是不曾留下任何身分辨識證據。」

「妳拿它們要幹麼？」

「你吃東西了嗎？」她直接忽略他的問題。

「還沒。」他意識到自己真的很餓。

「那最好還是等一等吧。」洛比爾說。

「等？」

但她的印記已經消失了。

（上冊完）

繆思系列 033

邊緣世界（上冊）

The Peripheral

作者	威廉・吉布森（William Gibson）
譯者	黃彥霖、白之衡
社長	陳蕙慧
總編輯	戴偉傑
責任編輯	林立文
行銷	李逸文
電腦排版	極翔企業有限公司
讀書共和國集團社長	郭重興
發行人兼出版總監	曾大福
出版	木馬文化事業股份有限公司
發行	遠足文化事業股份有限公司 地址 231新北市新店區民權路108之4號8樓 電話 02-2218-1417 傳真 02-8667-1891 Email: service@bookrep.com.tw 郵撥帳號 19588272 木馬文化事業股份有限公司 客服專線 0800221029
法律顧問	華洋國際專利商標事務所 蘇文生 律師
印刷	成陽印刷股份有限公司
初版	2019年11月
初版2刷	2022年11月
定價	新台幣580元（上下冊不分售）

ISBN 978-986-359-731-5

國家圖書館出版品預行編目(CIP)資料

邊緣世界（上冊）/ 威廉・吉布森（William Gibson）著；黃彥霖，白之衡譯. -- 初版. -- 新北市：木馬文化出版：遠足文化發行，2019.11
面； 公分. --（繆思系列；33）
譯自：The Peripheral
ISBN 978-986-359-731-5（平裝）

874.57 108016495